KB114004

어젯밤, 별이 그리 반짝이더니

어젯밤, 별이 그리 반짝이더니 1

초판 1쇄 찍은 날 | 2012년 6월 15일
초판 1쇄 펴낸 날 | 2012년 6월 20일

지은이 | 이조영
펴낸이 | 서경석

편집장 | 권태완
편집책임 | 이수민
편집 | 장미연

펴낸곳 | 도서출판 청어람
등록번호 | 제1081-1-89호
등록일자 | 1999. 5. 31
어람번호 | 제5-0307호

주소 | 경기도 부천시 원미구 심곡2동 163-2 서경B/D 3F (우) 420-822
전화 | 032-656-4452 팩스 | 032-656-4453
http://www.chungeoram.com
E-mail | chungeoram@chungeoram.com

ISBN 978-89-251-2903-7 04810
ISBN 978-89-251-2902-0 (SET)

어젯밤, 별이 그리 반짝이더니

1

도서출판 청어람

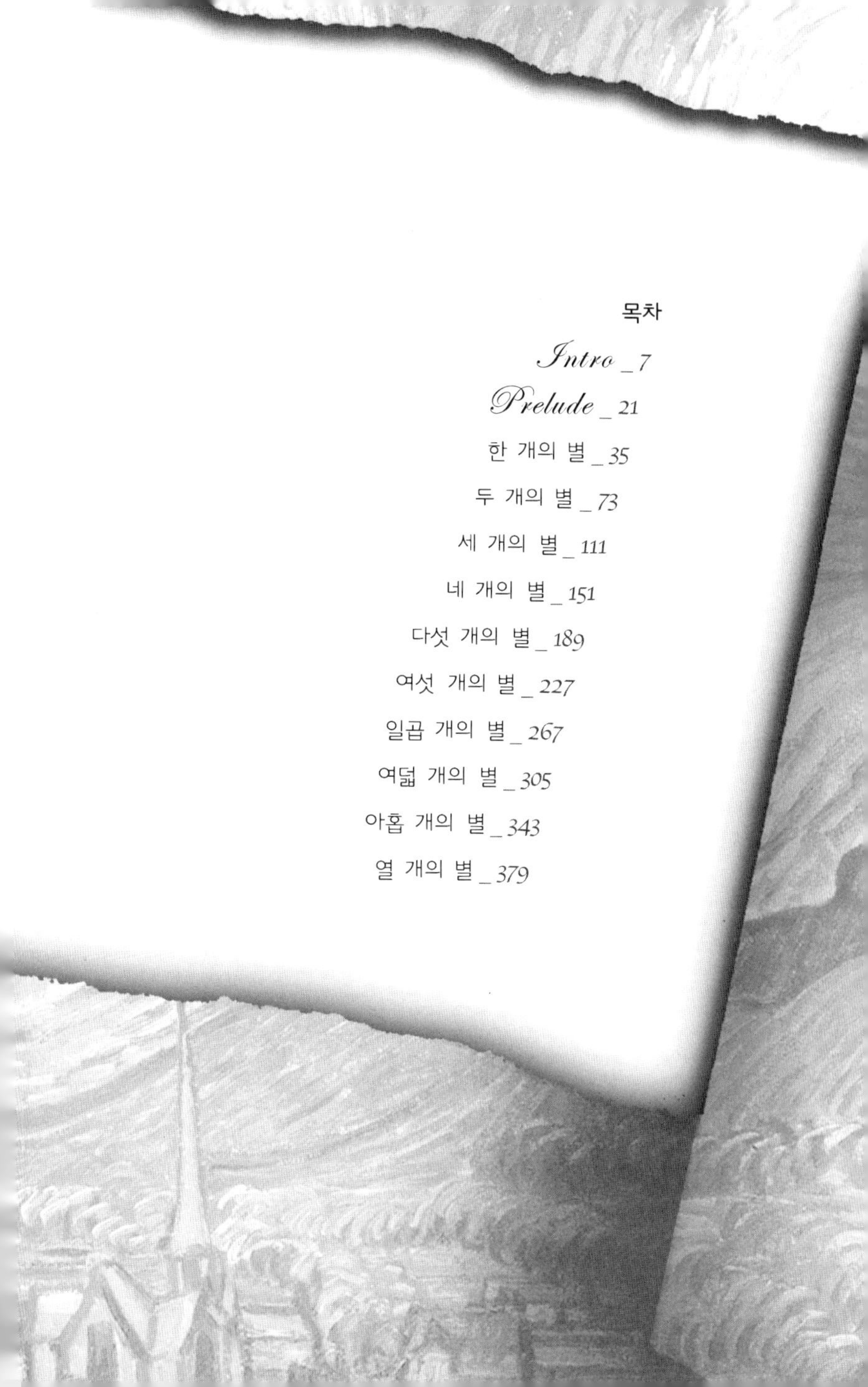

목차

Intro

옛날 옛날에 욕쟁이 엄마가 살았습니다.

엄마는 매일같이 푸념을 늘어놓듯 외쳐 댔습니다. 설거지를 하다가도 청소를 하다가도 빨래를 세탁기에 던져 넣다가도, '저 인간 땜에 인생 조졌어!' 라구요. 그 인간이란 바로, 마네의 아빠 장필도를 두고 하는 말입니다.

장필도는 무명화가입니다. 딴에는 예술혼을 불살라 그림을 그리지만, 아무도 알아주는 사람이 없습니다. 무명화가 장필도와 욕쟁이 엄마 천새복 사이에는 세 딸이 있습니다. 열다섯 살로 한창 사춘기를 겪느라 하루에 한 번은 엄마와 푸닥거리를 해대는 샤갈, 다섯 살로 순하디순한 막둥이 밀레, 그 사이에 열한

살로 남자애인지 여자애인지 한눈에 봐선 구분이 안 되게 생긴 둘째 마네.

어려서부터 멋 부리기 좋아하던 샤갈과 대충 입혀놔도 예쁘기만 한 밀레와 달리 길바닥에 굴러다니는 돌멩이처럼 막 자란 듯한 아이가 마네입니다. 얼마나 습득력이 뛰어난지 엄마를 닮아 욕에는 일가견이 있는 아이입니다. 동네에서 남자애들을 두들겨 패거나 걸지게 욕지거리를 하는 아이를 본다면 어김없이 마네였던 것이지요. 덕분에 아이의 별명은 무시무시하게도 '장깡패' 입니다.

장필도 아빠는 생각했습니다. 마네가 그렇게 된 건 전부 무능한 자기 탓이라고. 쌈닭 마네를 볼 때마다 새삼 환경의 중요성을 깨닫는 아빠입니다.

천새복 엄마도 아빠의 의견에 유일하게 호응하는 부분입니다. 남편 잘못 만나 자신뿐 아니라 세 딸 모두 이 모양 이 꼴로 산다고 허구한 날 그러거든요. 하지만 엄마도 마네만 보면 심각해집니다. 밖에 나가 아이들을 패고 다니거나 욕을 해대는 것도 문제지만, 집에 와서도 아직 천지분간 못하는 막둥이 밀레는 마네의 밥입니다. 네 살 많은 언니 샤갈에겐 아무래도 상대가 안 되니(사실, 상대할 시간도 없습니다. 밖으로 나도느라 얼굴 보기가 힘들어요) 여섯 살이나 차이 나는 밀레가 제일 만만한 모양입니다.

불쌍한 밀레는 마네의 폭력에 몸이 성할 데가 없습니다. 종일

방에서 그림만 그리는 아빠가 밀레의 울음소리에 나가보면 이미 게임 아웃입니다. 마네는 그새 모른 척 딴짓입니다. 아빠는 그런 마네를 보며 한숨을 짓습니다. 어려서부터 사내 못지않게 개구진 건 알았지만 날이 갈수록 더 삐딱선을 타는 딸이 걱정스럽습니다. 엄마한테도 개기다가 욕사발에 쥐어박히기 일쑤인데도 절대 포기란 걸 모릅니다. 오죽했으면 학교에서 선생님이 주의 산만에 폭력성이 농후하다고 했겠습니까. 그런 건 어지간한 남자애에게서도 보기 드문 평가입니다.

고민 끝에 하루는 아빠가 마네를 불러 앉혀놓고 대화라는 걸 해보았습니다.

"마네야, 동생을 왜 자꾸 욕하고 때려?"

마네는 뚱하게 아빠를 쳐다보며 대꾸합니다.

"엄마도 아빠한테 그러잖아."

아빠는 살짝 충격을 받습니다. 아이는 폭력을 답습하고 있었던 것입니다. 단순히 엄마에게 당해주는 게 이기는 거라 생각했었습니다. 하지만 마네 때문에 잘못된 생각이란 걸 깨달았습니다.

아빠는 마음이 아픕니다. 자기 일에만 빠져 아이에게 소홀했던 게 후회됩니다. 아이를 가만히 품에 안아줍니다. 이 아이가 정말 착하게 잘 자라주었으면 하는 마음입니다.

매일 방에 처박혀 그림만 그리는 아빠에게선 물감냄새가 납니다. 아이는 아빠의 낯선 품이 어색합니다. 그런데 참 이상한 일입니다. 아빠의 품이 싫지 않습니다. 따뜻하고 포근합니다. 왠지 눈물이 날 것도 같습니다.

"마네야, 아빠가 미안하다."

마네는 물기 젖은 아빠의 목소리를 들으며 생각이란 걸 해보았습니다. 사과는 아빠가 할 게 아니라 엄마가 아빠한테 해야 한다고 말이죠. 왜냐하면 엄마는 아빠를 무시하니까요. 보기만 하면 악다구니를 쓰는 엄마에게 아빤 단 한 번도 마주 싸워본 적이 없습니다.

마네는 그런 아빠가 천사 같습니다. 거의 종일 그림만 그리는 건 불만이지만, 그림을 그리는 아빠는 솔직히 멋집니다. 그런데 엄마는 왜 그렇게 싫어하는지 모르겠습니다. 이유야 돈을 못 번다는 거겠죠. 애들이 먹어봐야 얼마나 먹는다고 허구한 날 돈타령인지, 엄마한테 돈귀신이 씌었나 싶습니다.

그날 밤, 자기 세계에 빠져 사는 아빠와 돈벌이가 시원찮은 아빠 대신 미용사로 가계를 책임지고 있는 엄마는 방에서 오래도록 이야기를 나눕니다. 그 모습은 어린 마네에게 신선하기까지 합니다. 엄마의 욕설이 난무하지 않고 저리 조용히 대화를 나누는 모습은 처음이니까요.

오늘도 언니 샤갈이 학교에서 말썽을 일으켜 엄마에게 욕을 다발로 먹긴 했지만, 아빠에게 욕을 안 하고 이야기하는 건 정말이지 해가 서쪽에서 뜰 일입니다.

2층 침대의 2층에선 샤갈이 세상 모르게 잠이 들었고, 방바닥에선 밀레가 볼록한 배를 내밀고 한쪽 구석에 처박혀 낮게 코를 골고 있습니다. 침대 1층에 누워 있던 마네는 슬그머니 밀레를 쳐다봅니다. 동생을 때린 게 조금 미안해집니다. 정말 잘못한 일인 것 같습니다. 아무리 화가 나도 동생에겐 그러면 안 되는 거였습니다. 하지만 밀레는 너무 답답합니다. 한 번 말해선 못 알아듣습니다. 그래서 욱하는 마음에 먼저 손이 올라가는 겁니다.

마네는 태어나 처음으로 반성이란 걸 해봅니다. 오늘은 처음인 게 너무나 많은 날입니다. 그래서인지 잠이 오지 않고 눈이 말똥말똥합니다. 아빠와 엄마가 무슨 이야기를 나누고 있을지 궁금합니다. 가서 엿들을까 생각했지만, 그러면 엄마가 욕을 할 것 같아 꾹 참습니다. 엄마의 욕은 참 듣기가 싫습니다. 그런데도 은근 중독성이 있습니다. 자신도 모르게 따라하게 되니 말입니다. 마네는 다짐했습니다. 엄마가 욕을 안 하면 자기도 욕을 안 하겠다고.

그런데 기적이 일어났습니다. 아침에 늦잠을 잤는데도 엄마가 욕을 안 하지 뭡니까!

간밤에 잠을 설친 게 늦잠의 원인이었지만, 엄마가 깨워서 일어난 마네는 욕을 안 하는 엄마 때문에 어리둥절합니다. 꿈을 꾸는 걸까요? 게다가 엄마는 마네의 짧은 머리칼을 쓰다듬어 주기까지 했습니다. 그것도 다정한 목소리로 말하면서요.

"마네야, 얼른 일어나야지. 엄마가 너 좋아하는 미역국 끓여

났어."

오, 세상에!

살다 보니 이런 날이 다 있습니다. 생일도 아닌데 손수 미역국을 끓여주고, 마네는 그만 감동해서 눈물이 핑 돕니다. 엄마가 미친 게 아닐까, 잠깐 생각도 해봅니다. 하지만 엄마는 그럴 만큼 심신이 약한 사람이 아닙니다. 아빠 대신 억척스럽게 돈을 벌고, 열 받으면 아빠에게 욕설을 날리고, 세 딸을 아들 키우듯 하거든요.

갑자기 친절하고 다정해진 엄마 때문에 어쩔 줄 모르는 마네입니다. 그런 마네를 엄마가 물끄러미 바라보며 눈물이란 걸 짓습니다. 마네는 놀라 눈이 휘둥그레졌습니다. 엄마는 무슨 일이 있어도 우는 사람이 아니었으니까요.

엄마는 사는 게 지긋지긋해져 가족을 버리고 떠나려는 걸까요?

마네는 가슴이 콩닥콩닥 뛰었습니다. 엄마한테 무조건 잘못했다고 빌까, 머리를 굴려봅니다. 목이 메는지 엄마는 눈물을 글썽이다 한숨을 후 내쉽니다. 제기랄. 정말 끝장을 내려나 봅니다.

마네는 잘못했다는 소리가 목 끝까지 나왔지만, 너무 기가 막히니 오히려 아무 말도 할 수가 없습니다. 결국, 엄마는 더 이상 말을 잇지 못한 채 눈물을 훔치며 방을 나가 버렸습니다.

'엄……' 마, 하고 부르려던 마네의 말문이 그만 막혀 버립니다.

그럴 순 없습니다. 엄마가 떠나게 놔둘 순 없습니다. 그럼 남은 가족은 전부 굶어 죽고 말 겁니다.

굶, 어, 죽, 는, 다.

본능적으로 생존의 위험을 느낀 마네는 그제야 엄마가 왜 그토록 돈타령을 해댔는지 조금은 알 것 같습니다. 벌떡 일어나 밖으로 달려 나갔습니다. 그리곤 주방으로 걸어가는 엄마의 허리를 뒤에서 와락 껴안았습니다. 하지만 여전히 말이 나오질 않습니다. 잘못했다고, 가지 말라고 해야 하는데 목소리가 나오질 않습니다. 너무 놀라니 눈물도 나오지 않습니다. 마네는 엄마를 닮아 우는 것과는 거리가 먼 아이였습니다. 5학년짜리 남자애에게 신명나게 얻어맞고도 절대 울지 않았던 아이가 마네입니다. 오히려 남자애를 흠씬 두들겨 패주고 남자애 엄마의 손에 붙들려 집까지 와 아빠가 대신 사과를 하게 만들었습니다. 그런 일이 한두 번이 아니니 마네에겐 별일도 아닙니다.

"마네야."

엄마가 놀라 마네의 손을 떼어놓으려 합니다. 마네는 기를 쓰고 엄마를 붙잡고 늘어집니다.

"마네야, 이거 놔."

엄마는 억지로 마네의 손을 떼려 합니다. 너무 꽉 붙들고 있어 허리가 아픈 탓입니다. 하지만 힘센 마네 때문에 엄마의 몸이 이리저리 휘청거립니다.

"마네 아빠!"

엄마가 아빠에게 구원요청을 합니다. 방에서 아빠가 뛰어나옵니다.

"어, 마네 왜 그래?"

"몰라. 갑자기 이러네. 마네야, 놓고 얘기 좀 해봐. 왜 이러는지. 당신이 와서 어떻게 좀 해봐. 아유, 아파."

엄마는 급기야 찰거머리처럼 들러붙은 마네를 떼어내려 안간힘을 씁니다. 아빠도 달려와 마네를 뒤에서 끌어당깁니다.

"마네야. 마네야, 착하지. 이거 놓고 얘기해야지. 엄마가 아프잖아. 왜? 왜 또 화가 났어, 응?"

아빠가 부드럽게 달래는 소리에 마네는 울음이 터져 나올 것 같습니다. 하지만 이를 악물고 참습니다. 참다못한 엄마가 두 사람을 홱 밀치는 바람에 아빠는 마네를 품에 안은 채 '어이쿠!' 비명을 지르며 바닥으로 나가떨어졌습니다. 숨이 막혔는지 엄마가 허리를 비틀며 갖은 인상을 씁니다.

"으이그! 왜 그러는지 말을 해야 알지!"

엄마가 버럭 소리를 지릅니다. 아빠가 얼른 마네의 귀를 두 손으로 막아줍니다. 아차, 싶은 엄마는 절로 주먹이 올라가다가 그 주먹으로 자기 가슴을 쾅쾅 칩니다. 마네는 입을 삐죽이며 엄마를 빤히 올려다봅니다. 차라리 엄마가 욕을 하는 게 나을 것 같습니다. 욕을 안 하니 당최 불안해서 살 수가 없습니다.

그 아침에 마네는 엄마가 끓여준 미역국이 무슨 맛인지 알지 못합니다. 엄마가 곧 도망가 버릴 것 같습니다.

마네는 엄마의 욕이 그립습니다. 엄마가 욕을 안 하면 자기도 안 하겠다고 마음먹은 게 후회되려 합니다. 금단현상에 시달리는 건 엄마가 아니라 마네입니다. 우울해지고 기운이 없습니다. 아이들이 시비를 걸어도 때리고픈 마음이 안 생깁니다. 말귀 못 알아듣는 막내 밀레를 봐도 속 터지기는커녕 마냥 불쌍하기만 합니다.

엄마가 없으면 오줌싸개 밀레는 앞으로 어떻게 될까요? 아빠는 평생 밀레의 오줌 싼 이불을 빨다가 그림 그릴 시간도 없게 되겠죠. 정말 큰일입니다. 엄마가 오늘 밤에라도 짐가방 싸서 가출해 버리면 어쩌죠?

어린 마네의 고민이 깊어갑니다. 엄마가 떠날지도 모르는데 철딱서니 없는 샤갈 언니는 어제 그리 혼나놓고 오늘 또 늦습니다. 친구들과 어울려 노는데 정신이 팔려 집안이 어찌 돌아가는지 관심조차 없습니다. 언니만 아니면 실컷 패주는 건데, 아쉽습니다.

드디어 밤 9시 반이 되자 엄마가 귀가했습니다. 엄마는 몹시 지친 기색입니다. 왠지 엄마가 안쓰럽습니다. 야속해야 하는데 마음이 왜 이런지 모르겠습니다. 엄마가 떠난다 생각하니 갑자기 철이 드나 봅니다. 매일 욕을 밥 먹듯이 듣는 아빠는 차라리 엄마가 없으면 더 나을지도 모릅니다. 적어도 욕은 안 먹고 살 테니까요. 솔직히 예전엔 그런 생각도 했었습니다. 욕쟁이 엄마가 없어져 버리면 좋겠다고.

하지만 정말 없어진다고 생각하니까 마네는 만사 의욕이 떨어져 버립니다.

엄마는 아빠가 차려주는 밥을 먹고 샤워를 하고 밀레를 껴안고 동화책을 읽어줍니다. 밀레에게 동화책을 읽어주는 건 아빠 몫이었는데 '놀랄 노' 자입니다. 마네는 그저 가슴만 콩콩 뛥니다. 안 하던 짓을 하니 뭔 사달이 나도 날 게 분명합니다.

밀레는 눈치 없게 금방 잠이 들어버렸습니다. 오늘 같은 날은 좀 생떼도 부리고 해야 하는데 누굴 닮아 저러나 싶습니다.

엄마는 밀레를 방에 데려다 눕혀놓고 나오다가 우두커니 소파에 앉아 있는 마네를 봅니다. 그러고는 피곤이 덕지덕지 붙은 얼굴로 말을 붙입니다.

"마네, 왜 엄마한테 한마디도 안 해? 엄마랑 얘기 안 하기로 굳게 결심했어?"

평소 같으면, '가서 안 자빠져 자고 왜 그러고 앉았어?' 했을 일입니다. 마네는 슬퍼져 고개를 푹 숙입니다. 그러자 엄마가 슬그머니 옆으로 다가와 앉더니, '아유, 우리 마네 얼마나 컸나, 안아보자' 그럽니다. 화들짝 놀란 마네가 몸을 빼려고 했으나 이미 엄마의 우악스러운 손에 잡혀 품에 안기는 꼴이 되고 말았습니다. 엄마의 커다란 가슴에 짓눌려 통통한 볼이 터질 것 같습니다.

"마네야, 엄마한테 할 말 없어?"

아침에 붙잡고 늘어진 걸 두고 하는 말인 모양입니다. 마네는 몇 번이고 입을 벙싯대다 작심하고 말했습니다.

"엄마 도망가려고 그러지? 다 알아."

어르듯이 몸을 살짝살짝 흔들던 엄마가 일순 얼음이 되어버렸습니다. 그러더니 곧 어이없게 웃음을 터뜨립니다. 들키니 무안했던 걸까요? 마네는 눈물을 찔끔거리며 웃는 엄마를 가자미 눈을 떠 째려보았습니다.

"엄마가 도망갈까 봐 그랬던 거였어? 엄마가 가긴 어딜 가. 우리 토깽이들을 셋씩이나 두고. 엄마 없으면 아빠는 또 어떡하구?"

마네는 감격했습니다. 악처인 줄로만 알았더니 아빠까지 챙깁니다. 대한민국 만세입니다!

"엄마."

"응?"

"우리 놔두고 아무 데도 가지 마."

"그래……. 엄마가 잘못했다. 엄마가 잘못했어."

엄마는 울먹이며 마네에게 잘못했다고 자꾸만 이야기합니다. 마네는 그제야 눈물을 뚜두둑 떨궜습니다. 울려고 했던 건 아니었는데 신기하게 닭똥 같은 눈물이 흘러내립니다. 엄마가 가족을 버리지 않을 거라 생각하니 안심이 됩니다.

"엄마. 어엉!"

그날 밤, 엄마와 마네는 그렇게 서로 용서하고 화해했습니다.

그 후로 엄마의 욕은 더 이상 들을 수가 없게 되었답니다. 그리고 마네도 막내 밀레에게만큼은 주먹질하지 않았고 욕도 하지 않았지요.

아빠는 여전히 무명화가로 활동했지만, 마네는 더 이상 불행하지 않았습니다. 엄마는 가계를 책임지느라 더 억척스러워져 갔지만, 욕을 안 해서 마네의 눈에 엄청 좋은 엄마가 되어갔습니다.

마음의 안정을 찾은 마네는 그해 겨울 무렵의 어느 날 아빠 곁에서 밀레와 함께 그림이란 걸 그리기 시작합니다.

밀레는 그림을 참 못 그렸지만, 마네는 아빠의 재능을 이어받았는지 용케도 뛰어난 실력을 발휘합니다. 화가인 아빠도 깜짝 놀랄 정도였죠. 아빠는 마네의 그림을 보고 기뻐 외쳤습니다.

"와아, 우리 마네 화가로 키워야겠는걸!"

마네는 그때 처음으로 장래희망이란 걸 생각해 봤습니다. 아빠처럼 가난한 화가가 아닌 부자 화가가 되겠다고 말입니다. 아빠가 기뻐하는 걸 보니 행복했습니다.

어린 마네는 그렇게 무명화가인 아빠와 과거에 욕쟁이였던 엄마 밑에서 사랑을 배우고 꿈을 키워갔습니다.

그리고 훗날 욕쟁이 어른이 되었답니다.

Prelude

안개가 자욱한 밤. 한 치 앞을 볼 수 없는 도로는 강원도 산길에서도 난코스였다.

슬우*는 비상등을 켜고 천천히 안개 속을 운전했다. 엉금엉금 기듯 거북이 속도로 가고 있자니 바퀴 쪽이 바람이 빠졌는지 심상치가 않았다. 이런 날씨에 계속 가다간 사고라도 날 것 같아 웬지 등줄기가 서늘한 기분이 들었다.

갓길에 차를 세우고 바퀴를 살펴보고 있는데, 멀찌감치 차를 세운 누군가가 다가왔다.

"고장이요?"

* 슬우 : 순우리말. 슬기롭고 우람하고 씩씩하다

큰 걸음으로 다가오며 묻는 장필도를 슬우가 쭈그려 앉은 채 바퀴를 살펴보다가 돌아보았다. 강원도 산길이라 오가는 차도 많지 않은데 벙거지를 깊이 눌러쓴 아저씨가 관심을 가져 주니 큰 위안이 되었다.

"바퀴가 좀 이상해서 살펴보는 중입니다."

지독스런 어둠, 그리고 스멀스멀 주변을 떠도는 짙은 안개. 희미한 트럭 불빛에 서로의 얼굴이 어렴풋이 보여 두 사람은 미소로 인사를 나누었다.

"이대로 가도 괜찮겠소?"

"일단 안개는 벗어나야죠."

"웬 안개가 이렇게 짙은지. 그림 그리러 나왔다가 안개만 실컷 보고 가게 생겼어요. 허허."

"그림이요?"

그림 그린다는 말에 왈칵 반가운 마음이 들어 슬우는 무릎을 펴고 일어났다. 그림 여행을 떠나온 건 슬우도 마찬가지였기 때문이다. 아저씨가 또 인자한 웃음을 허허 웃었다. 듣기만 하여도 마음을 푸근하게 해주는 웃음이었다.

"그림쟁입니다. 허허허."

"아, 그러시군요. 저도 미대 학생입니다."

군에서 제대한 지 며칠 안 되었을 때였다. 프랑스에서 유학 중이라 돌아가기 전에 여행 차 강원도에 갔다가 돌아오는 길이었다.

"오, 그래요? 이거 참, 인연이네요. 허허."

"성함이 어떻게 되십니까?"

"나? 이름 들어도 모를 거요. 이름도 없는 그림쟁이라."

"실례가 안 된다면 말씀해 주십시오. 나중에라도 전시회 열게 되시면 꼭 가보겠습니다."

"허허. 전시회라. 그런 날이 올지 모르겠구먼. 혹시라도 그때 만나게 된다면 쇠주라도 한잔 사리다. 내 이름은 장필도요."

검은 승용차 한 대가 그들에게 돌진한 건 그때였다. 안개 속에서 갑자기 나타난 승용차로 인해 두 사람은 경악했다. 슬우를 향해 '비켜!' 하는 장필도의 비명에 가까운 고함 소리가 안개 속에 퍼져 메아리처럼 들렸다.

하지만 두 사람 다 피할 틈도 없이 승용차는 장필도를 먼저 들이받고 그 옆에 조금 떨어져 서 있던 슬우를 차례로 들이받았다.

장필도가 쓰러지며 차체에 깔려 그 자리에서 즉사했다. 그리고 슬우는 충격에 바닥으로 나가떨어지며 정신을 잃고 말았다. 슬우를 지나 멈춰 섰던 승용차가 급히 후진하는 바람에 머리 위로 실게 늘어져 있던 그의 오른쪽 손과 손목 부위가 뒷바퀴와 앞바퀴에 연거푸 깔려 뼈가 완전히 바스러져 버렸다.

잠시 멈췄던 차 안 운전석에서 한 남자가 내려섰고 안개 속을 걸어 장필도가 쓰러진 곳 가까이 다가갔다. 장필도의 머리에서 흘러나온 피가 바닥에 흥건했다. 그 너머에 쓰러져 있는 슬우에게 시선을 옮겨 무심히 바라보던 그는 좌우를 살펴 오가는 차가 없는지 확인한 후 다시 차에 올라타 황급히 그곳을 떠났다.

피투성이가 된 채 쓰러져 있는 슬우와 장필도가 발견된 것은 그로부터 30분이나 지난 후였다. 간간이 차량이 지나쳤지만, 차 두 대가 거리를 두고 서 있으니 별일 아니라고 생각하고 무심했던 탓이었다. 그들을 발견한 사람은 냉동차 운전기사였는데 끔찍한 광경에 두 사람 다 죽은 줄 알았다고 했다.

☆ ☆ ☆

"글쎄, 몇 번을 얘기해야 알겠어요? 저희 사장님은 아주머니가 쉽게 만날 수 있는 분이 아닙니다."

남편과 함께 사고를 당한 청년의 부모라는 사람들은 경찰서에 코빼기도 비치지 않은 채 비서만 보냈다. 그러고는 한다는 말이 만날 생각이 없다는 것이다.

얼마나 대단한 집안이길래 박대하나 싶어 새복은 억장이 무너져 내렸다. 그뿐이 아니었다. 사고당한 청년이 병원 중환자실에 있다고 해서 만나고 싶다 하였더니 역시나 돌아오는 대답은 한결같았다.

"누군지 알려고 하지 마십시오. 뺑소니범만 잡으면 그만 아닙니까. 아주머니 남편 때문에 애먼 사람이 죽을 뻔했어요. 그냥 이걸로 악연 끝냅시다."

너무나 기가 막힌 나머지 새복은 가뜩이나 남편의 죽음에 큰 충격을 받은 상태에다가 이루 말할 수 없는 모멸감을 느꼈다.

"바, 방금 뭐라 했어요? 그, 그러니까 우리 애들 아빠 때문에 그 청년이 죽을 뻔했다 그 말이에요?"

시종일관 무표정한 얼굴이던 비서가 사뭇 거만기가 뚝뚝 흐르는 투로 대답했다.

"사실 아닙니까? 아주머니 남편을 돕다가 하마터면 목숨을 잃을 뻔했습니다. 살아난 것만으로도 감사해야 할 겁니다. 이 일로 귀찮게 구는 일 없길 바랍니다."

"아이고, 세상에. 세상인심이 이렇게 무서운 거였구나. 죽은 사람만 불쌍하지. 어떡하니, 여보? 억울해서 어떡해? 이 한을 어떡하냐구. 으흐흐흑!"

가슴을 쥐어뜯으며 울부짖는 새복을 짜증스럽게 쳐다보던 비서는 담당형사에게 작은 눈짓을 보내고는 서둘러 자리에서 일어났다. 연신 굽실거리던 담당형사는 비서가 나가자마자 건성으로 새복을 달랬다.

"아주머니, 좀 진정하시고……. 뺑소니범은 우리가 잡을 테니까 괜히 저쪽 양반들 건드리지 말아요. 차라리 얼굴 안 보는 게 더 낫지 뭘 그래요? 얼굴 보면 아주머니가 죄송하다고 해야 할 판이야. 이 정도에서 끝내주는 걸 감사하다 생각해요."

☆ ☆ ☆

병원 특실엔 틀어놓은 가습기 소리만 조용히 들렸다. 아무도 없는 병실 침대에 홀로 앉아 붕대가 감긴 자신의 오른손을 물끄러미 내려다보는 슬우의 표정이 멍했다.

수술만 세 차례. 하마터면 손의 신경까지 전부 손실될 뻔했다. 한 달을 혼수 상태에 빠졌다가 기적적으로 깨어난 후 사고의 후유증이 그렇듯이 날씨가 조금만 궂거나 손에 무리가 가면 여지없이 통증이 왔다. 나중에야 화가 아저씨가 돌아가셨다는 말을 듣고 슬우는 멍한 기운을 떨치지 못했다. 살아 있는 것에 기뻐야 하건만 그렇지가 않았다. 방금까지 웃으며 이야기를 나누던 사람이 그리 허무하게 죽어버렸으니 엄마의 자살과 관련해 '죽음'에 대해 다시 한 번 생각하지 않을 수가 없었다.

이명처럼 들려오는 자동차 바퀴 소리, '비켜!' 하는 아저씨의 외침과 비명.

아직도 꿈을 꾸고 있는 것 같은데, 현실은 그를 병원이라는 이 우울한 공간에 붙잡아놓고 있었다.

그때 슬우 나이 스물세 살. 여덟 살 때 엄마의 죽음을 목격한 뒤 또다시 겪은 죽음이었다.

게다가 계속해서 그림을 그리는 것이 무리일 만큼 손 상태가 좋지 못했다. 병원에서도 100% 회복되리란 확답을 주지 않았다. 하지만, 붓을 놓을 수 없었다. 좌절하고 포기하기엔 그의 내면에 담긴 색채가 너무나 진했기 때문이다. 그 색채를 화폭에 담지 않고서는 견딜 수 없었다. 자신의 마음을 대신해 주는 건 그림뿐이었으니까.

무명화가였던 장필도.

그에게도 가족이 있을 테고, 한 달 만에 깨어나지만 않았더라도 장례식장에 가 만나봤을 것이다. 하루아침에 남편과 아빠를 잃은 그의 가족에게 찾아가 위로하고 사죄하고 싶었다.

하지만 그땐 알지 못했다. 그가 중환자실에 누워 생과 죽음 사이에서 촌각을 다투던 그때에 그의 아버지가 슬우에게 접근하지 못하도록 장필도의 가족을 철저히 차단시켜 버렸다는 것을.

더욱이 아버지가 경찰에 손을 썼는지 아저씨와 자신의 입장이 뒤바뀌어 있다는 것도 세월이 흐른 뒤에나 알았다. 아저씨가 자신을 도우려다 사고가 난 게 아니라 자신이 아저씨를 도우려다 사고가 난 것으로 조작되었음을 말이다.

젊은 나이로 가장 빠른 기간 내에 기업총수가 된 그의 아버지는 외부 언론에 슬우가 알려지는 걸 극도로 꺼렸다. 이름조차 언급하지 못하도록 철저히 막았다. 병실 앞에는 경호원을 세워 누구도 접근하지 못하도록 했다. 자살한 전처 때문에 슬우와 관련한 일이라면 유독 예민하게 굴었다. 슬우의 사고로 인해 온갖 추측이 난무할 것을 잘 아는 듯이.

이번에도 그러했으리라. 없는 것이나 마찬가지인 아들 때문에 죽은 아저씨 가족에게 원망과 비난을 받기 싫었을 테니.

만일 아저씨가 차에서 내리지 않고 지나쳤더라면 아무 일 없었을 터. 그래서인지 늘 그에게 빚진 기분을 떨칠 수 없었다.

☆ ☆ ☆

도곡동 저택에선 저녁 준비가 한창이었다. 냉장고 옆 메모판에는 영양사에게 직접 받아온 식단이 붙여져 있었고, 이재희는 식탁에 차려진 음식들을 살피며 빠진 게 없는지 꼼꼼히 체크했다.

바지락콩나물국, 흑미밥, 야채샐러드, 연어구이, 김, 백김치.

그리고 상석 쪽엔 푸짐한 해물탕이 하나 더 추가다. 싱싱한 전복과 낙지만 봐도 군침이 돌았다.

이재희가 맛깔스럽게 차려진 식탁을 보며 흐뭇해하고 있을 때 주방 안으로 채명국과 라온*이 나란히 들어왔다.

"우와, 해물탕이다!"

라온이 막 끓여 내와서 보글거리는 해물탕 뚝배기를 보고 감탄사를 내뱉었다. 그러자 이재희가 곱게 눈을 흘기며 주의를 주었다.

"이건 니가 먹을 거 아니야."

"왜?"

"의사선생님 말씀 못 들었어? 짜고 매운 거 될 수 있으면 먹지 말라고 했잖아. 위 아프다며?"

---

* 라온 : 순우리말. 즐거운, 기쁜

"스트레스 때문이지 이상 있는 거 아니잖아."

"그래도 안 돼. 아무거나 막 먹을 거면 식단이 무슨 필요 있어?"

이재희의 꾸지람에 라온은 시무룩하게 숟가락을 들었다. 두 사람의 승강이를 보고 있던 채명국이 넌지시 참견했다.

"유난 떨지 말고 그냥 애가 먹고 싶다는 거 먹여. 당신이 너무 그러니까 스트레스 받아서 아픈 거 아냐."

"라온인 제가 알아서 해요. 집안일에 관심도 없는 양반이 이럴 때만 참견하는 거 좀 듣기 거북하네요."

"뭐?"

까칠하게 응대하는 이재희에게 발끈한 채명국이 정색하며 쳐다보았다. 부러 채명국의 시선을 피하고 있었으나 이재희도 불쾌감을 얼굴에 고스란히 내비쳤다. 두 사람의 분위기가 험악해지자 눈치를 보던 라온이 얼른 끼어들었다.

"아, 알았어요. 전 제 거 먹을게요. 아빠도 식사하세요."

라온이 한발 물러서서야 채명국은 밥상 앞에서 더는 기분 상하고 싶지 않아 억지로 마음을 누그러뜨렸다. 이재희가 새침하게 젓가락을 들어 3분의 1가량 담긴 밥그릇에서 밥알 몇 개를 집어 입에 넣었다.

'뻔히 맵고 짠 거 먹으면 안 된다는 말을 듣고도 해물탕 끓여 놓으라고 한 사람이 누군데?'

그녀는 불만스럽게 밥알을 꼭꼭 씹다가 채명국이 한 말에 우뚝 정지했다.

"오늘 병원에 좀 가봐. 너무 간병인한테만 맡겨놓는 거 아니야?"

"나도 갈래!"

라온이 신이 나 외치는 소리에 이재희는 인상을 쓰다가 급히 안색을 감추고 얼버무렸다.

"내가 가면 슬우가 좋아하겠어요? 괜히 우리 모자가 거기 가봐야 언론에 노출만 되죠. 그리고 라온이 넌 내일 스케줄 가려면 일찍 자야 하잖아."

"잠깐 있다 오는 것도 안 돼?"

라온이 애원하는 눈빛으로 바라봤지만, 이재희는 차가운 얼굴로 외면했다.

"가려면 당신이나 가요. 슬우도 내가 오길 바라지 않을 거예요."

슬우라면 거부감이 확연히 드러나 보이는 이재희 때문에 채명국은 잔뜩 못마땅한 얼굴로 뇌까렸다.

"뺑소니범만 잡았어도……."

"같이 사고당한 사람 쪽에선 아무 말 없어요?"

"골치 아파서 아주 떼어내 버렸어. 구질구질하게 들러붙어 봤자 당신 말대로 언론에 노출만 되지 뭘. 라온이도 엄마 말 듣는 게 낫겠구나. 형 퇴원하면 그때나 자리 한 번 만들어보마."

"네……."

라온은 번번이 슬우를 못 만나게 하는 엄마와 결국 엄마의 발에 동조해 버리고 마는 아빠 때문에 또다시 실망하고 말았다. 이복형인 슬우가 자신을 끔찍이 싫어한다는 걸 알기에 더 잘 지내고 싶은 마음이 컸다. 형이 왜 그러는지 아니까.

슬우의 엄마가 죽고 슬우와는 약 5년간을 함께 한집에서 살았다. 그리고 슬우는 열네 살이 되자 자의 반, 타의 반으로 프랑스로 유학을 떠났다. 대학도 프랑스에서 진학했고, 한 학기를 마치고 귀국해 군대에 가기 전까지 7년 동안 한국에 온 것은 고작 서너 번.

슬우와 한집에 살던 어린 시절, 라온은 이유도 모른 채 그저 형이 자신을 싫어하나 보다라고만 생각했었다. 하지만 유학 중에 잠시 귀국했던 어느 날, 엄마와 말다툼 끝에 형이 하는 소리를 듣고 까무러칠 뻔했다.

"누가 내 동생이야? 누가 내 엄마야? 당신이 죽였어. 당신이 우리 엄마를 죽였잖아!"

아닌 게 아니라 최고 스타였던 엄마가 아빠와의 결혼으로 은퇴한 뒤 라온은 아역배우로 활동 중이었기에 자연스럽게 사람들이 수군대는 소리를 들었던 참이다.

'이재희가 유부남과 임신해서 채라온을 낳았대. 그것 때문에 전처가 자살했다잖아.'

'전처 아들은 아예 외국으로 보내서 누군지도 모른다지 아마.'

'굴러 온 돌이 박힌 돌 빼낸다더니 전처랑 그 아들만 불쌍하게 됐지 뭐.'

어렸을 땐 형이 있다는 사실만으로 좋았다. 그런데 그 형은 이복동생인 자신 때문에 엄마를 잃었다.

사람들이 지어낸 이야기로만 여겼다가 사실이란 걸 알게 되었을 때의 슬픔과 충격이란! 한창 사춘기를 지나던 라온은, 그럼에도 밝은 천성 탓에 내색하지 않았다.

언젠간 형도 알아주리라. 형은 자신을 끔찍하게 여기겠지만, 자신은 형을 싫어하지 않는다는 것을. 형이 그러는 것은 당연하니 다 감수해야 한다고 말이다. 그것만이 형에게 속죄하는 일이라고 라온은 생각했다.

한 개의 별

삼중 추돌.

중간에 볼썽사납게 낀 여자의 차.

슬우의 차는 그녀의 차 뒤꽁무니에 아슬아슬하게 부딪친 채로 멈춰 있었다. 하지만 앞차들의 사정은 달랐다. 앞차의 옆구리를 움푹 패도록 들이받은 여자의 차 오른쪽 범퍼가 뚜껑이 들렸을 정도로 찌그러져 있었다. 게다가 이미 각자의 차에서 내린 두 남녀는 서로 잡아먹을 듯이 싸우는 중이었다.

오른쪽 손끝에서부터 손목까지 욱신욱신 쑤셔 오는 통증에 슬우는 이마에 내 천川 자를 그리며 차에서 내려섰다.

남자가 기선제압을 하느라 뭐라고 했는지 여자가 분기탱천

했다.

"이 씨베리아 쉐키가! 방금 뭐라 그랬는지 다시 한 번 지껄여 봐!"

슬우는 맨 앞차의 주인인 우람한 체격의 젊은 남자에게 걸진 욕설을 퍼붓는 여자의 뒤통수를 흠칫해서 쳐다보았다. 보이는 건 여자의 짧은 단발과 호리호리한 뒤태였으나 목소리 하나는 자동차 경적보다 우렁찼다. 자기 몸의 세 배나 되는 남자에게 — 것도 얼굴에 온통 피어싱까지 한— 한 언행치고는 꽤 과격했다. 보통내기가 아닌 듯싶었다.

"후우"

슬우는 난감하게 차도로 고개를 돌렸다. 접촉사고가 난 세 자동차를 피해 2차선으로 오던 차들이 1차선으로 바꿔 타느라 도로는 금세 혼잡해졌다.

차 문을 탕 닫고 앞범퍼를 살폈다. 키스로 말하자면 가벼운 프렌치 키스 정도의 접촉. 갑자기 속도를 내며 끼어들기를 시도하는 피어싱의 차를 여자보다 빨리 감지하고 브레이크를 밟았던 게 불행 중 다행이었다. 피어싱이 휴대전화를 사용하는 것도 두 눈으로 똑똑히 봤었다.

슬우가 차를 살펴보는 사이, 피어싱이 사납게 눈을 치켜뜨며 여자에게 악악댔다.

"니가 들이받아 놓고 누구한테 큰소리야?"

"하! 니가 끼어들었잖아. 이게 누구한테 덮어씌우려구?"

"끼어들겠다고 양해 구했어! 안 비키고 들이받은 게 누군데!"

"넌 깜빡이도 안 켜고 양해 구하냐, 이 자식아! 그리고 휴대전화로 통화 중인 거 다 봤거든!"

여자는 조금도 주눅이 들지 않고 연신 남자의 말을 되받아쳤다. 뒷목을 잡으며 차에서 내렸던 피어싱은 드센 여자 때문에 혈압이 더 오르는 듯 얼굴이 벌겋게 달아올랐다.

슬우는 아예 두 사람 근처엔 가지도 않았고, 갈 생각도 없었다. 반코트 주머니에 한 손을 찔러 넣고 언제 저 두 사람이 접촉사고가 자기들만 난 게 아니란 걸 깨달을까 하는 표정으로 서 있었다.

사고가 나고 10분이 되도록 용문신과 친할 것 같은 남자와 용도 잡아먹을 것 같은 여자의 말싸움은 끝나지 않고 있었다. 서로 니가 잘했네, 못했네. 교통사고가 나면 으레 하는 짓을 서슴지 않고 도로 한복판에서 벌였다. 한 치의 양보도 없는 두 사람의 기세로 봐선 아무래도 싸움이 길어질 것 같았다.

"나 좀 봅시다!"

그제야 여자가 휙 뒤로 돌아보았다. 피어싱도 누가 싸움을 방해하느냐는 듯 매서운 시선을 던졌다. 두 사람은 처음부터 삼중추돌이라는 걸 모르고 있었던 게 분명하다. 둘이 동시에 슬우의 차로 시선을 내렸다가 재수 옴 붙었다는 표정을 지었으므로. 하긴, 앞차와의 충돌로 여자는 뒤에서 일어난 가벼운 뽀뽀 정도의 접촉은 느끼지도 못했을 터.

난감한 듯 머리칼을 마구 헝클이던 여자가 빠른 걸음으로 슬우에게 다가왔다.

"괜찮으세요?"

여자는 질문은 슬우에게 하고 시선은 차 범퍼에 가 있었다. 살짝 스크래치가 갔을 정도의 경미한 접촉. 하지만 차가 엄청나게 비싼 외제다. 스크래치만 약간 나도 백만 원 단위로 깨진다는.

'젊은 놈이 외제를 끌고 다니고 지랄.'

짜증이 배가 된 여자가 저만치 서서 목을 이리저리 움직이고 서 있는 피어싱을 보며 분통을 터뜨렸다.

"개새끼, 진짜. 왜 거기서 끼어들고 지랄이야, 지랄이. 그쪽도 봤죠? 저 새끼가 끼어드는 거."

슬우는 기가 막혀 여자를 바라보았다. 10분 만에 불러서야 와서는 대뜸 앞차의 잘못임을 강조하며 자기도 피해자라는 투다. 물론, 끼어든 건 피어싱의 잘못이지만 함부로 해대는 욕이 문제였다. 이 여잔 대체 뭘 먹고 살기에 처음 본 남자 앞에서 아무렇지도 않게 욕을 하는 걸까?

무심코 고개를 돌리다 슬우와 눈이 마주친 여자가 인상을 더욱 사납게 구겼다.

"못 봤어요?"

"봤습니다."

"그죠? 아 씨, 아니라고 우기면 다야? 누굴 호구로 아나. 저런 새끼는 혼이 좀 나봐야 해."

여자는 씩씩대며 주저리주저리 떠들더니 비행사나 입을 만한 점퍼 주머니에서 휴대전화를 꺼냈다. 그러고는 속도감 있게 버튼을 눌렀다.

"경찰서죠? 여기 교통사고가 났는데요."

슬우는 손목시계를 들여다봤다.

12시 20분.

1시에 중요한 약속이 있었고, 지금 가도 빠듯한 시간이었다. 여자가 경찰서에 전화 거는 걸 보자 시간이 더 지체될 성싶었다. 더군다나 두 사람 싸움에 끼어들고 싶은 마음이 추호도 없었기에 코트 안주머니에서 금색 명함케이스를 꺼내 명함 한 장을 빼냈다. 그리고 전화를 걸고 있는 여자에게 내밀었다.

여자가 전화하다 말고 뭐야, 하는 눈초리로 슬우를 쳐다봤다.

"명함 있으면 주십시오."

여자는 전화로 경찰관 말을 듣느라, 또 슬우의 얘기를 듣느라 정신이 없다가 명함이 차 안 가방 속에 있다는 걸 기억해 냈다.

"잠깐만요."

급히 차로 되돌아간 여자는 조수석에 둔 커다란 가죽가방을 꺼냈다. 그리고 휴대전화를 귀와 어깨 사이에 끼워 넣은 채 가방을 뒤적거리더니 명함을 찾아 돌아왔다.

"여기요."

슬우는 휴대전화로 사고현장을 찍다가 여자가 내민 명함을 보는 둥 마는 둥 코트 안주머니에 집어넣었다.

"제가 지금 바빠서요. 합의 보면 연락 주시고, 차는 알아서 점검하도록 하겠습니다."

휴대전화를 끈 슬우가 몸을 휙 돌렸다. 놀란 여자가 운전석에 올라타는 슬우를 다급히 불렀다.

"어어, 저, 저기……!"

때마침 전화기 속에서 경찰관이 또 말을 거는 바람에 여자는 슬우를 붙잡는 데 실패했다. 그사이 슬우는 차를 뒤로 쭉 빼어 갈 길로 가버렸고, 그녀는 이러지도 저러지도 못한 채 그가 떠나는 모습을 지켜볼 수밖에 없었다.

경찰관과 통화가 끝나고 나자 달랑 명함만 주고 사라져 버린 남자가 괘씸했다.

"명함을 왜 나한테만 주고 가? 나더러 알아서 하라 이거야? 내가 지 비서야 뭐야? 어, 그래. 누구한테든 보상만 받으면 된다 이거지. 뭐 저런 싸가지가 다 있어?"

"그래서 어떻게 됐어?"

연말이 다가오자 여기저기서 불러대는 곳이 많아 가뜩이나 바쁜 레오는 오늘도 모 방송국에 나와 있었다. 음악프로 생방송이었고, 오늘까지 1위를 하면 8주 연승 가도를 달리는 것이었다. 그의 전용 대기실에서 화장과 헤어스타일, 패션까지 꼼꼼히 점검하고 있는 사람은 마네였다. 말이 프리랜서 비주얼 크리에

이티브 디렉터이지, 그의 전담 코디네이터라고 해도 무방했나.

"뭘 어떻게 돼? 경찰관이랑 보험사 직원이 와서 해결했지. 하마터면 방송 시간도 못 맞출 뻔했어."

낮에 있었던 사고 생각만 하면 열이 확 오르는 마네였다. 피어싱 놈은 경찰관이 와서야 언제 오리발을 내밀었나 싶게 얌전해졌고, 결국 보험 처리해 주겠노라 약속하고 헤어졌다. 맨 뒤차의 전화번호를 알려줬으니 모르긴 몰라도 따로 연락을 취했을 것이다. 그러게 금방 들통날 짓을 왜 하는지 모를 일이었다.

의자에 앉아 마네에게 얼굴을 맡기고 있던 레오가 위로의 말을 건넸다.

"그만하길 다행이네. 기분 풀어."

그때 문이 벌컥 열리며 레오의 매니저 구희봉이 커다란 덩치를 들썩이며 들어왔다. 잔뜩 굳어진 인상을 보니 또 무슨 일이 터진 모양이다.

하지만 마네에겐 지금 레오의 스타일이 더 중요했다. 일이 많다 보니 피곤해서 그러는지 오늘따라 화장이 잘 안 먹은 느낌이라 여간 신경 쓰이는 게 아니었다. 좀 붕 떠 보인달까. 화면에 어떻게 비칠지 걱정이 돼 죽겠는데 구희봉이 다짜고짜 목소리에 날을 세웠다.

"니네 또 호텔 갔냐?"

절로 속에서 '씨뎅' 소리가 터져 나왔다. 어시스트인 인경이 잠깐 화장실에 가고 대기실에 아무도 없으니 저리 막 나오는 것이리라. 누가 듣지나 않았을까 신경이 날카롭게 곤두서는 마네에 반해 정작 레오는 빙글빙글 웃으며 느물거렸다.

"에이, 왜 또 그래? 다 알면서."

구희봉은 차마 무대에 오를 레오에게는 말을 못하고 애꿎은 마네를 잡았다.

"장마네, 너 자꾸 이럴래?"

40대의 구희봉은 레오의 소속사 '큰Keun'에서 실장으로 불리는 사람이다. 20대 초반부터 매니저 일을 시작해 레오를 맡은 지 1년 남짓 되었다. 헌데, 자기 손으로 키워낸 스타가 많아서인지 거만하기 짝이 없어 프리랜서인 마네에게도 자기 직원인 양 함부로 굴기 일쑤였다. 하긴 기획사 대표란 인간이 그 모양이니 그 밑에서 뭘 배웠을까 싶어 마네는 조용히 말했다.

"레오 무대 앞두고 있어요. 나중에 얘기하면 안 돼요?"

"니가 자꾸 감싸니까……!"

마네도 참지 못하고 무섭게 인상을 찡그리며 구희봉을 노려보았다. 가뜩이나 교통사고 때문에 심기가 흐려 있던 차에 한 마디만 더 하면 방송이고 뭐고 뒤집어엎어 버릴 낌새다.

움찔한 구희봉이 급격히 태도를 바꿨다.

"방송 끝나고 대표님이 보자시니까 둘 다 각오 단단히 해."

구희봉이 나가자 인경이 뽀르르 안으로 들어왔다. 마네는 인경에게 뒷정리를 시키고 자리에서 일어난 레오의 스타일을 최종 점검한 후 격려의 말을 아끼지 않았다.

"잘해. 지난번처럼 실수하지 말구."

"누나 아직 모르는구나. 난 실수도 애교라는 거."

레오가 윙크를 찡긋하며 대기실을 나가자 마네의 입에서 한숨이 후 새어 나왔다. 박 대표가 어떻게 나올지 뻔히 알기 때문이었다. 그런데도 남의 일인 양 무심하기 짝이 없는 레오를 보자 서운한 감정이 가시지 않았다.

인경이 바지런히 화장품들을 챙기며 물었다.

"무대 안 보실 거예요?"

"봐야지."

마네는 무거운 발걸음으로 대기실을 나갔다. 그리고 무대 위에서 화려한 퍼포먼스와 함께 노래 부르는 레오를 지켜보았다.

스물네 살. 3년 전만 해도 무명의 신인이었던 그는 현재 범아시아적 인기를 누리는 톱스타다. 아무도 그의 성공을 기대하지도 예측하지도 않았었다. 단 한 사람, 그를 직접 발굴해 낸 김석현만 빼고. 큰Keun 기획사의 기획실장으로 있다가 레오가 데뷔할 때쯤 퇴사하고 현재는 'SH 엔터테인먼트'의 대표인 김석현.

1년 전 스캔들이 터졌을 무렵, 한 연말파티장에서 만난 그는 지나가는 말로 그랬었다.

"내가 살면서 제일 후회하는 일이 뭔지 알아요? 레오를 발굴해 냈다는 거예요. 우리 기획사에 채라온이 있어서 그런 건 아니고,

레오에겐 마음의 빚이랄까. 암튼 연예인 관두겠다고 했을 때 잡지 말았어야 했어요. 후후. 마네 씨가 고생이 많겠군요. 스캔들까지 막아주느라."

남의 기획사 사정까지 훤히 꿰뚫고 있는 그에게 아무런 대꾸도 할 수가 없었다. 자신이 너무나 초라했기 때문이다.

그의 입장에선 웬 오지랖이냐 싶을지도 모를 노릇이었다.

'나도 그때 관뒀어야 했을까?'

무대 위의 레오를 지켜보는 마네의 얼굴이 몹시도 착잡했다.

"넌 생각이 있냐, 없냐?"

그날 저녁, 박태식 대표의 사무실로 불려 간 두 사람은 지겹도록 잔소리를 들어야 했다. 레오는 듣는 둥 마는 둥 소파에 삐딱하게 앉아 검은 매니큐어가 발린 제 손톱만 들여다보고 있고, 박 대표를 사이에 두고 반대편에는 마네가 생각이 많은 얼굴로 앉아 있었다.

마네가 말이 없자 레오가 박 대표에게 심드렁하니 말을 건넸다.

"마네 누나가 무슨 잘못이 있다고 허구한 날 누나한테 그러세요? 혼내려면 절 혼내세요."

"쟤를 니 곁에 둔 게 애초에 잘못이었어. 감싸주는 것도 한두 번이고 입막음도 한두 번이지. 이번엔 스캔들 나면 대형 참사야, 대형 참사!"

"조심할게요."

박 대표는 레오의 심드렁한 태도에 더 화가 났다. 1년 전에도 스캔들 막느라 진을 뺐는데, 또!

"야, 이 새끼야! 내가 지금 너 살리려고 이러는 거 아냐!"

"그러니까 잘못도 없는 마네 누나는 왜 잡냐구요?"

"공범이잖아, 공범. 애초에 저게 널 감싸지만 않았어도 이렇게 일이 커지진 않았어. 그리고 잘못 없다, 잘못 없다 하면서 매번 재 이용하는 건 너야!"

'이용' 이란 말에 내내 무표정하던 마네의 눈동자에 난색이 스쳤다. 레오의 인상도 무섭게 굳어졌다.

"이용이라뇨? 누가 누굴 이용……."

"벌써 기자들한테 소문 쫙 깔렸어. 비주얼 디렉터랑 사귄다면서 뒤로 딴짓하는 거 다 들통나게 생겼다구."

레오는 계속되는 잔소리가 듣기 싫은지 엉뚱한 소리를 했다.

"에이씨, 이참에 진짜로 확 사귀어 버릴까? 우리 그럴래, 누나?"

홧김에 하는 소리일 게 뻔해 마네의 안색이 한층 어두워졌다. 하지만 두 사람은 그녀의 마음 따위엔 애당초 무신경한 게 분명했다. 그녀를 앉혀놓고 한 사람은 다그치기 바빴고, 한 사람은 빠져나갈 궁리만 하고 있었으니까. 저 인간들이 남의 차선에 양해도 없이 함부로 끼어들고도 되레 큰소리 뻥뻥 치던 그 피어싱

놈과 다를 게 무어랴.

마네의 속이 활화산처럼 부글부글 끓어올랐다. 거기에다 대고 박 대표가 완전히 연소시켜 버릴 듯 기름을 확 끼얹었다.

"장마네, 그동안 레오가 하도 너 아니면 안 된다고 해서 붙여놨는데 이젠 도저히 안 되겠다. 내가 직접 이 녀석 단속해야겠으니까 너 딴 애한테 가. 조만간 신인 하나 나올 거야. 걔 맡아."

그때까지 소파에 비스듬히 기대 있던 레오가 펄쩍 뛸 듯이 몸을 일으켰다.

"난 마네 누나 아니면 싫어. 딴 사람들은 다 싫어."

"너 맡고 싶단 사람 줄 섰어. 최고로 붙여줄 테니까 입 다물어. 나도 더 이상은 니들 하는 짓거리 못 참아줘. 알았어?"

"제가 관둘게요."

이 방에 들어와 마네가 처음 낸 소리였다. 화를 참느라 목소리가 더없이 음산했으나, 오히려 박 대표는 당연하지 않느냐는 듯 엄포를 놓았다.

"그래, 잘 생각했어. 내일 당장 바꿔줄 테니까 다시는 이 녀석 부탁 들어주지 마. 한 번만 더 부탁 들어줬다간 이 바닥에서 영원히 아웃될 줄 알아!"

"관두겠다구요. 완전히."

"뭐?"

"거 봐요. 누나도 나 아니면 안 한다니까요. 신인일 때부터 붙어 다녔는데 이렇게 억지로 떼어놓는 법이 어디 있어요?"

꼴값을 떤다는 듯 박 대표가 쭉 째신 눈을 희번덕거리며 막말을 했다.

"야, 관둬. 니까짓 게 관둔다면 누가 겁나냐. 이제 좀 잘 나간다 싶으니까 눈에 뵈는 게 없지? 이래서 키워놔 봤자 말짱 헛수고라니까."

차마 아버지뻘 되는 사람에게 욕을 할 수는 없고 마네는 자리에서 벌떡 일어나 밖으로 나가 버렸다. 박 대표를 원망하듯 보던 레오가 후닥닥 그녀를 따라나갔다.

"누나! ……누나, 잠깐만!"

복도를 걸어가던 마네는 팔을 붙잡히고 187㎝로 키가 한참이나 큰 녀석을 올려다봤다.

이 새끼를 여기서 죽여 버릴까?

저절로 주먹이 스르륵 말렸다.

"누나, 왜 그래? 대표님한테 혼난 게 그렇게 분했어? 누나한텐 내가 있잖아. 한류스타 레오."

한류스타? 개똥이라 그래.

"니가 나한테 뭘 해줄 수 있는데?"

"어?"

"한류스타인 니가 나한테 뭘 해줄 수 있냐구? 니 연애질에 방패 노릇이나 하면서 거짓 애인으로 사는 것말고 니가 뭘 해줄 건데, 이 자식아!"

참다 참다 분통이 터진 마네는 드디어 폭발해 버렸다. 레오는 누가 들을까 정색하며 그녀에게 주의를 주었다.

"언성 좀 낮춰. 회사 사람들 다 듣겠다."

"너한텐 내가 우스운 존재일 뿐이야. 피곤하면 피곤하다, 짜증 나면 짜증 난다. 오냐, 오냐. 니 스트레스 다 받아주니까 얼마나 편하고 쉬웠겠어. 난 널 내 친동생처럼 생각했어. 그래서 니 투정 다 받아줄 수 있었고, 마음대로 못하는 연애질 편하게 하기도 바랐어. 니가 호텔에서 기집애들이랑 그 짓 할 때 호텔 뒷문으로 몰래 도망 나오는 나 자신이 얼마나 비참했는지 넌 짐작도 못할 거야."

실상 지금이 더 비참했지만, 마네는 이 말만은 꼭 해야 했다. 레오와 함께 일한 세월이 너무나 아까웠기 때문이다. 레오를 아꼈던 마음이 너무나 컸기 때문이다. 아끼고 공들인 시간과 마음이 큰 탓에 상처도 그 배로 컸다.

그놈의 정이 뭔지. 1년 전 스캔들이 터졌던 그때 그만뒀어야 했다. 깨끗하고 과감하게. 그랬다면 오늘 이 같은 수모를 겪지 않아도 되었으리라.

분을 억누르지 못해 깨문 입술을 달달 떠는 그녀를 레오는 경악한 얼굴로 내려다봤다.

"누나……. 나 사랑해? 악!"

마네의 발길질에 오지게 정강이를 걷어채인 레오가 비명을 지르며 털썩 주저앉았다. 워커에 차였으니 한동안 멍이 시퍼렇게 들 것이다. 레오의 머리 위로 마네의 속사포 같은 욕설이 쏟아져 내렸다.

"씨베리아 쉐키! 너한테 내가 어떤 사람이었는지 이젠 정말 확실히 알겠다. 방금 한 얘기 못 들었냐? 친동생처럼 생각했었다구! 그런 나한테 사랑하냐고 묻는 너 같은 새끼는…… 더 이상 내 동생 될 자격 없어."

정강이가 아파 끙끙 신음 소리를 내는 레오를 버려둔 채 마네는 곧장 복도 끝 엘리베이터로 걸어갔다.

내가 다시는 여기랑 일하나 봐라. 더러운 새끼들. 퉤!

"진짜 더럽게 바쁘네."

아주 다들 이 장마네를 들들 볶기로 단체 모의라도 했는지 하필이면 오늘이 얼어 죽을 이삿날이었다.

교통사고에, 레오 사건에, 이사까지.

마네는 운전대를 붙잡은 채 '으으!' 포악스러운 비명을 질렀다. 시간이 없어 아직 고치지도 못해 앞범퍼 뚜껑이 덜컹거리는 차를 끌고 어두운 고가도로를 달렸다. 새로 이사한 집이 지대가 높은 곳인 모양이다. 그나마 올라가는 길의 야경이 꽤 좋아서 푹 가라앉았던 기분이 점점 살아났다.

"그래. 잊자, 잊어."

자꾸 생각해 봐야 속만 상할 뿐. 혼자 속 끓인다고 그 인간들이 반성할 리도 없잖은가. 이럴 땐 쿨하게 잊는 게 수다.

"이쪽이 맞나?"

어지간히 올라왔다 싶어 조금 속도를 늦춰 전방을 살피며 엄마에게 전화를 걸었다.

"엄마, 나. 거의 다 온 거 같은데 어느 집인지 못 찾겠어. …… 어디? ……넝쿨. 어, 알았어."

얼마 후 마네가 차를 세운 곳은 길모퉁이를 돌자마자 담장에 온통 넝쿨이 드리워진 집이었다. 엄마 말로는 넝쿨장미라는데 가을이라 장미는 없고 마른 잎사귀만 가까스로 붙어 있었다. 장미가 피면 예쁘겠다, 생각하며 대문 옆에 붙은 두 개의 초인종 중에서 위의 것을 꾹 눌렀다.

지잉—

대문이 열리고 안으로 들어가자 정원이 생각보다 넓었다. 집도 꽤 큰 편이었고. 일반 주택이라기보단 약간 갤러리 풍의 고급스러운 느낌이다. 정원 불이 환히 켜져 담장을 빙 둘러 심은 수목들이 불빛에 반짝반짝 빛을 내고 있었고, 곳곳에 조각상과 작은 연못까지 있어 운치를 더했다. 커튼이 쳐진 1층에는 불이 켜져 있었다. 아마도 1층에 집주인이 사는 듯했다. 집을 잘 가꾼 걸 보니 나이가 지긋하고 꼼꼼한 분들이리라.

마네는 기분 좋게 2층 계단으로 뛰어올라 갔다. 계단 끝에 섰을 때 집 앞에 나와 있는 짐들을 보자 비로소 이사 온 집이 맞구나 싶었다.

"엄마!"

마네는 큰 소리로 엄마를 부르며 안으로 들어갔다. 집 안에선 엄마를 비롯해 샤갈, 밀레까지 짐 정리를 하느라 정신이 없었다. 바빠서 다 늦어 집에 온 게 미안했지만, 식구들은 크게 개의치 않는 얼굴이었다. 워낙 바쁘다는 걸 아는 터였다.

들고 온 화장품케이스와 가방을 한쪽에 내려놓고 마네는 본격적으로 집 구경을 하기 시작했다.

방이 세 개, 욕실이 두 개.

거실은 방 두 개를 합쳐 놓은 것만큼 넓고, 다용도실이 달린 주방도 널찍했다. 지금껏 살았던 집 중에서 제일 마음에 드는 곳이었다. 새로 산 건 아닌 듯하고 못 보던 가구와 소파가 있기에 물었더니, 이전에 살던 사람이 갑자기 해외로 나가게 됐다며 죄다 두고 갔단다. 새것이나 다름없어 마네는 흡족한 미소를 만면에 띠고 손으로 소파를 쓱쓱 쓰다듬어 보았다.

"집 싸게 얻었다더니 횡재했네. 뭐 하자 있고 그런 거 아냐?"

"나도 물어봤어. 근데 새로 인테리어한 지 1년밖에 안 됐대. 부동산에서 하도 싸게 나왔다고 그래서 구경이나 하자고 왔다가 바로 계약해 버렸지 뭐. 지대가 좀 높아서 그렇지 이 동네에서 이만한 집 얻기 어려워."

마네의 엄마 새복은 한껏 기분이 들떠 있었다.

"너무 싸니까 수상하잖아. 주인은 어때?"

"젊은 남자가 얼마나 인물이 좋은지 몰라. 그지, 샤갈아?"

젊은 남자?

나이 지긋한 부부일 거라 생각했는데 뜻밖이었다. 젊은 남자를 집주인이라고 하는 걸 보니 부모님과 같이 사는 것도 아닌 모양이다.

"느낌 있어. 난 느낌 있는 남자가 좋더라."

게다가 느낌까지 좋은 남자라……. 정말 횡재했다!

샤갈의 말에 자기 짐을 방으로 옮기고 있던 밀레가 입을 삐쭉 들었다 놨다.

"큰언닌 조금만 잘생겨도 다 느낌 있다고 하더라."

밀레의 말이 틀리지 않아 웃으며 테라스로 나간 마네는 한눈에 내려다보이는 넓은 정원과 야경에 완전히 마음을 빼앗겼다. 예술이란 바로 이런 걸 두고 하는 말이려니.

"이야, 여기선 별도 보이는구나!"

하늘과 좀 더 닿아 있어서일까. 고개를 들자 밤하늘에 별이 후드득 쏟아질 것처럼 많았다.

아, 이런 게 정녕 서울 하늘이란 말인가.

서울 시내에 아직 청정지역이 남아 있다니, 왠지 가슴이 뭉클해진 마네는 근심도 잊고 활짝 웃었다.

"어쩜. 마음에 쏙 들어."

후루룩 짭짭. 후루룩, 후루룩.

샤갈의 요란스레 라면 먹는 소리가 조용한 거실을 울렸다. 식탁에 앉지도 못하고 대충 정리된 거실에 퍼질러 앉아 네 식구는 라면으로 저녁을 때우는 중이었다.

"포장이사 좀 하지."

세 식구에게만 이사를 맡겨놓은 게 미안해진 마네가 김치를 집어먹으며 구시렁거렸다. 그러자 새복이 라면을 먹다 말고 변명하듯 말했다.

"했지. 반포장. 버려야 할 것도 많고, 어차피 정리하는 건 똑같아."

"헤어숍은 오픈 언제 해?"

사실, 이사도 헤어숍을 확장하느라 덩달아 하게 된 것이었다. 원래는 평지인 아랫동네에 살았었는데, 헤어숍을 확장하여 옮기는 대신 집은 좀 싼 곳을 구하다 보니 일명 산동네로 와버렸다. 그런데 아랫동네에서 살던 곳보다 공기도 좋고 집도 운치있어 훨씬 좋았다.

"공사가 2주 정도 더 걸린대. 넌 또 내일 나가봐야 하지? 니 건 우리가 알아서 정리할게."

"내가 해도 돼."

"왜? 안 바빠?"

"어."

샤갈이 눈이 동그래져 목소리의 옥타브가 한층 흥감스럽게 올라갔다.

"어머, 무슨 소리야? 우리나라에서 제일 바쁜 연예인이랑 일하면서 안 바쁘다니."

"관뒀어, 오늘."

"뭐? 어머머, 왜? 너 레오랑 또 무슨 일 있어?"

레오 소리에 마네가 발끈했다.

"레오 얘기 하지 마."

"또 여자 문제야? 걔는 왜 가만있는 널 끌어들여서 맨날 그 사달이라니? 아유, 속상해. 남의 딸 혼삿길을 막아도 유분수지."

이미 1년 전에 있었던 그때의 사건을 식구들은 마네에게 들어 알고 있었다. 언행은 거칠어도 정이 많은 마네라는 걸 아는 탓에 여우 같은 레오 놈에게 이용당했다고 온 식구가 성토를 벌였었다. 그때도 마네가 누가 물어도 모른 척하라고 신신당부했기에 망정이지 안 그랬으면 레오는 드센 엄마와 샤갈 덕에 머리카락 한 올도 남아나지 않았을 것이다.

똑똑!

현관문을 두드리는 소리에 모두 한 방향으로 시선을 모았다. 이 밤에 올 사람이라고 해봐야 아래층에 사는 주인뿐이었다.

그렇다면 젊고 느낌까지 좋은 집주인을 만나게 되는 건가?

마네는 어떤 남자일지 자못 궁금한 눈빛으로 자리에서 일어나 총총 현관으로 달려갔다.

"누구세요?"

"아래층입니다."

옳다구나!

냉큼 문을 열자, 키가 큰 남자가 안으로 쑥 들어선다.

"실례합니다."

슬우의 눈에 먼저 들어온 건 거실에 있는 짐 틈바구니에 앉아 라면을 먹는 세 모녀의 모습이었다. 오전에 이사하는 걸 보고 나간 터라 저 세 모녀는 알겠는데, 문 열어준 사람은 또 누구?

무심코 시선을 돌린 그의 표정이 일순 경직되었다. 라면을 먹고 있는 두 딸은 제 엄마와 판박이였고, 문을 열어준 여자는 미모 출중한 세 모녀보단 조금 떨어지지만 대신 기가 세 보이는 바로 그 욕쟁이 아가씨가 아닌가!

식구가 세 명인 줄 알았다가 한 명이 추가된 것도 그렇거니와 욕쟁이 아가씨가 식구라는 것이 불길한 기운으로 그의 뇌리를 짜르르 훑고 지나갔다.

그를 알아본 마네도 기막힌 우연에 놀라 물었다.

"댁이 여기 주인이세요?"

"그렇습니다만. 근데 식구가 세 사람이 아니라 네 사람이었습니까?"

어느 틈엔가 마네의 옆으로 온 새복이 난감한 듯 쭈뼛댔다.

"그게 어떻게 된 거냐면요."

표정이 점점 싸늘하게 변해가는 슬우를 보자 마네는 그저 어리둥절할 따름이었다.

"식구가 네 명인 게 무슨 상관인데요?"

정말 궁금해서 물은 것뿐인데 새복이 가만있으라며 옆구리를 쿡 쥐어박는다. 예나 지금이나 엄마의 손은 눈물이 쏙 빠지게 맵다.

"애가 거의 밖에서 보내는 시간이 많아서요."

"그래도 식구는 식구 아닙니까. 처음부터 말씀을……."

시종일관 까칠한 슬우 때문에 마네는 살짝 기분이 상했다. 반가운 척은 바라지도 않는다. 같은 교통사고 피해자끼리 이렇게 만난 것도 인연이라면 인연인데 딱딱하게 굴 필요는 없잖은가.

"어린애가 있는 것도 아니고 뭐 안 되는 이유라도 있어요?"

"전 식구 많은 거 싫어합니다. 세 명 이상은 안 된다고 말씀드렸고, 세 명뿐이니 걱정 말라고 어머니께서 그렇게 말씀하셨습니다만."

자로 잰 듯한 어조로 조목조목 따지는 슬우에게 마네는 빈정이 확 상해 버렸다. 하긴, 사고 났을 때도 거만하게 명함만 달랑 건네고 가버렸던 사람이다. 뭘 더 바랄까. 안면 있는 사람이 집주인이란 사실에 순간 반가웠던 자신이 등신이었다. 게다가 쪼잔하게 식구 수를 따지는 집주인이라니…….

실망스럽다, 너.

"엄만 왜 그런 거짓말을 해? 집이 여기 아니면 없어?"

"너도 이 집 마음에 든다며?"

"집은 마음에 드는데 집주인이 마음에 안 들어."

"애가!"

새복이 당돌하기 짝이 없는 마네에게 눈을 부릅떠 보이더니 억지로 웃으며 슬우에게 사과했다.

"미안해요. 얘가 오늘 좀 안 좋은 일이 있어서……. 거짓말하려고 한 게 아니라 이 집이 워낙 맘에 들어서 그런 거니까 이해해 줘요. 얘가 지방이랑 해외 출장이 잦아서 어쩌다 한 번 집에 오거든요. 근데 하필 오늘 일을 관둬 가지고……."

"결론은 네 명이 여기서 살아야 한다는 거 아닙니까?"

"세 명이든 네 명이든 뭔 차이가 있다고……. 시끄러울까 봐 그러세요? 죄다 일하고 아르바이트하느라 밤늦게 오니까 걱정 마세요."

"예의가 없는 사람이군요."

방금 예의라고 했니? 그러는 너도 예의는 그다지 없어 보인다만.

"허! 누구더러 예의가 없대? 집주인은 예의 없어도 되고 세입자는 예의 차려야 하나?"

"언니……."

분위기가 살벌해지자 밀레가 부랴부랴 마네의 손을 끌고 거실로 돌아갔다. 첫날부터 집주인과 대판 할 수도 없는 노릇이라 마네도 억지로 부아를 꾹 눌러 삼켰다. 집 없는 설움도 많이 당했었지만, 첫날부터 지랄인 집주인은 처음이었다.

'저 인간이 차 뒤꽁무니에 들러붙었을 때 알아봤어야 했어. 하여간 오늘 일진, 평생 안 잊힐 만큼 사납구나.'

그때까지도 무슨 일이 났는지 관심 없이 라면만 먹고 있던 샤갈이 현관에 서 있는 슬우를 향해 큰 소리로 물었다.

"라면 한 젓가락 하실래요?"

샤갈의 무신경함에 마네는 기가 차서 눈을 흘기며 소파에 양반다리를 하고 주저앉았다. 현관에서는 새복이 계속 슬우를 달래는 소리가 들렸다.

"거짓말한 건 정말 미안하게 됐어요. 갑자기 이사 날짜는 잡혔지 어떡해? 여자들밖에 없어서 깨끗하게 쓸 거야. 시끄럽지도 않을 거구. 저기 밑에 사거리에 얼마 안 있으면 헤어숍 오픈할 거예요. 그때 와요, 내가 머리 공짜로 해줄게."

"전 공짜 싫어합니다."

"그럼 돈 내고 자르든가."

마네가 슬우에게 들으라고 한 소리에 밀레가 얼른 눈치를 주었다.

"언니, 그만 좀 해."

그 와중에 샤갈은 라면 안 먹을 거냐며 무심히 묻는다. 짜증이 난 마네는 핀잔을 주었다.

"언니 다 먹어."

"진짜?"

샤갈이 냉큼 마네의 라면을 가져다 먹기 시작했고, 슬우를 보낸 새복이 현관문을 닫고 종종걸음으로 들어왔다.

"왜 왔대?"

"잔금 잘 받았다구. 인사차 왔나 본데 저렇게 보내서 어쩌니? 아유, 넌 왜 집주인한테 싸가지 없게 굴어? 그냥 죄송하게 됐습니다, 한마디면 될걸. 실바 하니 이사 다 들어왔는데 내쫓겠어?"

아무리 집이 마음에 들기로 속이고 들어온 엄마도 엄마지만, 마네는 싹수 노란 집주인 남자 때문에 영 찜찜했다.

〈누나, 진짜 관둘 거 아니지?〉

레오에게 걸려온 전화로 마네는 식구들을 피해 계단 중간쯤에 쪼그려 앉았다.

"진짜 관둘 건데, 왜?"

〈잘못했어.〉

"뭘?"

〈그냥 다 잘못했어.〉

마네의 입에서 한숨이 하얀 입김이 되어 몽실몽실 피어올랐다. 다른 건 몰라도 잘못했다는 말에는 마음이 약한 그녀였다. 그런 이유로 한 번은 용서했지만, 두 번은 안 속는다.

"너 1년 전에도 이런 일 있었을 때 방금 니가 한 말이랑 토씨 하나 안 틀리고 나한테 그냥 다 잘못했다고 했어. 그때도 더럽고 치사해서 관두려고 하다가, 니가 나 아니면 안 된다고 통사정하는 바람에 참았어. 그게 다 눈가림하기 쉬우니까, 니 말이라면 다 들어주니까 이용하려고 그런 거 아냐."

〈…….〉

"할 말 없지? 그리고 마지막으로 충고하는데 그따위로 살지

마. 스트레스를 왜 여자한테 풀어? 너 처음 만났을 땐 이러지 않았어. 세상 누구보다 빛나던 아이였어. 내가 왜 널 아끼고 좋아했는데. 내가 왜 니 말이라면 다 들어줬는데. 니 본모습이 아니라는 거 아니까. 죽을 만큼 힘들다는 거 누구보다 잘 아니까."

〈누나…….〉

"너한테 누나라고 불리는 것도 싫어, 나쁜 자식아."

〈내가 누구 붙잡고 하는 사람이야?〉

곧 죽어도 자존심은.

"난 왜 붙잡아?"

〈누나잖아! 난 뭐 누나한테 안 고마운 줄 알아? 누나 아니었으면 나, 이만큼 안 됐어. 중도에 벌써 때려치웠을 걸.〉

그걸 아는 놈이 그따위로 했냐?

"이젠 싫어. 박 대표 그 양아치 같은 새끼도 싫고, 너도 꼴 보기 싫어. 다신 연락하지 마."

〈누나, 혹시 딴 데서 일하재? 누구야? 급 있는 연예인이야?〉

"박 대표가 물어보라고 시켰지? 왜? 딴 데랑은 일도 못하게 하려구? 나 프리랜서야. 니네 전속 아니라구. 내가 누구랑 일하든 무슨 상관이야?"

오냐, 오냐 해주니까 할아버지 상투를 틀어잡는다더니 이것들이 누굴 함부로 갖고 노는 거야?

〈잘 있다가 갑자기 이러니까 당황스럽잖아. 오늘 누나 어땠는지 알아? 때는 이때다 하고 달려드는 하이에나 같았어.〉

"기껏 전화해서 한다는 소리가 하이에나……."

혈압이 올라 마네는 휘청이며 뒷목을 잡았다.

〈헉! 그, 그게 아니라…….〉

"이 씨베리아 쉐키가 진짜! 너 다시 전화하면 죽는다. 내 전화번호 당장 지워라."

전화를 확 끊어버린 마네는 휴대전화에 저장되어 있던 레오의 전화번호를 단숨에 지워 버렸다. 그리곤 분노를 풀 길이 없어 허공에다 대고 '아으윽!' 괴성을 내지르고 쿵쾅거리며 2층으로 올라갔다. 그녀의 공포스러운 괴성과 발소리가 온 정원을 왕왕 울리는 듯했다.

지하에 있는 작업실과 이어진 계단, 그 밑에 서 있던 슬우가 놀란 표정으로 모습을 드러냈다. 아무렇지 않게 나올 수 있었으나 욕쟁이 아가씨 목소리를 듣자 자기도 모르게 그 자리에서 굳어버렸다. 본의 아니게 전화 내용을 엿듣고 만 그는 알 만하다는 듯이 고개를 주억거렸다.

"실연을 당했던 거였군. 어쩐지 히스테릭하더라."

대충 정리한 방 침대에 누워 마네는 무심히 천장만 올려다봤다. 이미 시간은 자정이 훨씬 넘었지만, 피로할 뿐 잠은 오지 않는 밤이었다. 잠자리가 바뀌어 그런 건 아니다. 하도 여기저기 돌아다니다 보니 아무 곳이고 머리만 대면 5분 안에 잠이 드는 마네였다.

"너 정도면 일하자는 데 많을 거야."

반대편 침대에서 얼굴에 팩을 한 채 드러누워 있던 샤갈이 마네를 위로했다.

"좀 쉬고 싶은데, 안 되겠지?"

편히 쉬어본 날이 언제인지 까마득했다. 아빠처럼 화가가 되고 싶었던 그녀가 장래에 대해 깊이 고민하게 된 건 고3 때다. 고3에 올라가자마자 난 아빠의 사고는 그녀에게도 불투명한 미래를 안겨주었다. 더 이상은 아빠의 가르침을 받을 수 없다는 생각, 아빠가 없다는 설움이 한꺼번에 복받쳐 올랐다.

그녀는 두려웠다. 아빠처럼 이름 없는 화가로 인생이 끝나면 어쩌나 하는. 그래서 방향을 바꾸었다. 비주얼 크리에이티브 디렉터로.

미국 AAU(Academy of Art University)로 유학을 간 것도 그 때문이었다. 그곳에서 4년을 공부하고 돌아와 2년 동안 어시스트로 일했고, 실력을 인정받아 처음 단독으로 맡은 게 신인인 레오였다. 그 무렵, 개인 이름을 내건 사무실도 얻으며 프리랜서의 삶이 시작됐다.

치열했던 시간들을 보내고 어느덧 나이 스물여덟. 간간이 다른 일을 하기도 했지만, 그녀는 레오의 비주얼 디렉터로 더 유명했다. 1년 전, 레오의 스캔들이 터졌을 때 의리랍시고 그걸 막아주느라 레오의 여자로 더욱 유명해졌지만 말이다.

둘 다 무명에서 성공을 거둔 것이었기 때문에 3년 가까이 같이 일하며 정情도 들었고, 약간은 동정심도 있었다. 무명이 얼마나 힘든 일인지 아빠 때문이라도 잘 알기에. 당시에는 레오를 한순간에 무너지게 둘 수 없다는 필사적인 심정이었다.

레오의 가짜 애인이 되어주면서까지 지키고 싶었던 우정. 그의 성공이 곧 자신의 성공이라 믿었던 어리석음이 뒤늦게 배신감과 후회로 돌아왔다. 그리고 그 후로도 레오는 이상하리만치 여자 편력에서 벗어나지 못했다.

연습생 시절부터 입버릇처럼 국민남동생 채라온을 따라잡겠다 말하던 놈이었다. 그리고 현재는 제2의 채라온이라는 별칭까지 얻으며 성공 가도를 달리고 있었다.

하지만 거기까지. 저런 정신 상태로는 결코 채라온이 될 수 없으리라.

지칠 대로 지쳐 있는 마네에게 샤갈은 별걱정을 다한다는 듯 아량 넓게 이야기했다.

"안 될 거 뭐 있어, 쉬면 되지. 그동안 빡세게 일했으니까 쉬어."

그랬으면 정말 좋겠지만…….

"가게 넓혀서 이사까지 왔는데 쉬면 어떡해? 둘이 감당할 수 있겠어?"

"죽기야 하겠냐? 가게 넓으면 손님도 더 많겠지 뭐."

"언닌 참 긍정적이라 좋겠수."

"니가 쓸데없이 걱정이 많은 거야. 걱정한다고 해결될 거면 나도 그러겠다만, 해결해 주는 건 걱정도 시간도 아냐. 긍정적인 생각과 노력인 거지. 날 봐라. 고등학교 때까지만 해도 저거 인간 되겠냐고 다들 혀를 찼었잖아. 근데 적어도 난 주제파악은 할 줄 알았거든. 그 결과, 내 밥벌이는 하고 살잖아."

대학 진학보다 엄마처럼 미용기술을 배워 직업전선에 뛰어든 샤갈이야 원래 만사 좋은 게 좋은 거라는 입장이니 절로 고개가 끄덕여지는 말이지만, 마네는 달랐다. 이왕 발을 들여놓은 곳이니 최고가 되고 싶었다. 그래서 아빠가 겪었던 무명의 한을 풀어주고 싶었다.

"언닌 지금의 삶에 만족해?"

"난 항상 만족하며 살았어. 니가 왜 힘든 줄 알아?"

"왜?"

"만족이란 걸 몰라서야. 넌 욕심이 너무 많아."

정확한 평가에 마네는 씁쓸하게 웃었다.

"자신한테 조금만 여유로워져. 그럼 세상이 달라질 테니."

여유.

샤갈의 말이 맞다. 한 번도 마음의 여유라는 걸 가져 본 적이 없었다. 어려서부터 인생의 치열함을 온몸으로 부대끼며 살았던 마네였으니.

무명화가인 아빠, 욕쟁이 억척 엄마, 가족의 일엔 무신경한 언니 샤갈, 너무 어려 늘 자신이 돌봐야 했던 막둥이 밀레.

마네에겐 가족이 아닌 마음의 짐이었던 그들. 그리고 아빠는 어느 날 차를 몰고 그림을 그리러 떠났다가 한밤중 집에 돌아오는 길에 뺑소니 교통사고로 세상을 뜨고 말았다.

뺑소니…….

생각만 해도 끔찍한 그날의 사고.

하지만 9년이 지난 지금까지도 범인을 잡지 못했다. 범인만 잡았어도 이렇게 한이 되진 않으련만.

아빠 생각에 가슴이 아파 와 마네는 그만 등을 돌리고 이불을 머리까지 뒤집어썼다.

"야옹~"

아침 일찍 새복과 샤갈이 공사 중인 새 가게에 나간 후 밀레가 깜장 고양이 한 마리를 안고 들어왔다. 방금 잠에서 깬 마네는 크게 하품을 하며 물었다.

"웬 고양이야?"

"정선이가 키우는 고양인데 며칠만 맡아달라고 해서. 갑자기 집에 일 있어서 내려갔거든."

아직 정리가 덜 된 짐들을 둘러보다가 마네는 마뜩찮은 듯 인상을 찌푸렸다.

"너도 아르바이트 가야 하잖아."

"언니 며칠 쉰다며? 언니가 좀 봐주라."

"내가? 이 짐은 다 어쩌구?"

마네가 난감한 듯 투덜대자 밀레가 고양이를 무작정 품에 안

기고는 쪼르르 밖으로 뛰어나갔다.

"미안, 언니. 부탁해!"

"야! 야, 장밀레!"

뒤도 안 돌아보고 달아난 밀레 때문에 마네는 허탈감을 감추지 못하고 품에 안은 고양이를 내려다보았다. 그러더니 고양이를 번쩍 두 팔로 안아들고 중얼거렸다.

"이름도 안 가르쳐 주고 가버렸네. 통성명은 나중에 하기로 하고 난 우선 커피부터 마셔야겠다. 얌전하게 있어야 한다."

고양이를 바닥에 내려놓은 후 그녀는 주방에 갔다가 냉장고에 붙은 메모지를 발견하고 읽어보았다.

—뒷정리를 부탁한다, 동생아.

샤갈이었다.

"에휴. 다들 부려먹으려고 작정을 했군."

식탁 위에서 커피믹스를 발견한 마네는 커피 한 잔을 만들어 테라스로 나갔다.

화폭처럼 펼쳐진 도시. 야경도 유채화처럼 멋지지만, 아침 풍경도 수채화처럼 고즈넉하다. 그녀는 커피로 깔깔한 목을 축이며 잠시 감상에 젖었다.

그때 집에서 나온 슬우가 정원에 나타났다. 2층 난간에 걸터앉아 슬우의 정수리를 내려다보던 마네는 문득 명함에서 본 이름이 떠올랐다.

삼청동 '채彩' 갤러리 대표, 채슬우.

'채슬우.'

마네는 그의 이름을 입속으로 가만히 되뇌었다. 그사이, 그녀를 보지 못한 슬우는 바삐 정원을 가로질러 곧 시야에서 사라졌다.

"쯧. 하필이면 저 남자 집일 게 뭐야."

씁쓸해하며 커피를 마시는데 뭘 두고 나갔는지 슬우가 빠른 걸음으로 되돌아오는 게 아닌가.

2층 난간에 걸터앉아 있는 마네를 발견한 그는 걸음을 멈칫했다. 슬우와 눈이 마주친 마네도 놀라서 하마터면 입에 물었던 커피를 뿜을 뻔했다. 가까스로 커피를 목구멍으로 꿀꺽 넘기고 자기도 모르게 집 안으로 후다닥 들어가 버렸다.

"……."

본체만체 인사도 없이 쌩하니 들어가 버린 마네를 기분 나쁘게 쳐다보다가 슬우는 서둘러 집 안으로 들어갔다. 잠시 후 다시 나온 그의 손에는 차 열쇠가 들려 있었다. 몇 걸음 걸어가던 그가 '무궁화 꽃이 피었습니다' 하듯이 휙 2층을 돌아보았다. 그런데 그곳엔 아무도 없었다.

'분명히 보고 있었던 것 같은데…….'

찝찝한 표정으로 집을 나서는 슬우의 뒤로 마네가 빼꼼 고개를 내밀고 쳐다봤다. 슬우가 완전히 정원에서 사라지고 나서야 그녀는 가슴을 쓸어내렸다.

"갑자기 돌아보고 그래. 깜짝 놀랐잖아."

☆ ☆ ☆

추상화 '꽃'.

이제 막 배달되어 온 그림을 벽에 세워놓고 그 앞에서 뒷짐을 진 채 감상 중이던 신우정은 손에 든 메모지를 귀퉁이 보호대 위에 붙였다.

—백기환 의원님.

고개를 들어 그림 위, 벽에 걸린 레오의 사진에 오래도록 시선을 고정했다. 땀방울이 고스란히 느껴질 만큼 생생함이 살아 있는 레오의 콘서트 사진.

"콧대가 너무 높아."

흘리듯 중얼거린 신우정이 피식 웃고는 돌아서서 책상으로 걸어갔다. 그러고는 인터폰을 길게 눌렀다.

"홍 비서, 그림 의원님께 보내."

〈예, 사모님.〉

그녀는 책상 위에서 'MINT'라고 찍힌 백금라이터를 빙글 돌리다가 그 옆에 있던 담뱃갑과 함께 들고 발코니로 나갔다. 운동장처럼 넓은 뜰이 내려다보이는 1층 발코니. 그곳에 있는 흔들의자에 기대앉아 느긋하게 담배를 피웠다. 넓은 뜰에는 고양이 서너 마리가 자유롭게 돌아다니고, 뜰을 지나 높은 담으로 둘러싸인 저택은 실상 가정집이 아닌 그녀의 살롱이었다.

포괄적인 의미로 보면 정치, 경제, 문화를 막론하고 주요 인사들이 드나드는 곳. 그녀가 사들인 미술품들을 관람하기도 하고, 그녀의 안목을 믿고 사가는 경우도 있었다. 간소한 리셉션부터 화려한 파티까지. 때론 비밀리에 연예인들을 불러 만남을 주선하기도 하며, 필요하면 청부를 알선하기도 했다.

발코니로 뛰어오른 고양이를 안아다 무릎에 앉히는 그녀의 나이는 삼십대 중반. 담배 연기 탓에 살짝 인상을 찡그렸으나, 그럼에도 아름답고 고혹적인 매력을 풍겼다. 다만, 그녀의 인상이 섬뜩한 것은 유리알처럼 깨끗한 눈동자 때문이었다. 감정이 잘 보이지 않는달까.

흘러내린 머리칼을 귀 뒤로 넘긴 그녀는 고양이를 바닥에 내려놔 주고 흔들의자에 깊이 몸을 묻었다. 무심히 담배를 피우던 그녀의 분홍빛 입술 새로 문득 차가운 미소가 새어 나왔다.

"벌써 10년이 다 됐네. 세월 참 빨라. 후후."

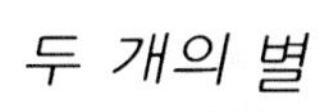

두 개의 별

청담동에 있는 SH 엔터테인먼트.

넓고 쾌적한 석현의 사무실 안으로 재킷을 팔에 걸친 슬우가 들어섰다. 청바지와 니트를 입은 편한 복장의 슬우와 달리 석현은 넥타이까지 맨 정장 차림이었다.

"어서 와."

석현이 다가와 펄쩍 뛸 듯이 슬우의 목을 끌어안고 소파에 앉았다.

"왜 이렇게 얼굴 보기가 힘들어? 만나자고 해도 싫다 그러구."

슬우는 싫은 기색이 완연한 얼굴로 석현을 밀어 떼어냈다. 석현이 슬우의 질색하는 모습에 낄낄 웃으며 조금 엉덩이를 떨어뜨렸다. 슬우는 석현의 소름 돋는 애정 행각으로 구겨진 옷을 손등으로 툭툭 털어 바로잡았다. 남자답게 생긴 슬우에 비해 기생오라비처럼 쪽 빠진 석현은 잘 어울리는 듯하면서도 극과 극의 분위기를 자아냈다.

"전시가 계속 잡혀 있어서. 오늘에야 시간이 좀 났어."

"어떻게 나보다 더 바빠?"

"그러게. 참, 신인그룹 나온다더니 언제 나와?"

"어이구, 연예계는 관심도 없는 사람이 웬일이야?"

"여기 들어간 투자금이 얼만데 그래. 나도 어엿한 주주야. 관심 갖는 거 당연하지."

슬우가 테이블 위에 놓인 난초에서 꽃잎이 하나 톡 떨어지자 손으로 집어 손바닥에 올려놓았다. 연분홍 꽃잎. 연한 꽃잎을 손끝으로 살살 쓰다듬어 보았다. 꽃잎의 감촉은 언제나 감미롭다.

그 모습을 지켜보던 석현이 피식 웃었다. 말과 분위기는 삭막해도 마음은 누구보다 여리고 따뜻한 녀석이다, 채슬우는. 어릴 적 아픔이 너무나 커서 그 누구와도 마음을 섞지 않고 혼자만의 세계에 갇힌 사람.

"초상화는?"

"오늘 갖고 오려다가 형이 주말에 집에 온다길래."

"기대된다, 어떻게 나왔을지."

슬우는 손이 아픈지 마사지하듯 비볐다. 괜찮겠거니 했는데 하루가 지났는데도 통증이 가시지 않는다.

"왜? 아파?"

"어제 접촉사고 때 약간 접질렸나 봐."

"병원은 갔다 왔어?"

"아니. 어젠 이 정도까지 안 아팠었어."

"어휴, 진작 갔었어야지. 지금이라도 갔다 와. 손 관리 소홀히 했다가 낭패 보지 말구."

손이 아파서인지 자연스럽게 떠오르는 마네의 얼굴. 사나운 고양이 같은 그녀를 생각하자 슬우는 불쾌하게 미간을 찡그렸다.

왜 하필 이사 온 사람이 그녀인 건지. 하늘도 무심하셔라.

☆ ☆ ☆

쾅쾅쾅!

제법 익숙한 솜씨로 못을 박은 그녀는 그곳에 아빠의 초상화를 걸었다. 아빠가 거울을 보고 직접 그린 자화상이었다. 공교롭게도 자화상은 아빠가 돌아가시기 전, 그러니까 집을 떠나기 직전에 완성한 것이어서 볼 때마다 애틋함이 더했다.

의자에서 내려온 마네는 안방에 둔 아빠의 미술작품들을 어디다 둬야 할지 고민이었다. 이전에 살던 집에는 창고가 따로 있어서 늘 그곳에 보관해 두었었는데 말이다.

"여긴 창고 없나?"

언젠가 아빠의 작품 전시회를 열어드릴 요량으로 작품이 상할까 봐 특별히 보관에 신경 썼었다. 팔지 못해 집에 보관 중이던 작품들과 교통사고 때 수거해 온 작품들을 합쳐 20점 남짓. 아빠가 세상에 남기고 간 전부였다.

"까망아, 제대로 걸렸나 봐줄래?"

뒤를 돌아본 마네는 좀 전까지 있던 고양이가 보이지 않자 소파 위에서 폴짝 뛰어내려 왔다.

"요 녀석, 또 어디로 숨었어? 까망아!"

짐들 틈으로 자꾸 숨는 바람에 몇 번이나 숨바꼭질을 해야 했던 마네는 밀레가 문자로 알려준 고양이 이름을 부르며 찾기 시작했다. 방마다 들여다보고 짐 틈바구니를 살펴보았지만 어쩐 일인지 보이지 않았다.

화장실로 걸어가던 마네는 뒤늦게 현관문이 조금 열려 있는 걸 보고 가슴이 철렁 내려앉았다. 밖에 있던 짐을 안으로 들여다 놓으며 문을 꽉 닫지 않은 모양이었다.

"어머!"

후다닥 달려나가 보았으나 고양이는 어디로 가버렸는지 감쪽같이 사라진 후였다.

"까망아! ……까망아!"

계단을 반쯤 뛰어내려 갔을 때 희미하게 고양이 울음소리가 들렸다. 마네는 황급히 계단 난산 아래를 내려다보았다. 그 아래 지하로 이어지는 계단에서 나는 소리다.

멀리 가지 않아 다행이란 생각에 마네는 부리나케 뛰어 지하 계단을 따라 내려갔다. 지하 양옆으로 두 개의 문이 있었는데, 고양이는 마네가 쫓아오는 소리를 듣더니 왼쪽의 열린 문틈으로 쏙 들어가 버린다.

문 사이로 살짝 안을 들여다보았다가 깜짝 놀랐다. 이젤과 그림도구들, 벽에다 겹겹이 세워놓은 작품들이 그 안에 즐비했기에.

갤러리 대표라고 했으니 어쩌면 당연한 일인지도 몰랐다. 그런데 정작 그녀가 놀랐던 것은 따로 있었다.

직접 그리던 것으로 보이는 이젤 위의 그림, 작업대 위에 팔레트와 붓, 그림물감…….

"화가였어? 에이, 설마. 취미겠지."

명함에 화가라는 말이 없었던 걸로 봐서 취미 정도의 수준이리라. 아니면 갤러리 운영한답시고 무늬만 화가일지도.

그런데.

"어!"

고양이가 작업대 쪽으로 걸어가기에 몹시 불안했다. 아니나 다를까, 고양이가 훌쩍 작업대로 뛰어오른다.

"어머, 어떡해?"

그냥 내버려 두었다간 작업실을 망쳐 놓을 것 같아 하는 수 없이 안으로 들어갔다. 들어서자마자 물감냄새가 코를 찔렀다. 실로 오랜만에 맡는 냄새였다.

아빠냄새…….

막상 들어와 보니 훨씬 밝고 아늑했다. 창으로 쏟아져 들어오는 빛무리가 실내를 둥둥 떠다녔다. 그 신비로운 빛줄기에 취해 잠시 경건한 마음이 되었던 마네는 넓은 나무작업대 위에 가지런히 놓인 미술도구들을 찬찬히 살펴보았다. 그리고 이젤 위의 그리다 만 그림도.

추상화 같은데 채도가 낮은 붉은색 빛처럼 마름모꼴들이 무작위로 엉켜 있고, 그 한가운데 웅크리고 있는 여자의 나신. 볼록 나온 배에 잉태한 아기가 울고 있는 그림이었다.

그림이 왠지 음울하고 심각해 보여 마네는 눈을 가늘게 뜨고 그림의 의미를 생각해 보려 애썼다.

"야옹~"

눈자위만 새하얀 깜장 고양이가 빤히 마네를 보더니 경계하듯이 가르릉 목청을 긁었다.

"이리와, 까망아. 여기 들어오면 안 돼."

마네가 타이르듯 말했으나, 고양이는 도도하게 고개를 쳐들고는 작업대 위를 폴짝폴짝 뛰듯이 걸어갔다.

"어어, 야. 얌전히 있어."

얌전히 있으라니 고양이는 더 신이 나 작업대 위를 이리저리 뛰어다녔다. 잡을 테면 잡아보라는 듯 긴 꼬리를 사라랑 흔들면서. 작업대 위에 있던 미술도구들이 고양이 발에 밟히고 채여 하나 둘 제자리를 이탈하기 시작했다.

"어머, 어머!"

고양이를 잡으려 마네는 작업대 반대편으로 뛰었다. 약을 올리기라도 하듯이 작업대 끝에 서서 헐레벌떡 뛰어오는 마네의 꼴을 가만히 보고 있던 고양이가 펄쩍 작업대 아래로 몸을 날렸다. 팔레트의 물감을 밟은 덕에 고양이 발자국이 톡톡 빨갛게, 까맣게 바닥에 묻어났다.

"으아!"

마네는 영악한 고양이 때문에 씨근덕거리며 그 뒤를 쫓기에 여념이 없었다. 그새 벽에 기대놓은 그림 앞으로 다가간 고양이가 앞발을 척 치켜들었다. 마네가 달려오며 보니 웬 남자의 초상화였다. 그것도 어디서 많이 본 듯 낯이 익은 남자의 초상화.

"엇!"

초상화의 남자를 알아본 동시에 고양이가 치켜든 앞발로 초상화를 턱 짚었다. 고양이를 잡느라 달려오던 마네는 발이 접질려 앞으로 나동그라지면서 엉겁결에 작업대를 손으로 짚었다. 하필이면 색색의 물감들을 담아놓은 물감통이라 그 반동에 널을 뛰듯 한꺼번에 공중으로 튀어 올랐다. 그러고는 곧 자빠진 그녀의 몸과 주변으로 와르르 떨어져 내렸다. 다행히 병이 두꺼워 깨지지는 않았지만, 얻어맞은 머리와 등은 욱신욱신 쑤셨다.

죽은 듯이 엎드려 있던 그녀는 서서히 고개를 들었다. 그리고 보았다. 초상화 속의 남자 코 옆에 맹구처럼 찍힌 커다란 점을.

"으허헉!"

절망감에 앞으로 쭉 뻗은 두 팔을 온몸과 함께 축 늘어뜨렸다. 까칠한 주인 남자의 얼굴을 떠올리자 시간을 되돌리고 싶은 마음만 간절했다.

"아으윽, 난 죽었다."

고양이는 그러고도 유유히 작업실 안을 돌아다녔고, 약이 바짝 오른 마네는 고양이 사냥꾼처럼 그 뒤를 30분 동안이나 쫓아다녀야 했다.

슬우가 작업실 문을 열었을 때 왠지 모르게 오싹한 기운이 등줄기를 쫘악 훑고 지나갔다. 이런 건 대개 좋지 않은 일이 일어났을 때나 느낄 법한 촉이다.

'뭐지?'

그의 눈이 순식간에 매의 눈으로 돌변했다. 예리하게 작업실을 훑어가던 그의 인상이 일그러진 건 작업대에 시선이 멈췄을 때였다. 정리는 되어 있지만 모든 게 제자리가 아니다.

"음……."

그는 탐정이라도 된 듯 예민하게 촉각을 곤두세우며 작업대를 향해 빠르게 걸음을 옮겼다. 팔레트의 물감이 뭉개져 있었고, 반대편 물감통의 물감 순서가 뒤바뀌어 있었다. 그리고 다른 미술도구들도 반듯하게 놓여 있긴 하지만, 그의 눈엔 죄다 엉망으로 뒤엉킨 상태였다. 누군가 몰래 들어온 흔적을 발견한 순간 슬우의 안면 근육이 파르르 경련을 일으켰다.

"엣췌이!"

갑자기 코가 간질거린다 싶더니 재채기가 터져 나온다.

"에, 엣취! 에취!"

한동안 주체할 수 없던 재채기를 가까스로 추스르고 슬우는 굽혔던 등을 폈다. 그리고 그의 시선 끝에 닿은 석현의 초상화를 보는 순간 그대로 굳어버렸다. 멀리서 봐선 눈치를 못 채겠지만, 그의 눈을 속일 수는 없었다.

'감히 내 작품에 손을 대! 도대체 어떤 인간이야?'

그는 너무 화가 나 부들부들 떨리는 두 다리를 옮겨 초상화 앞으로 다가갔다. 한쪽 무릎을 굽혀 그 앞에 앉아 석현의 코 옆에 희끄무레하게 번진 검은 자국을 뚫어져라 들여다봤다. 필경 누군가 교묘히 지운 자국이었다.

2층에서는 아직 아무도 귀가하지 않은 집에서 마네가 걱정스럽게 거실을 서성이고 있었다. 테라스에서 슬우가 들어오는 걸 봤기 때문이다. 그리고 얼마 안 있어 아래층 문이 열리며 현관 바깥 불이 켜졌고 그가 지하실로 내려가는 듯했다. 1층 거실 불빛이 닿지 않은 지하실 유리창 앞 잔디가 환해진 걸로 봐선 지금쯤 사태 파악이 되었으리라.

"어떡하지?"

매도 먼저 맞는 게 낫다 했다.

입안이 바짝바짝 타들어가던 마네는 소파에 두었던 카디건을 걸쳐 입었다. 그리고 죽으러 가는 소마냥 어깨를 축 늘이고 현관으로 걸어가 문을 열었다.

"헛!"

언제 올라왔는지 문 앞에 서 있는 사람은 슬우였다. 그녀를 본 슬우의 인상이 더욱 무섭게 굳어졌다. 그리 당당하던 그녀가 잔뜩 겁을 먹은 표정으로 올려다보며 우물거렸기 때문이다.

"그게 어떻게 된 거냐면……."

"무슨 짓을 한 겁니까?"

"고양이가 작업실에 들어갔길래……. 작업실 망칠까 봐 잡으려고 한 게 그만……."

솔직하다고 다 용서가 되는 건 아니다. 이유를 막론하고 남의 작업실에 들어간 건 잘못이므로.

가뜩이나 저음인 슬우의 목소리가 한층 더 낮아졌다.

"대체 주인 허락도 없이 거긴 왜 내려간 겁니까?"

"말했잖아요. 고양이가 작업실 망칠 것 같아서 잡으러 들어갔다고……. 정말 죄송해요. 그림은 변상해 드릴게요."

"변상? 지금 변상이라고 했습니까? 그렇다면 당장 결정할 문제가 아닌 것 같군요. 두 눈으로 똑똑히 봤겠지만, 그게 초상화입니다. 먼저 초상화 주인과 상의한 연후에……. 에, 에, 에, 엣취!"

변상이란 말에 더 기분이 상한 슬우였다. 그게 어디 단순히 변상의 문제이기만 할까. 그간의 노력과 남의 작품을 훼손한 죄. 또한, 가장 참을 수 없는 건 바로 고양이였으니. 지하실에서 정원으로 나왔을 때만 해도 괜찮던 코가 미칠 듯이 간지러운 것만 봐도, 필시……!

"야옹~"

그 소리에 기겁한 건 두말할 것도 없었다. 그는 고양이털 알레르기가 있었기 때문이다. 길고양이가 아니었나?

"고, 고양이도 키웁니까?"

"그게……."

"애완동물 안 된다고 어머니께 말씀을 드렸습니다만!"

이 남자는 뭐 이리 안 되는 게 많단 말인가.

고양이가 슬금슬금 현관으로 다가오자 슬우는 얼굴이 하얗게 질려 한 발 씩 뒤로 물러났다.

"어쨌든 다, 당장 저 고양이, 내, 내 집에서 내보내십시오. 그럼."

도망치듯 휙 돌아선 슬우가 두두두 계단이 울릴 정도로 혼비백산해서 뛰어내려 갔다. 그 모습을 지켜보던 마네는 황당하기 이를 데 없었다. 된통 깨질 줄 알았다가 웬일로 고양이만 내보내라고는 끝이니 말이다. 당장 나가라고 버럭버럭 소리를 지를 줄 알았건만.

"왜 저러지?"

어안이 벙벙해진 마네는 가까이 다가온 고양이를 내려다봤다. 마네에게 잡힌 뒤로 한층 얌전해진 고양이가 그녀의 뽀송뽀송한 수면양말이 마음에 드는지 앙증맞게 몸을 비볐다.

마네는 두 팔을 내려 애교 많은 깜장 고양이를 품에 안아 들며 중얼거렸다.

"초상화 주인……. 분명히 김석현 대표님 맞는데. 유명한 화간가? 어떻게 김 대표님을 알지?"

"어머머, 그래서? 얼마나 못 쓰게 됐는데?"

그날 저녁, 집으로 돌아온 샤갈은 마네에게 자초지종을 듣고 쌍꺼풀 진 눈이 동그래졌다.

"닦아내긴 했는데 물감이 조금 번져서……. 그냥 놔두자니 물감 굳어서 지우기가 더 어려울 거 같고, 덧칠할까도 생각했는데 더 망쳐 놓을까 봐 못 건드리겠더라구."

새복도 걱정이 되는지 호되게 마네를 타박했다.

"아유, 집주인 총각 화나서 우리한테 나가라고 하면 어떡해? 가뜩이나 감정도 안 좋은데 더 들쑤셔 놨잖아. 밀레 넌 물어보지도 않고 고양이는 왜 맡아?"

원인 제공을 한 자신의 잘못도 한몫한지라 밀레는 코를 빠뜨리고 있다가 얼버무렸다.

"정선이가 급하다고 해서……. 미안해."

"진짜 화가면 어떡하지? 초상화면 돈 받고 그려주지 않나?"

샤갈의 말에 마네는 한숨이 푹 나왔다. 아깐 곱게 갔지만, 온 가족이 있을 때 들이닥쳐 히스테리를 부릴지도 모르는 일이었다. 엎친 데 덮친 격으로 초상화 주인이 김석현 대표라니. 눈앞이 캄캄했다.

"혹시 화가 중에 채슬우라고 들어본 적 있어?"

고양이를 끌어안고 쓰다듬어 주던 밀레가 잘못을 만회하려는 듯 적극적으로 참견했다.

"인터넷에 쳐볼까? 유명한 화가면 바로 뜰 거 아냐."

"확인해 보자."

그리하여 컴퓨터 앞에 모인 네 여자. 채슬우란 이름을 치면 프로필과 함께 그에 대한 기사가 뜰 것이다. 밀레가 네이버 창에 이름을 타이핑했다.

채.

채슬.

채슬우.

그리고 엔터 키.

눈이 빠져라 모니터를 지켜보던 네 여자는 각종 언론사에 줄줄이 뜬 기사들을 보자마자 동시에 휘청했다. 다른 건 볼 것도 없이 제일 위에 있는 기사를 재빨리 클릭했다. 갤러리 안에서 찍은 사진인지 설정이 아니라 자연스럽게 그림을 감상 중인 슬우의 옆모습이 그곳에 있었다. 제법 가까이 찍은 사진이었는데 고집스러우면서도 어딘지 고독해 보이는 인상은 전형적인 예술가의 모습 그대로였다. 그냥 봐선 몰랐는데 기사로 보니 좀 다르게 느껴진다.

세기가 낳은 화가, 채슬우.

제목만 봐도 거창한 게…….

"여섯 살 때 이미 신동 소릴 들었다구? 어머나! 그 총각이 이렇게 유명한 사람이었어? 어쩐지 느낌이 다르더라."

황홀감으로 샤갈의 눈에 금방 하트가 반짝였다. 반면, 마네는 눈앞이 노래지다 못해 얼굴이 누렇게 떠버렸다. 고등학생 시절 미술 공부할 때만 해도 이름조차 듣지 못한 사람이 세기가 낳은 화가라니. 그렇다면 자신이 미술을 그만둔 이후에 급부상했다는 뜻이리라.

새복은 쫓겨나는 게 더 걱정인 양 울상이 되었다.

"어떡하니, 마네야? 그림값이야 물면 된다 치지만, 정말 쫓겨나면 어떡해? 애완동물 안 된다고 신신당부했었는데 이게 뭐야? 순 거짓말쟁이 되어버렸잖어."

다시 작업실로 내려온 슬우는 망친 그림을 보며 절로 끙 신음소리를 냈다. 재채기가 왜 나나 했더니 2층 고양이 때문이었다.

식구 수 초과에다 질색하는 고양이까지.

문단속을 제대로 안 한 게 후회막심이었다. 그래도 설마 하니 작업실에 들어와 볼 거라고 상상도 못했다. 지금까지 단 한 차례도 그런 적이 없었으므로.

"하여간 유별난 여자야."

그는 망친 그림도 그림이지만 마네가 몰래 작업실에 들어와 봤다는 게 속살을 보인 것처럼 더 화가 나고 기분이 나빴다.

톡톡.

뭔가 하고 무심코 창문을 쳐다봤다가 흠칫 놀랐다. 창에 얼굴을 디밀고 안을 들여다보는 새복 때문이었다.

'깜짝이야.'

유령이라도 본 것처럼 간 떨어질 뻔한 슬우가 밖으로 나가자, 새복이 몹시 난처한 듯 두 손바닥을 비볐다.

"너무 미안해서 가만히 있을 수가 있어야죠. 우리 애가 그림을 망쳤다면서요? 유명한 분을 우리가 몰라 뵙고……. 정말 머리 숙여 사과드립니다. 원래 애가 남의 일이라도 그냥 지나치질 못하는 성격이 돼놔서……. 실은 우리 마네가 고등학교 때까지만 해도 화가지망생이었거든요. 채 화백처럼 우리 마네도 초등학교 땐 신동 소리 듣고 그랬어요."

슬우는 설마 하는 눈빛으로 새복을 바라보았다.

그 욕쟁이가 어딜 봐서 예술하게 생겼단 거지?

"……."

"그림값은 물어드릴 테니까 마음 풀어요. 내가 이렇게 사과할게요, 네?"

"아주머니께서 사과하실 일은 아닙니다만."

"애가 잘못했으면 엄마가 책임지고 그런 거지 뭐. 우리 그렇게 경우 없는 사람들 아니에요. 그러니까 오해하지 말아요."

"신동 소리 들었다는 그 따님은 계속 여기서 함께 사는 거 확실합니까?"

"아, 뭐 당분간……. 고양이는 주인이 다시 찾아갈 거예요. 급한 일이 생겨서 며칠만 맡긴 거래요."

"알겠습니다. 올라가 보십시오."

실망감이 가득한 슬우를 보자 새복은 마음이 좋지 않았다. 어쩌다가 집 한 채도 없어서 아들 같은 사람에게 싫은 소리나 듣고 자신이 너무나 초라해 눈물이 핑 돌았다.

"그림값은 우리 마네한테 얘기해 줘요, 그럼."

"……."

기운 없이 걸어가는 새복을 슬우는 물끄러미 바라보았다. 거짓말한 건 괘씸하지만, 어깨가 축 처져 걸어가는 새복을 보자 내심 신경이 쓰였다. 이런 모양새는 결코 그가 바라던 바가 아니었다. 헌데, 한 번 꼬이기 시작하자 이상한 방향으로 흘러간다. 과연 저들과 한 집에서 2년 동안 살 수는 있을지 강한 의문이 들었다.

슬우가 웬일로 먼저 만나자고 연락이 왔다 했더니 2층에 세 들어 온 아가씨가 초상화를 망쳤다는 것이다. 갤러리 근처의 식당에서 식사 중이던 석현은 뜨악해서 슬우에게 물었다.

"그래서 그림값을 받으려구?"

"형 초상화야. 남의 일 얘기하듯 하지 마."

"조금 번진 거라면서? 살짝 손보면 되지. 신의 손은 그럴 때 쓰는 거 아니냐. 아래윗집 살면서 너무 빡빡하게 굴지 마. 고양이 때문에 그랬다잖아."

성격 좋은 석현이야 얼마든지 웃어넘길 수 있는 문제인지 모르겠지만, 슬우는 생각할수록 기분이 나빴다. 이전처럼 혼자 사는 세입자를 들이는 게 나을 뻔했다는 아쉬움이 가득했다. 이제껏 세입자로 인해 그다지 신경 쓸 일이 없었던지라 그의 입장에선 마네가 여간 부담스럽고 성가신 게 아니었다.

"형이 직접 봤어야 해. 성질도 더럽게 생겼어. 욕도 엄청 잘해. 살다 살다 그렇게 별난 여잔 처음 봤어."

어지간해선 남의 말을 입에 담지 않는 슬우가 만나서 줄곧 그 아가씨 얘기만 늘어놓고 있었다. 겨우 이사 이틀 만에 슬우의 속을 뒤집어놓은 아가씨가 누구일지 석현은 자못 궁금했다.

"어유, 니가 그런 소리 할 정도면 대단하긴 한가 보다."

"온 식구가 짜고서 날 속인 거 같아. 식구가 네 명이 아니라 세 명이라고 거짓말한 것도 불쾌한데 고양이까지 키우다니. 어이가 없으려니까."

슬우는 부아가 나 그답지 않게 말이 길어지고 있었다. 석현이 알 수 없다는 눈빛으로 그를 건너다보았다.

"고양이는 알레르기 때문에 그렇다 치고 넌 식구 수에 왜 그렇게 연연해?"

"시끄럽잖아. 식구 많으면 집도 함부로 쓸 테고, 싫어. 이전엔 죄다 한 명씩만 받았었어. 아주머니 인상이 좋길래 큰마음 먹고 세 명도 용납해 준 거야. 이렇게 뒤통수를 칠 줄은 몰랐지."

"니가 좋게 이해해. 이사 오자마자 싸워서 앞으로 어떡하려고 그래?"

전세 기간이 2년이니 오늘까지 합해 아직 1년 11개월 하고도 27일이 남아 있었다. 1억 광년처럼 느껴지는 암담함이라니.

"나도 그러고 싶은데 그 여자만 생각하면 그게 안 돼. 그 여자랑만 얘기하면 이상하게 기분이 나빠져. 어디 그뿐인 줄 알아? 이사 오던 날 접촉사고 난 여자야, 그 여자가."

그것까진 생각 못했던지라 석현의 매끈한 이마가 눈을 크게 뜨느라 살짝 접혔다. 서른다섯의 나이보다 젊어 보이는 석현은 서른두 살의 슬우와 친구 사이라 해도 믿을 수 있었다.

"진짜? 오, 인연은 인연이네."

접촉사고 난 여자가 알고 보니 세 든 여자. 정말 살다가 그런 인연을 만나기는 쉽지 않을 것이다.

"인연이 아니라 악연이겠지."

"큭큭. 좀 재밌는 아가씨일 것 같긴 하다. 욕쟁이 아가씨라.

내가 아는 사람 중에도 그런 아가씨 있거든. 이름이 뭐야?"

"이름?"

그때야 비로소 슬우는 그녀에게 받은 명함이 여태 재킷 안주머니에 들어 있다는 사실을 깨달았다. 접촉사고가 났던 날 오후 늦게 보험처리를 해주겠다며 피어싱에게 전화받은 후로 까마득히 잊고 있었다.

그날 저녁 집에 돌아온 슬우는 현관 앞에서 기다리고 있는 마네와 맞닥뜨렸다. 종일 기분이 상해 있던 터라 그녀를 보자 곱게 말이 나오지 않았다.

"뭡니까?"

"초상화 주인은 뭐라고 하세요?"

"뭐라고 했을 거 같습니까?"

"곤란하게 해드렸다면 정말 죄송해요. 그분께도 제가 직접 사과할게요. 그림값도 물어드리구요."

슬우는 당연히 그래야 하지 않느냐는 듯 여전히 인상을 굳힌 채로 퉁명스럽게 말했다.

"주말에 집에 올 겁니다. 그때 만나서 사과를 하든 그림값을 물어주든 하면 되겠군요."

'괜찮다는 말은 죽어도 안 하네. 그래도 당장 나가라고 안 하는 게 어디야.'

그는 앞에 버티고 서 있는 마네를, 한쪽 눈썹을 삐딱하게 치켜들고 쏘아보았다.

"좀 비켜주시겠습니까?"

'염병할. 말투 한번 고약하네.'

마네가 무용하듯 옆으로 한 발 쓱 옮겨가자, 슬우가 곧장 직진하여 현관에 달린 키의 비밀번호를 꾹꾹 누르더니 뒤도 안 돌아보고 들어가 버렸다. 어깨를 비틀어 하는 꼴을 지켜보던 마네는 마음에 들지 않는다는 듯 머리를 마구 헝클었다.

"대체 그림값이 얼마라는 거야?"

그 길로 2층 자기 방으로 올라온 마네는 중요한 서류를 모아놓은 통 안에서 통장 지갑을 꺼냈다. 그중에서 통장 하나를 꺼내 잔액을 확인했다. 가게 넓힌다고 전부 빼주고 통장엔 300만 원 가량이 남아 있었다. 돈도 돈이지만 그녀의 걱정은 사실, 따로 있었다.

"쪽팔려. 김 대표님이 알아볼 텐데 어쩌면 좋지?"

김 대표가 큰Keun 기획사를 관둘 때 즈음 레오와 일을 시작했기에 친해질 기회는 없었다. 그 후로 오가며 인사할 때마다 친절하게 받아주고 이것저것 가르쳐 주었던 기억이 선했다. 겪어본 바도 그러했지만 연예계에선 대체로 평판이 좋은 사람이었다. 그런데 부주의해서 초상화를 망쳐 놨으니 이 민망함이라면 지하 벙커를 만들어도 부족할 것 같았다.

〈쌤, 사무실에 안 나오실 거예요?〉

어시스트인 인경이었다. 마네는 무르팍 사이를 파고든 고양이의 등을 부드럽게 어루만지며 통화했다. 손끝에 닿는 몰랑몰랑한 감촉과 따뜻한 온기에 덩달아 기분이 나른해진다.

"며칠 더 쉬었다가. 차도 카센터에 들어가서 없구. 일 외에 걸려 오는 전화는 다 무시해 버려. 특히, 그 기자들."

마네는 그동안 쌓인 게 많은지 '기자들'에서 자기도 모르게 눈을 가늘게 늘이며 심통 궂은 목소리로 뇌까렸다.

〈속 많이 상하시죠? 알아요, 저도. 레오랑 무슨 일로 그러시는지. 진짜 나쁜 놈이지 않아요?〉

"같이 일했던 사람이야. 너까지 그러지 마. 딴 데 가서도 입 꾹 다물어, 알았어?"

〈예에.〉

혀를 쏙 빼무는 인경의 모습이 눈에 선해 마네는 싱긋 웃었다.

"나 없는 동안 연습 많이 해놔. 테스트해 볼 거야."

〈힉! 헤헤, 알았어요. 쌤, 그럼 쉬세요. 또 전화드릴게요.〉

휴대전화를 소파에 던져 놓은 마네는 고양이를 내려다보며 심란하게 중얼거렸다.

"니 주인 이틀 후에나 온대. 그러니까 쥐 죽은 듯이……. 고양이한테 쥐 죽은 듯 있으라니, 코스프레도 아니구. 어쨌든 조용히 있어. 안 그럼 아래층에서 알레르기 귀신이 쫓아 올라올지도 몰라."

다행히 이틀 후 밀레의 친구 정선이 상경했고, 고양이는 그날로 밀레의 품에 안겨 집을 떠났다. 당연히 슬우가 없을 때를 틈타서 몰래.

007 첩보작전이나 다름없어 마네는 별난 집주인 때문에 이 무슨 고생이냐며 투덜거렸다.

☆ ☆ ☆

〈내일 몇 시까지 가면 돼?〉

"저녁 먹게 일찍 와."

〈7시까지 갈게.〉

"알았어. 그때 봐."

토요일 저녁, 퇴근 후 정원을 걸어오던 슬우는 전화를 끊고 불이 켜진 2층을 올려다봤다. 시간을 보니 8시 40분. 석현이 오는 시간을 알려줘야겠기에 성큼성큼 2층으로 올라갔다.

똑똑.

현관문을 노크했지만, 안에서는 대답이 없었다.

똑똑. ……똑똑.

두어 번 더 문을 두드려 봐도 함흥차사. 혹시나 하고 문고리를 비틀었더니 열려 있다. 문을 조금 열고 안을 향해 '계십니까?' 하고 막 소리치려 할 때였다. 갑자기 욕실 문이 열리며 안에서 누군가 나왔다.

벌어진 입 그대로 슬우는 얼음처럼 굳어버렸다. 미처 그를 발견하지 못한 마네가 샤워를 했는지 큰 수건으로 몸을 가리고 거실 쪽으로 걸어갔기 때문이다. 수건 위로 고스란히 드러난 어깨와 쭉 뻗은 다리만 봐도 아찔할 지경인데, 수건이 헐렁했는지 걸어가다가 스르륵 미끄러져 바닥에 툭 떨어진다. 그녀의 나신이 허공에 드러난 순간, 슬우는 속으로 '헉!' 숨을 들이켰다.

뒤에서 슬우가 보고 있는지도 모르고 마네는 허리를 숙여 수건을 집어 들었다. 엉덩이 사이로 보이는 계곡을 차마 보지 못하고 슬우는 질끈 눈을 감아버렸다. 다시 눈을 떴을 땐 방으로 들어갔는지 마네의 모습이 보이지 않았다.

조용히 문을 닫았다. 문소리가 날까 봐 끝까지 닫지도 않고 열리지 않도록 살짝 걸쳐 놓기만 해 놓고는 발소리를 죽여 신속하게 계단으로 사라졌다.

밖에서 무슨 일이 일어났는지도 모른 채 잠옷으로 갈아입고 나온 마네는 거실 소파로 와 TV를 켰다. 별안간 바람이 심하게 불어 테라스 쪽 창문이 덜컹거리더니 웬일로 현관문이 스르륵 열린다. 을씨년스럽게 바람이 부는 현관을 고개를 쭉 빼어 내다보다가 자리에서 일어났다.

"문이 시원찮나? 왜 자꾸 열려?"

마네는 상체를 밖으로 내밀어 괜스레 휘휘 둘러보고는 현관문을 닫았다.

아래층에선 슬우가 아직도 놀란 가슴을 진정시키지 못했다. 눈앞에 계속 마네의 굴곡 심한 뒷모습이 어른거렸다. 하얗디하얀 살결, 잘록한 허리와 통통한 엉덩이, 그리고 차마 눈 뜨고 보지 못했던 그녀의 그곳까지 상상이 일자 힘껏 천장을 노려보며 외쳤다.

"하여간 그 여자가 문제야. 빌어먹을 마녀!"

주방으로 가 찬물을 벌컥벌컥 들이켠 뒤 슬우는 컵을 탕 소리가 나도록 식탁에 내려놓았다. 그런데도 좀처럼 가슴이 진정되지 않았다.

"문을 잠갔어야지. 문도 안 잠그고 샤워를 한 그 여자가 조심성이 제로인 거야. 난 그저…… 난 그저……."

난 그저 운이 없었을 뿐이야, 라고 말하고 싶었다. 헌데 또다시 가느다란 목선과 부드럽게 이어지는 어깨선, 그리고 급경사로 미끄러지는 허리선을 타고 동글동글 탱탱한 푸딩 같던 엉덩이, 그 아래로 쭉 뻗은 두 다리가 아롱아롱 눈앞에 떠올랐다.

"흥!"

슬우는 어제 그녀의 실수와 오늘 자신의 실수는 의도적인 면에서 엄청난 차이가 있다고 생각하며 콧방귀를 풍 뀌었다. 그깟 알몸 한 번 봤기로 죄책감이 들 필요는 없는 것이다. 오히려 피해자는 자신이라 생각했다.

보려고 한 게 아니라 그녀가 보여준 것이다!

"젠장."

그는 괜히 열을 내며 빠른 걸음으로 주방을 나와 서재로 향했다. 마음을 차분히 가라앉히려면 책을 보는 게 제일이었다. 안방과 드레스룸을 사이에 두고 반대편에 있는 서재에 들어가자 엄청난 독서광인 듯 삼면이 책장으로 되어 있었다. 책장마다 빼곡하게 들어찬 책들. 책 종류는 방대하여 그의 전공인 미술 서적부터 손바닥만 한 크기의 명상집까지 다양했다.

그는 여느 때처럼 책상 앞에 가서 앉았다. 어제 보다가 둔 구스타프 클림트의 미술집을 보기 위함이었다. 보던 곳을 펼쳤을 때 마침 보이는 그림이 '금붕어'였다. 나체의 세 여인이 금붕어처럼 물속을 유영하는 그림.

'응?'

세 여인 중 앞의 여인은 구부린 자세로 살짝 뒤로 돌아보고 있었는데 풍만한 엉덩이를 보자 가슴이 쿵 내려앉았다. 뒤편 왼쪽 여인은 말 그래도 뒷모습의 나체였으니 좀 전에 봤던 마네의 뒷모습과 다를 바가 없었다. 그리고 오른쪽 여인은 뇌쇄적인 핑크빛 가슴을 드러내고 있었다. 모르긴 몰라도 마네의 앞태도 이와 다르진 않을 터.

그림 속 여인의 가슴과 마네의 가슴이 왠지 닮았을 것 같다고 생각하던 그는 소스라치게 놀랐다.

"뭐야?"

아무리 클림트가 에로티시즘을 추구한다 해도 신성한 그림에 마녀를 빗대다니!

슬우는 자신의 불순한 상상력을 탓하듯 신경질적으로 페이지를 다음 장으로 넘겼다.

'물뱀.'

방금 본 '금붕어'와 연작이라는 이 작품은 표현력이 더 과감했다.

19세기 말에서 20세기 초, 당시 유럽 전역에서는 신 미술의 흐름인 '아르누보Art Nouveau'가 유행하고 있었다. 클림트도 비잔틴 모자이크에 매료되어 작품에 접목시킨 것으로 유명했다. 마치 인어처럼 표현된 두 여인이 물의 흐름에 따라 흔들리는 모습을 통해 에로틱한 여성의 신체를 보여주고 있었다. 두 여인이 레즈비언과 같은 포즈로 서로를 탐닉하는 듯한 자세는 보는 이들에게 무한한 상상력을 불러일으킴과 동시에 충격적으로 다가왔다.

"끄응."

그는 애써 평정심을 되찾으며 몇 장을 더 넘겼다. 그리고 '다나에'를 보자마자 눈빛이 흠칫 떨렸다.

'다나에'가 무엇인가. 에로티시즘의 극치라 불리는 작품이 아니더냐.

아르고스의 왕 아크리시우스는 손자에게 죽임을 당할 거란 예언자의 말을 듣고 딸인 다나에를 청동 탑에 가둬 버린다. 하지만 제우스의 눈을 피할 순 없었다.

아름답고 순수한 다나에는 어느 날, 야릇한 기분에 휩싸여 잠에서 깨어난다. 하늘에서는 황금비가 내리고, 황금비는 그녀의 온몸을 적시며 허벅지 사이로 파고든다. 다나에는 황홀경에 몸부림친다.

지그시 감은 눈, 쾌락과 환희로 살짝 벌어진 붉은 입술, 상기된 볼…….

한껏 오르가즘에 오른 다나에의 표정에 슬우는 자기도 모르게 입안에 고인 침을 꿀꺽 삼켰다. 천천히 책을 덮는 그의 얼굴이 점점 참담하게 변해갔다. 그동안 수백 번도 더 봤던 작품이었다. 그런데 어째서 기분이 이상야릇해지는 거지?

"이건 작품에 대한 모독이야."

그는 작품에 대한 이해보다 성적인 욕망의 시선으로 작품을 보는 자신이 혐오스러웠다. 이건 포르노 잡지가 아닌 것이다.

책을 탁 덮고 자리에서 일어나 서재를 나갔다.

그리고 그 밤, 창밖에 부는 바람 소리를 들으며 문득 외롭다는 생각을 했다. 깊은 잠을 이루지 못하고 밤새 뒤척이는 남자의 모습이 작은 창에 걸린 달님이 볼 때도 불쌍했을지 모를 일이었나.

슬우가 일요일이면 빠뜨리지 않고 하는 게 바로 정원 청소다. 정기적으로 사람을 불러 관리를 받고는 있지만, 어머니의 숨결이 배어 있는 이 집을 손수 가꾸는 일은 그에게 남다른 의미가 있었다.

10월 말.

단풍은 무르익고 은행잎은 바람에 떨어져 지천이었다. 청명한 가을하늘은 바라만 보아도 마음을 청량하게 만들어주었다.

푸른 물감으로 칠해놓은 것 같은 하늘에 마음을 빼앗겨 잠시 가을의 향취를 만끽하며 서 있던 슬우는 긴 빗자루로 쓱쓱 낙엽을 쓸기 시작했다. 간간이 부는 바람에 그의 머리 위로 끊임없이 낙엽이 나풀나풀 떨어졌다. 데굴데굴 구르는 낙엽들을 한 곳에 소복하게 쌓았다. 빗질을 할 때마다 느끼는 거지만 정원을 캔버스 삼아 낙엽으로 그림을 그리는 기분이다.

이토록 아름다운 광경이라니.

슬우의 입가로 따뜻한 미소가 어렸다.

그때 그의 앞으로 누군가 다다다 발소리를 내며 달려왔다.

무심코 시선을 주었던 슬우는 아래위 한 벌로 된 비로드추리닝 차림의 마네를 보고 우뚝 빗질을 멈췄다. 약간 보랏빛이 도는 검은색 바탕의 추리닝이었는데 윤기가 반지르르한 게 순간 2층에서 본 깜장 고양이 같다는 생각을 했다.

그의 시선이 금세 '접근 금지'를 외치듯 냉랭해졌다.

마녀. 고양이.

정말 어울리는 이미지의 조합이다. 게다가 그녀는 어젯밤, 그를 잠 못 이루게 한 요주의 인물이었다.

그의 차가운 눈빛에 달려오다가 흠칫 놀란 마네는 그 자리에 멈췄다. 거리는 열 발자국 정도. 동그마니 모아둔 낙엽을 사이에 두고 두 사람은 멀찍이 서서 서로를 경계하듯 쳐다보았다.

초상화 사건으로 여태 앙금이 가라앉지 않은 슬우의 표정에 마네는 머쓱하게 물었다.

"초상화 주인 언제 오시는지 물어보려구요."

어제 시간 알려주려고 2층에 올라갔다가 본의 아니게 그녀의 나체—비록 뒷모습뿐이었지만—를 봤고, 그 덕분에 여러 가지 복잡한 상황에 부딪혀 잠까지 설친 슬우는 매우 심기가 불편했다.

"7시까지 오기로 했습니다. 저녁 식사 마치면 부를게요."

"알았어요."

돌아서려던 마네는 다시 몸을 바로 세웠다. 미안한 마음도 있고 해서 나름 봉사정신을 발휘해 보기로 한 것이다.

"제가 좀 도와드려요? 여기 다 쓸려면 혼자 힘드실 것 같아서요."

그동안 자신에게 한 짓이 괘씸해 슬우도 들고 있던 빗자루를 불쑥 내밀었다.

"그럼 여기 다 쓰시죠."

"예? 저 혼자요? 난 그냥 도와주겠다고 한 건데……."

저벅저벅 다가간 슬우가 그녀의 손에 빗자루를 쥐어주었다.

"벌입니다."

"……."

마네는 어이가 없었지만 수시로 시킬까 봐 냉큼 빗자루를 품에 끌어안았다. 그러고는 빠른 속도로 그와 멀어지며 낙엽을 끌어모았다.

삭삭, 삭삭.

빗질소리가 상쾌하게 아침 하늘에 울려 퍼졌다.

그사이 슬우는 마네에게 빗질을 맡긴 후 집 안으로 들어가 버리고, 정원엔 그녀 혼자 남아 열심히 빗질에 몰두했다. 나무가 많아서인지 낙엽은 쓸어도, 쓸어도 끝이 없었다.

때 아닌 중노동에 마네는 빗자루를 지팡이 삼아 뻐근한 허리를 쭉 펴며 구시렁거렸다.

"어으, 제기랄."

괜히 도와주겠노라 말 꺼냈다가 이게 뭐람.

판이 넓은 삽으로 수북이 쌓인 낙엽을 푹푹 퍼 화로통에 넣는 슬우를 보다가 마네는 호기심이 가득한 표정으로 물었다.

"뭐 하시는 거예요?"

"낙엽 태우는 겁니다."

그러더니 야상 점퍼 주머니에서 꺼낸 종이에 라이터로 불을 붙여 화로통 안에 던져 넣는다. 잠시 후 매캐한 연기가 피어오르며 낙엽 타는 냄새가 슬슬 주변에 퍼졌다.

"이걸 다 태우려구요?"

"이뇨. 이것만 태우고 나머지는 내일 아침에 정원지기가 와서 수거해 갈 겁니다. 낙엽냄새가 좋아서 가끔 태우죠."

"정원지기요?"

"관리하는 분 따로 계세요. 화원 하시는 분인데 나무와 꽃에 관해선 박사예요."

마네는 어쩐지 하는 표정으로 새삼 정원을 빙 둘러보았다. 혼자 이 넓은 정원을 가꾸기엔 무리가 있어 보이더라니.

"여기 오래 살았어요?"

"태어난 집입니다."

"어머. 그랬군요."

'부모님은요?' 하고 물으려던 마네는 왠지 마음이 꺼려져 입을 다물었다. 돌아가셨을 수도 있지 않을까? 본인 입으로 말하기 전엔 먼저 묻는 것도 어쩔 땐 상처가 되는 게 부모님이었다.

마네는 질문 대신 화로통 앞에 쪼그리고 앉았다. 낙엽 타는 냄새가 점점 진하게 주변 공기를 물들였다.

아주 오래전 시골에 있는 외할머니댁에 갈 때마다 아빠가 뒤뜰에서 낙엽을 태웠었다. 아직도 그 냄새를 기억한다. 아빠와의 추억냄새.

"참 좋다."

눈동자에 물기가 어려 화로통을 물끄러미 보고 있는 마네의 모습에 슬우는 무슨 일인지 의아했다.

왜 갑자기 센티해진 거지?

빤히 그녀를 보던 그는 슬쩍 말을 붙였다.

"원래 그렇게 조심성이 없습니까?"

감상에 젖어 있다가 된서리를 맞은 양 마네는 옆에 서 있는 슬우를 올려다봤다. 이 분위기에서 꼭 그 얘기를 꺼내야 하냐는 듯. 온몸으로 미안해하는 거 안 보이는지 그의 옹졸함에 좋던 기분이 싹 사라지려 했다.

"좀 덜렁거리는 편이죠."

"고양이는 내보낸 거 확실해요?"

"주인한테 보냈어요. 계속 안 믿으셔서 하는 말인데요. 그 고양이 정말 막둥이 친구가 잠시 맡긴 거 맞거든요."

말을 하면서도 마네는 코를 킁킁거렸다. 낙엽냄새가 정원에 퍼져 온 천지가 낙엽냄새로 뒤덮인 것 같은 착각이 일었다.

"그렇다고 해둡시다."

"해두는 게 아니라……!"

자기도 모르게 큰 소리가 나왔다가 꾹 참느라 이를 악물었다. 무릎을 펴고 일어난 그녀는 화를 억누르는 소리로 말했다.

"남자가 좀! 예! 남자가……. 어후, 말을 말아야지."

같이 있어봐야 좋은 일 없을 테니 그만 돌아서 집 쪽으로 걸어갔다.

"어휴, 사과, 바나나, 배, 귤, 감, 메론, 낑깡!"

과일 이름을 거칠게 토해내며 걸어가는 그녀를 보다가 슬우는 못 말린다는 듯이 고개를 절레절레 저었다.

"그러면 누가 욕인 줄 모르니. 찡찡은 좀 기분 나쁘군."

☆ ☆ ☆

"어! 레오다!"

까만 선글라스를 끼고 백화점 명품관에 나타난 레오 때문에 직원들과 손님들이 반색했다. 마침 오전에 시간이 나 쇼핑을 나왔던 레오는 남성용 가방을 눈으로 쓱 훑었다. 하지만 그의 신경은 명품관 밖 누군가에게 곤두서 있었다. 집 앞에서부터 쫓아오는 느낌이더니 지금도 강한 시선이 느껴진다.

'그 여잔가?'

가슴이 불안하게 쿵쿵 뛰었다. 1년 전부터 따라다니는 시선. 마네가 있을 땐 그나마 괜찮았었는데, 점점 불길한 생각이 엄습했다.

"찾으시는 게 있으십니까?"

상냥한 여직원의 질문에 레오는 깜짝 놀라 돌아보았다. 그저 누구나에게 하는 질문을 했을 뿐인데 너무 놀라니 여직원은 무안해지고 말았다.

"죄송합니다."

"아뇨, 괜찮아요. 딴생각 좀 하느라……. 이 가방 얼마죠?"

"신상품으로 한정판입니다. 가격은 육백팔십만 원이에요."

레오가 명품 마니아이긴 해도 백팩 하나에 육백팔십만 원이란 말에는 솔직히 어이가 없었다. 협찬하는 곳에서 공짜로 받는 것도 쏠쏠한데 굳이 힘들게 번 돈으로 이런 비싼 걸 사야 하나 싶었다. 그래도 아시아 최고의 가수가 비싼 티를 내면 없어 보일까 봐 내색도 못하고 별로 마음에 안 드는 척 들었던 가방을 도로 내려놓았다.

'가방을 사는 게 아니라 브랜드를 사는 거로군.'

속으로 구시렁거리며 다른 가방을 보고 있자니 카운터에 있던 여직원이 달려왔다.

"저, 잠깐 드릴 말씀이 있는데요."

레오가 '뭐야?' 하고 묻는 듯 돌아보자 여직원이 방긋 웃으며 설명했다.

"어떤 팬분이 방금 보셨던 가방을 결제하셨습니다."

"누가요?"

그를 보기 위해 명품관 안과 밖에 사람들이 다소 몰려 있었고, 계산했다는 사람이 누군지 몰라 레오는 카운터 쪽을 살폈다.

"방금 결제하고 가셨어요."

"뭔 소리예요?"

"제가 여쭤보겠다고 했는데 됐다면서 가방만 주라고 하시더라구요."

"어디로 갔어요?"

"그, 글쎄요. 사람들이 많아서 잘……. 머리가 긴 여자분이었는데…….”

레오는 그 여자라는 확신이 들어 얼른 명품관을 뛰어나갔다. 몰려드는 사람들 틈을 뚫고 나가 여자를 찾기 시작했다. 방금 결제하고 나갔으니 멀리 가지는 못했으리라.

이리저리 뛰어다니며 여직원이 말한 머리 긴 여자를 찾았다. 곳곳에서 레오를 알아본 사람들이 비명을 질러댔지만, 레오는 자신의 일거수일투족을 감시하는 것 같은 그녀를 찾는 데만 급급했다.

1층을 전부 찾아보았는데도 머리가 긴 여자는 보이지 않는다.

어디로 숨어버린 것일까?

박태식 대표를 통해 '민트'로 와달라 끊임없이 구애하던 그녀가 아니었던가. 데뷔 전부터 관심을 갖고 후원해 왔다던 그 여자. 그 사실마저도 숨긴 채 1년 전에서야 비로소 자신의 정체를 서서히 드러냈던 그녀는 마네가 그만둔 후로 더욱 집요해졌다.

'도대체 정체가 뭐야?'

박태식이 그녀와 통화한 후엔 항상 구희봉 실장을 시켜 여자 연예인들을 그곳 '민트'로 보냈다. 하여, 레오는 성상납이 이뤄지는 곳이 아닌지 추측했다. 그런 이유로 '민트'로 자신을 부르는 그 여자에게 반감이 생겼고, 그런 여자가 자신을 후원한다는 사실이 창피해 마네에게도 솔직히 말하지 못했다.

그가 정체가 묘연한 자신의 후원자를 찾으러 다니고 있을 때,

벽 뒤에 몸을 숨겼던 신우정이 몰래 그를 지켜보았다.

애석하게도 그녀를 발견하지 못한 레오가 그대로 지나쳐 갔고, 두리번거리며 뛰어가는 그를 바라보며 신우정은 입가에 기묘한 미소를 띠었다.

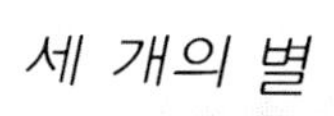

세 개의 별

"뭐 하냐? 나와보지도 않구."

그날 저녁, 석현은 슬우의 집에 들어서자마자 요란하게 인사했다. 그의 음성을 듣고 주방에서 슬우가 빼꼼 내다봤다.

"왔어?"

가방을 소파에 던져 놓은 석현이 겅중거리며 주방으로 갔다. 그리고 들어서자마자 요리 준비에 한창인 슬우에게 다그치듯 물었다.

"그 아가씬 언제 와?"

식탁 위에 스테이크가 맛깔스럽게 담긴 접시를 내려놓으며 슬우가 타박했다.

"노총각 티내는 거야?"

"하하! 어떤 아가씨길래 니 속을 박박 긁어놓나 궁금해서."

"재밌어 죽겠는 그 표정, 마음에 안 들어."

식탁 앞에 가서 앉으며 석현이 선선하게 말했다.

"오라, 그래. 같이 밥이나 먹게."

슬우는 건너편에 앉아 면으로 된 냅킨을 허벅지에 덮으며 퉁명스럽게 대꾸했다.

"내가 그 여자랑 밥을 같이 왜 먹어?"

"사과한다고 했다면서? 사과만 받고 보내는 건 매너가 아니지. 같은 집에 살면서."

"잘 모르는 사람이랑 밥 안 먹어, 난."

꽃병까지 갖다놓은 식탁에는 슬우가 준비한 음식들이 정갈하게 차려져 있었다. 모락모락 김이 오르는 수프, 싱싱해 보이는 야채샐러드, 따끈따끈한 빵, 먹음직스러운 스테이크, 거기에 와인까지 곁들이니 레스토랑 음식 저리가라다.

이걸 남자 둘이서 마주 앉아 먹어야 한다는 게 암담해 석현은 심란하게 스푼을 들었다.

"예민하기는. 그럼 밥은 우리 둘이 먹고 와인은 그 아가씨랑 마시지 뭐."

"와인은 더 비싼 거야."

수프를 떠먹다가 석현이 기어이 한마디 했다.

"너도 병이다. 남자끼리 먹는 식탁이 이게 뭐냐? 누가 보면 우리 둘이 사귀는 줄 알겠다."

"혼자 먹는 것보단 나아."

"넌 혼자 이러고 먹냐?"

석현이 자못 놀란 표정을 지었지만, 슬우는 아니라고 부인하지 않았다.

"먹고는 싶고, 어디 가서 혼자 먹긴 그렇고……. 어쩔 수 없잖아."

"큭큭. 처량하다 못해 처절하구나."

수프를 빠른 속도로 비운 석현은 스테이크에 칼질을 넣으며 지나가듯 물었다.

"아버지랑 연락은 좀 하냐?"

슬우는 손을 멈칫 했다가 이내 무심한 척 수프를 떠먹었다.

"……아니. 안 한 지 꽤 됐어."

"언제까지 그럴 거야?"

"서로 안 보고 사는 게 편해. 이제 와서 뭘 새삼스럽게. 밥맛 떨어져. 딴 얘기 해."

"딴 사람은 몰라도 라온이한텐 너무 빡빡하게 그러지 마라. 정 붙이려고 노력하는 거 안 보여?"

정……. 그런 거 애초에 원치도 않았다.

"노력해 달라고 한 적 없어."

더는 말도 붙이지 못하게 쌀쌀맞은 슬우를 보자 석현은 곱게 밥이나 먹는 게 낫겠다 싶었다. 안 그랬다간 오랜만의 방문이

썰렁해질 것이기에. 상처가 깊어 조금만 건드려도 티가 나 석현은 슬우가 무척 안쓰러웠다.

"손은 괜찮아?"

석현의 사무실에 다녀온 날 병원에 들러 엑스레이를 찍었다. 근육이 약간 놀란 것뿐 괜찮다는 진단을 받고 안심했었다.

"병원에서 괜찮대."

"다행이네."

슬우와는 5년 전쯤 라온 때문에 알게 되었지만, 보면 볼수록 심지가 굳어 좋았다. 좀 괴팍한 건 사실이지만 그것도 살아온 환경이 그러하니 어쩔 수 없는 노릇이었다. 손에 흉터가 심해 이상하다 생각했었다. 헌데 손이 그렇게 된 데에는 기막힌 사정이 있었다. 어쩌면 슬우의 인생이 통틀어 그러하리라.

복잡한 사정으로 얽혀 있는 이복형제.

석현은 두 사람의 관계가 원만히 풀어지기를 가장 소망하는 사람이었다. 소원하게 지내기엔 두 사람 다 그가 정말로 아끼고 좋아하는 동생들이었기 때문이다.

"안녕…… 하세요?"

거실 소파에 앉아 있다가 석현은 얼굴을 붉히며 인사하는 마네를 빤히 쳐다봤다.

"내가 아는 사람 맞나?"

얼떨떨해하는 석현 때문에 마네는 민망하게 웃었다.

"네……."

"2층…… 그…… 아가씨가 장마네 씨였어요?"

'그' 다음에 '욕쟁이'를 생략한 석현은 도무지 믿기지 않는 얼굴이었다. 그 욕쟁이 아가씨가 마네이리라고는 상상도 못 했다.

그런데 정작 두 사람이 아는 사이라는데 놀란 사람은 슬우였다. 두 사람이 안다는 건 슬우의 입장에서 결코 반가운 일이 아니었으므로. 금세 입술을 비틀던 그는 팔짱을 끼며 심드렁한 표정을 지었다.

"서로 아는 사이인 줄 몰랐군."

"하긴 니가 알 턱이 없지. 레오는 알지?"

레오? 고양이 이름처럼 마음에 들지 않는다.

"아니."

"넌 그 유명한 가수도 모르냐? 요즘은 배우도 하지 참. 그 친구 비주얼 디렉터셔."

저 여자가 비주얼 디렉터라니 점점 놀랄 일 가세加勢다. 일전엔 그녀의 어머니가 화가 지망생이었다고 하더니, 전혀 그런 계통과는 안 어울렸다.

"비주얼 디렉터?"

석현은 모르고 묻는 줄 알고 간단한 설명을 덧붙였다.

"머리부터 발끝까지 스타일 전체를 만들어주는 분이라고 보면 돼. 앉아요, 마네 씨."

"네."

마네는 소파로 가서 앉기 전 얼른 고개를 숙여 사과부터 했다.

"초상화 망쳐 놓아서 정말 죄송합니다."

"에이, 점 하난데 뭐. 그 정도는 식은 죽 먹기로 고쳐요, 이 친구가. 신의 손. 샤샥!"

손으로 그리는 시늉이던 석현이 얼굴이 빨개져 어쩔 줄 모르는 마네를 향해 싱긋 웃었다. 며칠 전 레오 때문에 박 대표와 대판하고 관뒀다는 소문을 들었는데 여기서 만난 게 왠지 좋은 징조로 느껴졌다.

"와인 괜찮아요? 맛이 훌륭해."

"와인…… 이요?"

"작년 연말 때였죠. 시상식 끝나고 파티 때 기억 안 나요? 레오랑 같이 왔었잖아요, 왜."

그때가 레오와 스캔들이 터지고 얼마 지나지 않아서였다. 졸지에 레오의 연인으로 낙인찍히는 바람에 그의 팬들에게 한순간 죽일 년 됐던 기억이 생생한 마네는 새삼 골이 띵 울렸다.

"그, 그랬었죠."

"혼자 구석에서 와인 마시던 거 봤거든요. 사생결단 내듯 마시길래 레오랑 싸운 줄 알았어요. 이상하게 와인 보면 마네 씨 생각나더라구요. 난 와인을 소주 마시듯 하는 사람 첨 봤거든."

"네에……."

그저 보이는 이미지라곤 스캔들, 소주, 욕, 죄나 저급한 것뿐이로구나.

"레오 일 관뒀다면서요?"

자꾸만 수그러들던 마네의 고개가 번쩍 들어 올려졌다.

"알고 계셨어요?"

"이 바닥 좁잖아요."

정말 모르는 게 없는 사람이었다. 아니면 레오에게 촉각을 곤두세우고 있어서 일거수일투족 모르는 게 없는지도.

"전부터 그만둬야지 했는데 결국 이렇게 됐네요."

그렇게 말하며 마네는 씁쓸하게 웃었다. 1년 전에 했어야 할 일을 이제야 실천한 자신이 너무나 미련하고 아둔해 보였다.

"그럼 지금은……?"

"잠깐 쉬고 있어요. 계속 쉬고 싶은데, 그럴 형편은 못 되구. 다음 주에나 사무실 나가보려구요. 근데 여기서 대표님 만나게 될 줄은 꿈에도 몰랐어요."

"나두. 그래서 그런지 더 반가워요. 하하."

"항상 챙겨주시고……. 감사했어요."

마네의 신심 어린 인사에 석현이 무슨 소리냐는 듯이 황급히 손을 내저었다.

"자주 만나지도 못했는데 챙겨주기는요. 더 잘 챙겨주고 싶었는데, 큰Keun에서 나오는 바람에 그럴 기회가 없었던 게 아쉬울 뿐이죠."

"신인그룹 나온다는 소식 들었어요. 대단한 실력파라고, 다들 긴장하고 있더라구요."

"소문 난 잔치에 먹을 거 없을까 봐 걱정이에요. 하하. 슬우야, 뭐 해? 와인 좀 가져 와."

시큰둥하게 일어난 슬우가 주방에서 와인과 와인잔, 그리고 치즈 안주까지 알뜰살뜰 챙겨 왔다. 와인은 더 비싸다며 생색이더니 하여간 웃기는 녀석이다 싶어 석현이 히죽 웃고는 직접 마네에게 와인을 따라주었다. 그런 다음 슬우의 잔과 자신의 잔에도 똑같이 와인을 채웠다. 축하라도 하듯이 슬우와 마네의 잔을 챙챙 부딪친 석현은 마네를 향해 씩 의미 있는 웃음을 지었다.

"마네 씨, 나랑 일합시다."

"네?"

"마침 VD(비주얼 디렉터) 구하는 중이었거든요. 마네 씨가 해줬으면 해서요."

써주기만 한다면 고마운 일이지만…….

"누구……?"

"채라온이요."

석현의 말에 와인을 음미하듯 마시던 슬우의 낯빛이 설핏 굳어졌다. 그는 와인잔 너머로 석현을 알 수 없는 눈빛으로 바라봤지만, 석현은 부러 외면하듯 마네만 응시했다.

채라온.

그 이름을 듣는 순간, 마네는 환희의 불이 어둡던 가슴을 환하게 밝히는 기분이었다. 다른 사람도 아니고, 레오의 라이벌이라 불리는 채라온이다. 그녀는 영리한 석현이 다른 연예인을 놔두고 왜 채라온의 VD를 맡아달라고 하는지 알 것 같았다. 그가 박태식 대표와 사이가 좋지 않다는 건 누구나 다 아는 사실이었다. 채라온과 레오가 라이벌이듯 석현과 박 대표도 다를 바 없었던 것이다.

성장세를 따져 봐도 당연히 레오보단 채라온이 그녀에겐 유리했다. 연예계 라이벌인 두 사람의 스타일을 연달아 맡게 되는 셈이므로. 레오가 성장의 발판이었다면, 채라온은 그녀에게 성장의 도약을 의미했다. 게다가…… 얄미운 박 대표와 레오 때문이라도 이번 기회를 놓치고 싶지 않았다.

이런 걸 바로 전화위복이라 하겠지.

"제가 해도 괜찮으시겠어요?"

"레오가 정상에 설 수 있었던 숨은 공신이 마네 씨였잖아요. 스캔들 날 거 온몸으로 막아준 사람도 마네 씨였고."

설마 채리온한테도 그래달라는 건 아니겠지 싶다가 마네는 피식 웃고 말았다. 레오라면 몰라도 채라온은 절대 그럴 사람이 아니다. 어려서부터 국민남동생으로 스캔들 하나 없이 올바른 연예인이 그였다. 예의 바르고 겸손해 어딜 가도 칭찬받는 사람. 우리나라에서 세금과 기부를 많이 하는 연예인 중 한 명. 겉으로 보이는 이미지와 속이 완벽하게 일치되는 연예인.

꿈만 같던 채라온의 VD라니!

"당연히 저야 좋죠. 채라온 씨는 어떨지 모르겠지만."

"그 녀석이야 내가 하자면 다 좋다고 하니까 걱정 안 해도 될 거예요."

그러면서 석현은 와인을 마시는 척 슬우의 표정을 슬쩍 살폈다. 슬우의 표정이 좋지 않아 속으로 뜨끔했지만, 그로서도 마네는 놓치기 아까운 인재였다. 레오만 아니었다면 진작 일을 맡겼을 터.

실력도 실력이지만 그는 마네의 화통한 성격이 마음에 들었었다.

"근데 대표님은 이분이랑 어떻게 아세요?"

"애인이에요."

"애, 애인?"

석현의 짓궂은 장난에 슬우는 별안간 와인 맛이 싹 달아나는 느낌이었다. 무슨 망발이냐는 듯 항의 어린 슬우의 눈빛을 본 석현이 크게 웃음보를 터뜨렸다.

"하하하! 애인보다 더 진한 의형제라고 해두죠. 이 친구, 누군지는 알죠?"

"네. 꽤 유명한 화가더라구요."

슬우가 유명한 화가라는 걸 알았을 때 마네는 패배감 비슷한 걸 느꼈었다. 평생 무명화가로 살다가 돌아가신 아빠 때문도 그랬고, 화가의 길을 포기하고 방향을 우회한 자신 때문이기도 했다.

"그리고 채라온 형이기도 하죠."

채라온 형!

샤갈과 밀레와는 달리 아빠를 닮아 쌍꺼풀 없는 마네의 눈이 튀어나올 듯이 두 배로 커졌다. 그녀는 방금 들은 말을 믿을 수 없다는 듯 커다란 충격에 휩싸인 표정이었다.

그럼 그 소문 속의 남자가…….

"저, 정말요?"

"밝혀진 지 얼마 안 돼서 모를 수도 있겠네요."

"형제가 있다는 얘기만 얼핏……."

마네는 새삼스럽게 슬우를 바라보았다. 어떻게 저런 사람이 국민남동생의 형일까 싶어 경이로울 지경이었다. 채라온에게 배다른 형제가 있다고만 알고 있었다. 헌데 그 형제가 슬우일 줄이야.

같은 채 씨라도 분위기가 확연히 다를 뿐더러 성격마저 극과 극이라 두 사람의 연관성을 조금도 생각해 보지 않았다. 이럴 줄 알았으면 그때 인터넷 기사를 하나만 읽지 말고 전부 다 읽어보는 건데 그랬다. 너무 짜증이 나 컴퓨터를 확 꺼버렸던 게 후회막급이었다.

마네가 놀라움에 겨워하고 있을 때 석현이 은근한 목소리로 재차 확인했다.

"그럼 일하는 걸로 알고 있겠습니다."

"근데 제가 레오 일 관두자마자 채라온 씨 맡으면 대표님이 곤란해지시지 않을까요?"

워낙 쿨한 사람이니 그런 건 신경도 안 쓰겠지만, 마네는 자기 때문에 행여 석현이 곤란을 겪을까 걱정이었다.

"박 대표님 때문에요? 마네 씨가 누구랑 일하든 그런 오해 하실걸요."

"그렇…… 겠죠?"

박 대표의 비열함이야 연예계에선 알아주니까.

의리?

박 대표와 레오에게 확실히 배운 건 오지랖이 그러하듯 의리도 사람 봐가며 해야 한다는 것이다. 그들에게 본때를 보여주기 위해서라도 석현과 손잡는 것이 유리할 터.

"레오 가짜 애인 해주는 거 보고 대담하다 했더니 소심한 면이 있었구나. 걱정 말아요. 누가 뭐라 그러면 나한테 와서 냉큼 일러요. 나도 입 막는 거 전문이니까. 하하."

시종일관 뚱한 표정인 누구와는 비교도 안 되게 유쾌한 석현 때문에 마네는 안심이 되었다. 석현 덕분에 한껏 용기를 얻은 그녀는 생긋 미소를 지었다.

"저 진짜 일해요. 나중에 후회하셔도 소용없어요."

"후회할 일은 애초에 만들질 않죠. 언제부터 할까요? 빠르면 빠를수록 좋아요."

"내일이라도 전 괜찮아요."

"우린 또 미적거리는 거 질색이잖아. 화끈하게 신화 만들어 봅시다. 하하하하."

"저 여자랑 '신화' 라는 말이 어울릴 만큼 실력파라니 믿어지지가 않는군."

마네가 돌아간 후에도 슬우는 황당한 표정을 풀지 못했다.

화가 지망생에서 비주얼 디렉터. 거기다 SH의 간판 격이라 할 채라온을 맡길 만큼 실력파.

그 뒤에 석현의 감탄 어린 칭찬이 덧붙었다.

"확실히 감각 있어. 남들이 갖고 있지 않은 독특함이 마네 씨 장점이지. 겉보기보단 속이 좀 무른 거 같지만. 그건 사람이 좋다는 거니까 뭐."

"전혀 안 무르고, 안 좋던데."

"사람 눈을 보면 알아. 서른이 다 된 여자 눈이 저렇게 맑고 깨끗할 리가 없어. 내가 널 왜 좋아하는지 알아? 니가 그래. 마네 씨처럼 영혼이 순수하거든."

석현의 오글거리는 칭찬에 슬우는 진저리를 치며 항의했다.

"날 저 여자한테 갖다 붙이지 마. 불쾌해."

"세상 참 좁구나. 마네 씨가 너희 집 2층에 이사 올 줄 꿈에나 생각했겠어? 역시 하늘은 내 편이야."

"저 여자랑 일하는 게 그렇게 좋아?"

들뜬 모습이 역력한 석현에게 슬우가 묻자, 당연하지 않느냐는 듯 석현이 의미심장하게 눈을 빛냈다.

"난 박 대표 거라면 이쑤시개 하나라도 다 빼앗고 싶은 사람이야. 근데 다른 사람도 아닌 레오 신화를 만든 사람인데 안 기쁠 이유가 없지."

'레오 신화라……. 마녀가 그 정도란 말이지?'

슬우는 석현이 침이 마르도록 칭찬해 마지않는 마네의 정체가 점점 궁금해지기 시작했다.

정원이 소란스러워 테라스로 내다보니 일을 마치고 돌아온 새복과 샤갈이 석현, 슬우와 마주 서 있다. 석현이 가는 모양이라 마네는 큰소리로 알은 체를 했다.

"지금 가세요?"

마네의 목소리를 듣고 석현이 올려다보며 환하게 미소 지었다. 원체 미끈하게 잘생기기도 했지만, 과연 매너 좋기로 유명한 석현의 미소는 돌아선 부처도 돌아앉게 할 만큼 가슴을 훈훈하게 했다.

"뭐 먹고 싶은지 생각해 뒀다가 내일 12시까지 회사로 나와요."

그의 말에 눈이 휘둥그레진 건 새복과 샤갈이었다.

누구기에 만나자고 하는 걸까?

새복은 눈을 밝게 켜고 기생오라비 빰따귀를 수백 대는 후려칠 것처럼 생겨먹은 석현을 아래위로 훑어봤다.

주인집에서 같이 나오는 걸로 봐선 슬우와 아는 사이일 게 분명한데, 마네는 어찌 알꼬?

새복은 심하게 잘생긴 석현이 어딘지 꺼림칙했다. 차라리 남자답게 잘생긴 슬우가 낫지, 계집애처럼 미끈덩하게 생긴 석현은 여자 여럿 울리고도 남을 것 같았다.

"넵! 내일 뵙겠습니다. 안녕히 가세요. 멀리 안 나갈게요."

석현은 그 와중에 눈썰미를 발휘해 새복과 샤갈에게도 인사하는 걸 잊지 않았다.

"마네 씨 어머니와 언니 되시죠?"

"아, 예. 누구……?"

"저기 혹시……."

설마 했다가 점점 확신이 든 샤갈이 먼저 아는 척을 했다.

"예, 맞습니다. 제가 그 SH 기획사 김석현 대표입니다. 하하."

"SH 기획사라면……. 아! 우리 마네랑 일 때문에……. 그렇구나."

새복이 안심한 얼굴로 고개를 꾸벅 숙였다. 떨떠름하던 태도와는 정반대의 상냥한 모습이었다.

"잘 좀 부탁드립니다."

"아이고, 별말씀을 다 하십니다. 부탁은 제가 드려야죠. 그럼 다음에 또 뵙겠습니다."

석현이 슬우와 함께 정원을 걸어가는 걸 보다가 누가 먼저랄 것도 없이 새복과 샤갈이 2층을 뛰어올랐다. 두 사람은 집으로 들어오자마자 밤톨 튀듯 호들갑을 떨었다.

"내가 뭐랬어? 너 정도면 일하자는 데 많을 거라 그랬지?"

"레오랑 싸우고 나와서 일 없으면 어쩌나 했더니 잘됐다."

"그 초상화, 대표님 거야."

"어머, 그랬어? 채 화백이랑은 어떻게 아는 사이야?"

무한 호기심을 보이는 샤갈을 향해 마네가 의미심장하게 씩 웃었다.

"피보다 진한 의형제라네, 두 사람이."

"그으래? 어쩜 이런 인연이 다 있니? 초상화값 받으러 왔다가 널 보고는 일하자고 한 거구나."

샤갈이 손뼉을 짝 치며 하는 말에 새복이 은근한 목소리로 물었다.

"초상화값은 달라고 안 그러지?"

마네가 고개를 끄덕였다. 쪼잔한 집주인 화가라면 모를까, 쿨한 김 대표가 초상화에 점 하나 찍혔기로 돈을 달라고 할 사람은 아니었다.

"어."

"아유, 일 생기고 돈 굳고 잘됐다. 그 조폭처럼 생긴 박 대표보단 인상이 훨씬 낫더라. 젊구. 몇 살이야?"

새복과 달리 적나라하게 호감을 드러내며 샤갈이 애살스레 물었다.

"서른대여섯 됐나?"

"결혼 안 했어?"

"아직. 그런 건 왜 물어봐?"

"느낌 있잖아."

참 못 말리도록 개성이 뚜렷한 가족이었다. 엄마는 남자답게 잘생긴 얼굴을 좋아하고, 샤갈은 생긴 거와 상관없이 느낌이 좋으면 혹 하니 말이다. 막둥이 밀레는 꽃미남을 좋아하던가.

밀레로 말하자면, 한때 레오와 일하는 마네 때문에 레오의 열혈팬이었다가 그의 정체가 뽀록난 뒤 안티로 돌아섰다. 레오를 좋아하던 시절엔 라이벌인 채라온의 안티였다. 이제 채라온과 같이 일하게 되었다고 하면 뭐라고 하려나?

☆ ☆ ☆

드레스룸에서 슬우는 반코트의 안주머니를 더듬어 마네의 명함을 찾아냈다. 속속들이 드러나는 그녀의 정체에 직접 눈으로 확인해 보고 싶은 충동이 일었다.

—비주얼 크리에이티브 디렉터 장마네.

사무실 이름도 화가 에두아르 마네의 이름을 따 'Manet' 다.

"마네? 필명인가?"

사람 이름으로 쓰기엔 너무 미술적이라, 부모가 미술과 관련이 있는 사람인가 고개가 갸웃거려졌다.

그녀의 어머니는 헤어숍 원장. 그럼 아버지가?

함께 살지 않는 걸로 봐서는 따로 살거나 돌아가신 모양이다.

슬우는 명함에 찍힌 전화번호와 사무실 주소를 살펴보며 드레스룸을 지나 서재로 들어왔다. 그는 명함을 어떻게 할까 고민하는 듯 서 있다가 들고 다니는 가방 안에서 지갑을 꺼냈다. 그리고 명함을 넣는 칸 맨 앞쪽에 끼웠다.

바이올린과 피아노 협주곡으로 된 초인종 소리가 들린 것은 그때였다. 벽시계가 10시를 가리키고 있었다. 이 밤에 누군가 싶어 빠른 걸음으로 서재를 나갔다. 거실로 가 인터폰을 확인하자 보이는 건 손금이 선명한 손바닥.

흠칫 놀란 슬우는 누가 장난치는 줄 알고 인터폰을 툭 꺼버렸다. 돌아서기도 전에 또 초인종 소리가 웅장하게 실내에 울려 퍼졌다.

짜증스럽게 인터폰을 확인하던 그의 얼굴이 설핏 굳어졌다. 화면에 장난기 가득하면서도 선한 인상의 라온이 비쳤기 때문이다. 웃고 있는 라온을 보다가 슬우는 몇 번의 망설임 끝에 열림버튼을 꾹 눌렀다.

잠시 후 라온이 폴짝거리며 안으로 들어왔다. 평범한 옷차림 때문인지 얼핏 봐선 연예인이 아니라 수수한 대학생 같았다. 물론, 소년처럼 앳되고 곱상한 얼굴로 생글생글 웃는 모습을 3초

간만 지켜본다면 따라 웃지 않을 수 없는 매력의 소유자였지만 말이다. 그게 바로 국민남동생의 저력이려니.

"형!"

"웬일이야?"

건조하고 딱딱하게 묻는 슬우에게 라온이 슬리퍼로 갈아 신으며 말했다.

"좀 전에 석현이 형이랑 통화했는데 여기 있다길래."

"갔어."

"기다리지. 아우, 배고파. 먹을 거 없어? 저녁을 못 먹었더니 죽겠어."

엄살을 피우듯 라온이 배를 쓰다듬으며 소파에 길게 드러누웠다. 슬우는 조금 떨어진 곳에서 라온을 내려다봤다. 이 밤에 연락도 않고 쳐들어온 라온이 탐탁지 않았다. 석현의 말로는 지방에서 영화 촬영 중이라고 했는데 끝난 건가?

"저녁을 2인분만 해서 없다."

"라면두?"

얼마 후 라온은 식탁에 앉아 라면을 후후 불며 맛있게 먹어치웠다. 콧잔등에 땀이 송골송골 맺힌 채 라면을 먹고 있는 라온을 슬우는 무심한 눈초리로 바라보았다. 하지만 그마저도 싫증이 났는지 싱크대에 기대 있다가 주방을 걸어나갔다.

혼자 있기 싫은 듯 인상을 찌푸리던 라온은 곧 체념하고 라면 먹기에 집중했다.

라온이 라면을 먹는 동안 슬우는 거실 소파에 앉아 영화잡지를 보았다. 석현이 두고 간 것이었다. 무심히 잡지를 뒤적이다가 유명한 비주얼 크리에이티브 디렉터의 기사가 나오자 자연스레 마네가 떠올랐다.

"그 여자 기사가 나오면 타이틀 하나가 더 붙겠군. '욕.쟁.이.'"

휘리릭 책장을 넘겨 영화 관련 기사를 읽었다. 한 페이지 분량의 기사를 읽었을 즈음 라면을 다 먹은 라온이 휴지로 땀을 닦으며 주방을 나왔다.

"오늘 자고 가도 되지?"

"집에 가라."

다음 주에 미국 콘서트 일정이 잡혀 있어 영화 촬영에 지장이 없도록 보름간 쉬지 않고 소화했다. 다행히 내일 하루 시간이나 한달음에 달려왔건만, 쳐다보지도 않고 무심하게 대답하는 슬우를 보자 라온은 섭섭했다. 어제오늘 일도 아닌데 늘 상처를 받는다.

하지만 애당초 물러설 마음은 없었다. 엄마는 달라도 형은 형이니까. 형의 엄마가 자기 때문에 돌아가셨다지만, 그렇기에 더욱 그 상처를 끌어안아 주고 싶었다. 부모님도 모자라 자기까지 형을 외면하며 남남처럼 사는 건 싫으므로.

태연히 소파에 드러누운 라온은 산재된 피로감에 눈을 감았다. 한 달만 지나면 벌써 12월이다. 연말이 다가와 더욱 바쁜 탓에 하루에 한두 시간 새우잠을 지는 게 다였다.

라온이 조용하자 슬우가 스윽 고개를 들어 건너다 봤다. 잠이 든 라온의 표정이 무척이나 지쳐 보였다. 좀 전만 해도 쌩쌩하던 녀석이.

"채라온."

대답이 없는 라온 때문에 슬우는 난감했다. 일부러 잠든 척하는 게 아니다. 녀석은 정말로 곤하게 자고 있었다. 금방 잠들 거면서 뭐하러 오는지.

슬우는 잡지를 내려놓고 일어나 깊은 잠이 든 듯 꼼짝하지 않는 라온의 어깨를 흔들어 깨웠다.

"채라온, 방에 가서 자."

"우웅—"

라온은 비몽사몽으로 일어나 작은 방으로 갔다. 마음 같아선 복층 슬우의 침실에서 부대껴 자고 싶지만, 슬우가 질색해서 엉겨 붙을 수가 없다.

라온이 방으로 들어가는 걸 지켜보던 슬우는 짧게 한숨을 쉰 뒤 파카를 챙겨 밖으로 나갔다. 2층을 올려다보니 불이 켜져 있다. 불빛 덧에 정원이 환하게 밝았다. 2층 여자들의 웃음소리가 그곳까지 들렸다. 시끄러워야 마땅한데 어찌 된 일인지 화목해 보여 절로 미소가 감돌았다. 가족이란 저래서 좋은 거려니.

그가 굳이 세를 놓는 것도 그런 이유였다. 외로움과 쓸쓸함이 깃든 집이 싫어서. 최소한의 온기를 느끼고 싶어서. 그런데 저

집 식구들은 과하게 온기가 느껴져 큰일이다.

그는 파카를 껴입고 천천히 지하작업실로 내려갔다. 그리고 작업대 의자에 앉아 팔레트에 물감을 짜고 붓으로 물을 적셔 적당한 색을 만들어냈다. 그의 앞에는 석현의 초상화가 이젤 위에 놓여 있었다.

초상화의 번진 부분을 꼼꼼히 손보던 슬우는 간간이 붓을 잡은 손이 저려 붓질을 멈춰야 했다. 이젠 고질병이 되어 버린 손. 주먹을 폈다 쥐었다 해가며 손끝에 신경을 모았다. 붓이 움직일 때마다 그의 미간도 미세하게 꿈틀대며 리듬감 있는 터치가 연이어 이어졌다.

그리고 한 시간이 지났을 땐 완벽하게 복구된 석현의 초상화만이 작업실에 덩그러니 남아 있었다.

"엄마, 엄마, 죽지 마."

여덟 살의 아이는 침대에 엎드린 채 싸늘히 죽어 있는 엄마를 흔들며 울었다. 단 한 번도 엄마가 죽으리라고 생각해 본 적이 없었다. 그저 이 세상에 엄마가 없다는 사실 하나만으로 두렵고 무섭던 시간들.

사인은 약물 과다 복용.

엄마가 먹는 약이 우울증 약이었는지도 모르고 있었다. 그제야 아이는 어렴풋이 엄마가 자살했다는 것을 알았다.

자살. 스스로 목숨을 끊는 일.

엄마의 죽음을 목격한 후 아이는 급속도로 침울해졌다. 지하실에 꼭꼭 숨어서 아무도 만나려고 들지 않았다. 학교도 가지 않았고, 친구도 만나지 않았다. 심지어 아빠도.

마치 모태 속으로 다시 들어가 버리듯 잔뜩 몸을 웅크리고서 숨어 있는 아이를 아빠가 끌어내려 하면, 아이는 미친 듯이 반항했다. 물어뜯고 할퀴고, 흡사 작은 짐승 같았다.

아이의 얼굴에 가득 찬 혐오와 증오, 그리고 슬픔과 절망.

아이는 모든 걸 알고 있었다. 아빠에게 다른 여자가 생겼고, 엄마는 그것 때문에 굉장히 오랜 시간을 고통 속에서 보내고 있었다는 걸. 겨우 여덟 살이던 아이는 자신에게서 엄마를 앗아간 아빠와 그 여자, 그리고 새로 태어난 이복동생까지 마음속으로 저주했다.

'절대, 절대 용서하지 않아.'

어린 나이에 받은 상처가 너무나 커서 아이는 어른이 된 후로도 엄마가 죽었던 순간을 잊지 못했다.

흥얼흥얼 노랫소리에 슬우는 잠에서 깨어났다. 복층계단을 내려가면 바로 옆이 주방이었는데, 그곳에서 나는 소리였다. 오랫동안 혼자 살았던 그로서는 도저히 적응 안 되는 소음이었다.

억지로 눈을 뜬 그는 하아, 짜증스레 얕은 숨을 뱉고는 상체를 일으켰다. 진흙처럼 찰지고 매끈한 알몸은 선이 굵어 남자다운 그와 잘 어울렸다. 알몸으로 자는 건 그의 오랜 습관이었다.

몸에 거추장스러운 게 없어야 숙면을 취할 수 있었다.

침대에서 내려오느라 침대 위를 짚고 몸을 돌리던 그는 아, 짧은 비명을 지르며 손을 허공에 들어 올렸다.

"젠장."

가뜩이나 상태가 안 좋은데다 어젯밤 초상화를 고치느라 무리가 갔는지 손이 또 뻐근하게 아팠다. 몇 번 손을 털고 난 후 통증이 조금 가시자 침대에서 일어나 가운이 걸린 옷걸이로 걸어갔다.

곧 연한 초콜릿색 가운이 그의 나신을 감쌌고, 침대 아래에서 가운 색보단 좀 더 진한 초콜릿색 슬리퍼를 찾아 신은 그는 아래층으로 터벅터벅 내려갔다.

어젯밤, 별이 그리 반짝이더니 내게 사랑이 왔네.

라온의 대표곡.

라온이 앞치마까지 두르고 주방에서 요리하며 큰 소리로 노래를 부르고 있었다. 손에 든 뒤집개를 마이크 삼아. 매우 시끄럽고 부산한 녀석이었다.

그저께는 마네 일로 잠을 설치고 간밤에는 악몽으로 잠을 설친 탓에 슬우는 컨디션이 저조했다. 입구에 기댄 그는 노래를 부르는 라온을 못마땅하게 바라보았다.

저 녀석은 만날 뭐가 저리 좋을까?

어려서부터 엄마 손에 이끌려 다니더니, 이젠 아역배우에서 성인배우로, 그리고 세계적인 배우로 엄청난 시너지 효과를 내고 있었다. 복잡한 가정사에 비해 인격적으로나 성품으로나 나무랄 데가 없는 게 더 큰 반향을 불러 일으켰고, 해맑고 순수한 생김새 때문에 연예인 중에선 최저의 안티율을 자랑한다고 석현이 말했었다.

스물다섯 살. 이복형인 슬우와는 무려 일곱 살이나 차이가 났다. 슬우의 엄마가 자살한 것도 라온이 태어나던 그날 밤이었다.

불행의 씨앗.

라온을 바라보는 슬우의 눈빛이 한층 어두워졌다. 그 사실을 모를 리 없는데도 라온은 부러 그러는 건지 내색조차 한 적이 없었다. 가증스럽고 뻔뻔해 보일 정도로 녀석은 평온했다. 끔찍해하고 멸시하는 걸 알면서도 어려서부터 그랬다. 단 한 번도 싫은 기색을 내비치지 않던 녀석이었다.

태어나서 지금까지 모든 관심과 축복 속에 살았던 프린스. 마땅히 슬우가 누려야 할 최소한의 행복조차 앗아가 버린.

빛과 어둠처럼 대조적인 이복형제.

일종의 심리적 거부감이겠으나, 슬우는 라온을 자신의 동생이라고 인정하지 않았다. 그에겐 그저 불청객일 뿐.

뒤늦게 슬우를 발견한 라온이 하얀 치아를 드러내며 활짝 웃었다.

"굿모닝!"

슬우는 대답은 하지 않고 커피드리퍼가 있는 싱크대로 걸어가며 핀잔을 주었다.

"시끄러워 잠을 잘 수가 없잖아."

"에이, 벌써 9시야. 일어날 때 되지 않았어?"

"일 없어?"

"꺄오! 오늘은 스케줄 없어!"

라온은 신이 나 어깨춤을 덩실덩실 췄다. 슬우는 드리퍼로 원두커피를 만들어 하얀 머그잔에 쪼르르 따랐다. 그리고 라온이 서 있는 식탁 반대편 앞에도 한 잔을 쓱 밀어놔 주었다.

"땡큐!"

라온이 뒤집개를 내려놓고 커피잔을 들었다. 커피 광고를 찍었던지라 커피 마시는 모습조차 왠지 설정 같았다. 석현의 말대로 정 붙이려 엄청 노력하는 건 알겠는데, 슬우는 사양이었다. 그 또한 이미지 관리라는 생각이 든 것이다.

"쉬는 날인데 약속 없어?"

슬우는 종일 눌어붙을까 봐 지레 걱정이 돼 물었다.

"갤러리 나가봐야 해?"

"어. 그러니까 넌 너대로 움직여. 따라붙을 생각 말구."

슬우의 경고에 라온이 금세 뿌루퉁해져 투덜댔다.

"이젠 우리가 형제라는 거 사람들한테 알려도 되지 않나? 그리고 나랑 같이 다니면 더 좋지. 갤러리 광고도 되구."

슬우는 어림없다는 듯 콧방귀를 뀌었다.

"너 아니래도 갤러리 잘 되고 있어. 애들이 꺅꺅 지르는 소리, 아주 소음이야. 너랑 다니면 피곤해."

절대 녀석과 길거리를 활보하는 짓만큼은 사양이었다. 일전에도 억지로 따라붙은 녀석 때문에 극성맞은 팬들에 둘러싸여 무척 고역을 치렀었다.

"간만에 근사한 데 가서 밥 먹자고 하려고 그랬더니……. 나랑 다니는 게 그렇게 싫어?"

"불편해. 편하게 밥을 먹는다는 것 자체가 불가능하잖아."

"그땐 장소를 잘못 선택한 거구. 오늘은 안 그럴 거야. 완전 괜찮은 데 알아놨거든."

라온은 일전 민폐를 만회라도 하려는 듯 눈빛을 반짝이며 슬우를 설득했으나…….

"너랑 단둘이 밥 먹고 싶은 생각 없어. 어떤 곳이든 나한텐 조금도 다를 게 없다구."

돌아오는 건 역시나 슬우의 싸늘한 대꾸뿐이었다. 나이가 스물다섯임에도 아직 소년 태를 벗지 못한 라온의 예쁘장한 얼굴에 수심이 드리워졌다.

"나랑 밥 한 번 먹는 게 뭐가 그렇게 힘들어?"

웬만해선 도무지 물러나지 않는 라온의 끈질긴 성격을 아는지라 슬우의 이마에 점점 짜증이 아로새겨졌다. 그는 급기야 머그잔을 탕 소리가 나도록 식탁에 내려놓고 모든 걸 거부하듯 가운 앞섶에 두 손을 꽂았다.

"오지 말라는데 왜 자꾸 오는 거야? 왜 와서 사람 귀찮게 해? 귀찮게 하는 거 싫어하는지 뻔히 알면서 이러는 이유가 뭐야?"

"형이 날 싫어하는 건 알아. 근데……."

"알면 꺼져! 넌 니 가족한테나 가. 여긴 내 집이고, 니가 마음대로 와서 휘젓고 다니는 곳이 아니야."

잠시 슬우를 바라보던 라온은 머그잔을 식탁에 내려놓고 앞치마를 벗어 제자리에 걸고는 주방을 나갔다. 그리고 얼마 안 있어 현관문이 닫히는 소리가 들렸다.

싱크대로 가 라온 것까지 커피를 쏟아붓고 있노라니, 라온이 만든 계란프라이 두 개가 프라이팬에 사이좋게 담겨 있는 게 보였다. 계란노른자 하나가 우는 얼굴을 했고, 또 하나는 찡그린 얼굴을 하고 있었다.

슬우는 물끄러미 그것을 보다가 프라이팬째 들어 계란프라이를 음식물 쓰레기 건조기에 부어버렸다.

늦잠을 자는 바람에 아르바이트에 늦어 부랴부랴 정원을 뛰어가던 밀레는 주인집에서 웬 남자가 나오자 깜짝 놀라 걸음을 멈췄다. 남자가 좌절감에 휩싸인 듯 고개를 아래로 푹 꺾더니 이윽고 다시 휙 들어 하늘을 올려다본다. 그의 눈에서 반짝 빛을 내는 건 눈물……?

'어!'

밀레는 놀라서 멍하니 그를 바라보았다. 그의 눈물 때문이 아니었다. 그가 다름 아닌 채라온이기 때문이었다.

'헉! 채라온이 왜 저기서 나와?'

무심코 시선을 돌렸다가 밀레와 눈이 딱 마주친 라온은 얼른 고개를 돌려 눈가에 묻어난 물기를 닦아냈다. 하필이면 이런 모습을 보여 곤욕스럽기 짝이 없었다. 민망함을 감추듯 얼른 얼굴에 웃음을 담고 물었다.

"2층 사시나 봐요?"

"예?"

연예인이 먼저 말을 거는 건 처음이라 밀레는 화들짝 놀랐다. 아무리 그녀가 채라온 안티라고 해도 상대는 다름 아닌 국민남동생이었다. 그리고 생각보다 그의 아우라가 너무도 커서 후광이 번쩍이는 듯한 착각이 일었다. 그 앞에서 자신은 일개 안티, 즉 레오의 라이벌이라는 이유로 묻지도 말고 따지지도 말고 무조건 그를 싫어하게 된 덜떨어진 안티에 불과하단 생각이 야금야금 뇌리를 잠식해 들어왔다.

"아, 네네네. 여, 여기 살아요."

"……."

"……."

대화를 이어나가지 못하고 서로 멀뚱멀뚱 쳐다보던 두 사람 중 먼저 말을 건 사람은 또다시 라온이었다. 사람 간의 어색함이 제일 싫은 그로서는 당연한 일이었다. 게다가 형과 한집에 살기도 하고, 가지도 않고 빤히 쳐다보고만 있으니 난처했다.

"사인…… 해드릴까요?"

사인해 달란 말도 못 해 먼발치에서 발만 동동 구르는 소심한 팬들을 떠올리고 라온은 평소처럼 배려심을 보였다.

"아, 네네네."

대학생쯤으로 보이는 아가씨가 빠르게 '네네네'를 외치며 달려와 커다란 가방 안에서 다이어리를 꺼내 펜과 함께 내밀었다. 184㎝인 그에겐 160㎝의 밀레가 한참은 작아 보였다. 더군다나 키가 크고 늘씬한 두 언니와 달리 약간 오동통한 밀레여서 더 아담하게 느껴졌다. 그녀는 생김새, 체형이 엄마인 새복과 가장 일치했다. 아빠 장필도를 쏙 빼닮은 건 마네, 아빠의 큰 키와 미인형인 엄마의 생김새를 골고루 닮은 건 샤갈이었다.

표정이 아직도 얼떨떨해 보여 라온은 조금이라도 편하게 해주고 싶은 마음에 싱긋 웃으며 물었다.

"이름이 뭐예요?"

"안티요!"

그러더니 눈이 동그래져 두 손으로 자기 입을 틀어막는다. 당황한 라온도 이번만큼은 사람 좋은 미소를 지을 수 없었다. 안티가 있다는 말만 들었지 대놓고 안티라고 하는 사람은 이 아가씨가 처음이었기에.

그는 침착한 성격답게 차분히 물었다.

"안티인 분은 성함이 어떻게 되시죠?"

"장장장 밀레."

"장…… 밀레…… 씨요?"

"예. 화, 화가 이름……."

완전히 표정이 얼어붙은 밀레가 귀여워 쿡 웃고 난 라온은 장난기가 발동해 '안티 장밀레 님에게' 라고 쓰고는 그 아래 멋스럽게 휘리릭 사인한 뒤 다이어리와 펜을 돌려주었다.

굳이 이름 앞에 '안티' 라고 쓴 라온으로 인해 얼굴이 화끈 달아오른 밀레는 주섬주섬 다이어리와 펜을 받아들고 꾸벅 고개를 숙였다.

"고맙습니다."

인사가 끝나자마자 빙그르르 돌아선 그녀는 다이어리로 자기 머리를 콩 내리쳤다. 갑자기 나타난 채라온 때문에 놀라고 긴장해서 그만 헛소리가 나와 버린 것이다. 그래도 그렇지 대놓고 안티라고 외치다니.

'상처 받았을 거야. 에휴. 바보, 바보, 바보!'

마을버스 안에 자리를 잡고 앉은 밀레는 집 정원에서 만난 라온에게 큰 실수를 한 게 못내 마음에 걸렸다. 얼마나 바보 같아 보였을까? 생각할수록 얼굴이 화끈거렸다.

시무룩하게 한숨을 내쉬며 두툼한 카디건 주머니에서 휴대전화를 꺼냈다. 그러고는 집에 있는 마네에게 카카오톡으로 대화를 신청했다.

〈언니, 화가 아저씨랑 채라온이랑 어떤 사이야?〉

〈갑자기 그건 왜?〉

〈아까 집에서 나올 때 보니까 채라온이 주인집에서 나오는 거 있지.〉

〈이복형제라나 봐.〉

〈이복형제?! 우와, 쇼크!!!!!!〉

〈비밀이야. 다른 데 가서 얘기하지 마. 그리고 이번에 언니가 채라온 맡을 거 같다.〉

〈헉!! 진짜?〉

〈왜? 안티라 싫어?〉

〈아, 몰라몰라몰라. 내가 안티라는 거 채라온이 알아버렸어ㅠㅠ〉

〈무슨 소리야? 그걸 채라온이 어떻게 알아?〉

〈상황이 뭐라고 표현이 안 돼. 나중에 설명할게. 마음 좀 진정되면.〉

카카오톡을 나가 버린 밀레 때문에 마네야말로 상황 파악이 안 돼 아리송해졌다.

순둥이 밀레가 채라온에게 대놓고 안티라 했을 리도 없고, 뭔 일이래?

휴대전화를 소파에 던져 놓고 마네는 어슬렁어슬렁 테라스로 나가 관절에서 뚜두둑 소리가 나도록 기지개를 켰다. 모두 나가고 또다시 혼자가 되자 무료해진 그녀는 상체를 쭉 빼어 아래층을 흘끗 내려다보았다.

"채라온이 언제 왔지?"

김석현 대표가 간 시각이 9시 넘어서였으니까 그 후에 왔다는 건데……. 왜 아침 일찍 갔을까? 스케줄 있나?

"오늘은 사무실에 나가봐야겠다."

한 시간 후 나갈 채비를 마친 마네가 계단을 내려올 때였다. 슬우도 나갈 모양인지 현관문을 잠그고 나오길래 통통 계단을 내려가 먼저 알은 체를 했다.

"나가시나 봐요?"

"예. 일찍 나가는군요. 석현이 형이랑 12시에 만나기로 약속한 거 아니었습니까?"

"사무실에 들렀다 가려구요."

약속이나 한 듯이 두 사람은 나란히 걸어 대문 밖까지 나왔다. 마네가 씩씩하게 인사를 꾸벅 했다.

"그럼 다녀오세요."

"제 차 타고 가시죠."

"네?"

"차 아직 못 고친 모양인데 같은 방향이면 태워다 주려고 그럽니다."

석현과 일하게 되었다고 하니까 태도가 180도로 바뀌었다. 자못 놀랐지만, 태워다 주겠다는데 뭐 어떠랴 싶어 마네는 밝게 웃었다.

그래, 이런 매너 좋잖아! 간만에 마음에 들었다, 너. 후후.

"아유, 뭐 고맙게. 갤러리가 삼청동에 있다 그러셨죠? 거기랑 많이 안 멀어요. 지하철 있는 데서 내려주시면 돼요. 사무실이 골목으로 좀 들어가야 있거든요."

"그럽시다."

'호오, 광이 나는구만, 광이 나.'

눈알을 동글동글 굴리며 먼지 하나 없이 반들반들 윤이 나는 차 내부를 구경하던 마네가 문득 초상화에 대해 물었다.

"초상화는 복구 가능하겠어요?"

"이미 했습니다."

금방 할 거면서 생색내고 지랄.

슬우 모르게 입을 비죽이던 마네는 잘 됐다 싶어 재차 사과했다.

"어우, 다행이네요. 다시 그려야 하는 거 아닌가 걱정 많이 했거든요. 그동안 무례하게 굴었던 거 죄송했어요."

"좀 이해가 안 가더군요."

"뭐가요?"

"레오라는 사람 말입니다. 석현이 형한테 들었습니다. 그 성격에 어떻게 참았는지 모르겠군요."

어떻게 같이 일하는 사람에게 그런 몹쓸 짓을 했을까 싶으니 슬우는 레오의 인격이 의심되었다. 그리고 욕쟁이 아가씨치고는 꽤 미련해 보였다. 성격도 괄괄한 여자가 어떻게 고스란히 당해주고 있었을지 의문이다. 예삼 상 이사 오던 날 계단에서 전화하던 상대가 레오일 테니, 당연히 실연당한 것과는 상관이 없는 이야기였다. 그때 그녀가 한 얘기만 대충 짜깁기해도 레오는 천하의 나쁜 놈이었다.

"처음부터 그런 앤 아니었어요."

그리 당하고도 두둔하냐 하는 눈으로 잠시 마네를 보던 슬우는 충고하듯 말했다.

"그래도 들어줄 부탁이 있고, 절대 들어줘선 안 되는 부탁이 있는 겁니다. 자기 인생이 달린 문젠데 함부로 망가뜨려야 되겠습니까?"

마네의 입이 쩍 벌어졌다. 틀린 말은 아니지만, 가만 듣고 있으니 자꾸 기분이 언짢아진다. 아무래도 딱딱하고 훈계하는 듯 거만한 말투 때문이 아닐까 싶었다. 생긴 건 객관적으로 봐도 훌륭한데 어째서 입만 열면 홀딱 깰까, 이 인간은.

"근데요. 원래 말투가 그러세요?"

"말투가 문제가 아니라 내가 하는 말이 문제 아닙니까? 바른 말, 옳은 말, 정곡을 콕콕 찌르는 말만 하니까. 대개 사람들이 그런 말을 싫어하죠. 그러면서 그런 말을 해주는 사람을 탓하구요. 비겁하게."

중증이로구나, 너.

마네가 아니꼽게 그를 흘겼다.

"예술가들 중에 괴짜 많은 줄은 알지만, 채 화백님은 참 정이 안 가는 사람이네요. 상처 주는 말만 골라서 하면 영혼이 윤택해지십니까?"

"없는 얘긴 안 합니다, 전."

"어련하시겠어요. 김 대표님이 어떻게 채 화백님 같은 사람이랑 의형제를 맺었는지 불가사의하네요."

"기획사 대표라 독특한 캐릭터 선호합니다, 그 형이."

마네는 차 문이 부서져라 쾅 닫고 내렸다. 오는 내내 어찌나 기함할 말만 골라서 해대는지 다신 타고 싶지 않았다.

'염병할 인간!'

불쾌감이 뼛속까지 지근지근 스며들어 씩씩거리며 걸어가다 홱 돌아보니 차는 벌써 사라지고 없었다. 그녀는 뱅충맞은 자신을 탓하며 발소리가 쿵쿵 나도록 걷기 시작했다.

"타란다고 넙죽 탄 내가 미친년이지. 매너는 개뿔! 아으!"

사무실은 골목을 한참 걸어 들어가 끄트머리 지하에 있었다. 1층이 피아노학원, 2층이 미술학원, 3층이 태권도학원으로 마네의 사무실을 제외하곤 전 층이 학원 건물이었다.

지하로 내려가 사무실로 들어가자 인경이 반색했다.

"쌤!"

"별일 없었어?"

깔끔하게 정리 정돈된 작업대와 수납장을 보자 한결 기분이 나아진다. 방 한가운데 유리로 된 작업대 위와 오른쪽 벽의 화장품 진열대에는 수많은 화장품과 화징도구들이 놓여 있었다. 왼쪽 벽에 두 개의 큰 화장대, 맞은편에 책상, 소파, 그 외 여러 가지 필요한 가구와 물건들이 배치되어 공간이 넓은 편이 아님에도 불구하고 넓은 효과가 났다. 방 안에 거울이 많은 것도 작용했으리라.

책상 옆으로 칸막이가 된 안쪽으로 들어가면 의상과 소품실이었는데, 한쪽에 탕비실까지 갖춰져 있었다. 그녀의 모든 것이 그 안에 있었다.

물감냄새가 아빠의 냄새라면, 화장품냄새는 삶의 냄새였다. 이 척박한 사회 속에서 그녀가 살아남기 위해 선택한.

그녀는 애증이 깊은 눈빛으로 작업대 위 자신의 손때가 묻은 화장품들을 바라보았다.

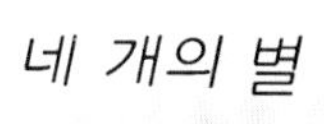
네 개의 별

12시에 맞춰 SH로 간 마네는 비서의 안내를 받아 대표실로 들어섰다. 기다리고 있던 석현이 호탕한 음성으로 그녀를 맞았다.

"어서 와요, 마네 씨."

"안녕하세요?"

"찾기 어렵진 않았죠?"

"네."

비서가 따뜻한 녹차를 내왔고, 마네는 가방 안에서 준비해 온 이력서부터 꺼내 석현에게 건넸다.

"여기."

석현이 이력서를 받아 찬찬히 훑어보았다. 화려하고 대단한 이력은 아니었지만, 그녀는 명실공히 짧은 기간 내에 비주얼 디렉터로서 자리매김한 사람이었다. 천부적인 소질이 아니라면 불가능한 일일 터.

게다가 석현이 알기로 그녀는 대범한 여자였다. 레오의 실수와 잘못을 한 번은 용서해 줄 정도로 넓은 아량도 있었고, 두 번은 용서하지 않고 끊어버리는 결단력도 있었다. 그래서 이전부터 그녀가 마음에 들었었다. 과격한 면이 없지 않아 있지만, 포용력과 결단력은 인정했다.

"프리랜서로 일하면 힘들지 않아요?"

"처음엔 많이 힘들었지만, 사실 그동안 저도 레오 덕 좀 봤죠. 덕분에 빨리 자리를 잡았으니까요."

"후후. 마네 씬 정이 많은 타입인가 봐요."

"그래서 손해 보는 점도 많아요. 아하하."

그녀의 호쾌한 웃음소리에 석현의 얼굴에서도 만족스러운 미소가 어렸다.

"라온이 불렀어요. 마침 오늘 쉬는 날이어서 전화했더니 오겠다는군요. 어제 슬우 집에서 잔 모양이던데 못 봤어요?"

"네. 아침에 나가는 걸 동생이 봤나 봐요. 그때 알았어요, 저도."

"이래저래 잘됐어요."

"네에."

마침 문이 열리며 라온이 들어왔다. 그새 집에 다녀왔는지 옷이 바뀌어 있었다. 세계적인 스타라고 하기엔 지나치게 수수한 옷차림이라 성격이 그대로 묻어나온다 싶어 마네는 속으로 웃었다. 티 하나에 청바지만 입어도 태가 나는 체형이니 망정이지 옷발이 안 받아주는 사람이었다면 옷 못 입는 연예인으로 손꼽혔을지도 모를 일이었다. 팬들은 그의 소박한 면을 더 좋아하는 것 같기도 하지만.

라온은 슬우와는 다르게 항상 웃는 얼굴이 호감형이라 평소 마네도 좋아하던 연예인이었다. 비록 레오 앞에선 그런 말조차 하지 않았었지만. 국민남동생이란 소리를 괜히 듣는 게 아니다. 성격 좋고 예의 바르고 무엇보다 웃는 게 참 예뻤다. 자체발광이란 채라온을 두고 하는 말이려니. 언론에서 하는 말마따나 레오가 발 벗고 따라가도 못 잡을 만하다.

"안녕하세요?"

라온이 먼저 싹싹하게 인사를 건넸고, 마네가 기분 좋게 인사를 받았다.

"안녕하세요?"

"레오 VD셨다구요? 몇 번 봤었는데 그땐 인사도 제대로 못 드렸네요."

"네. 안 그래도 기회가 오면 일하고 싶었었어요. 정말 영광이에요."

"어휴, 별말씀을. 저야말로 영광입니다. 근데 그 소문 사실이에요?"

천진하게 묻는 라온 때문에 마네는 바짝 긴장이 됐다. 레오와의 관계를 묻는 게 분명하기에. 석현도 라온이 무슨 말을 할까 조심스러운 표정으로 쳐다봤다.

"레오한테 욕도 막 하고 그런다면서요?"

진지하게 묻는 라온의 눈망울이 순수해 마네는 풋 웃음이 터지려는 걸 입술을 꾹 깨물어 간신히 참아냈다. 레오와의 경쟁 구도 속에서도 늘 여유 만만하던 그였으니, 애초에 레오와의 스캔들 같은 건 신경을 안 쓸지도 몰랐다. 어차피 거짓이란 것도 알 테니까.

괜히 마음 졸였다 싶어 마네는 편히 농담을 했다.

"왜요? 계약 조건에 욕하면 안 된다고 추가하려구요?"

"하하. 부러워서요. 그거 웬만히 친하지 않고선 어렵잖아요. 저한텐 없어요, 그런 사람."

하긴, 누가 대놓고 채라온에게 욕을 하랴. 헌데 라온에겐 부러운 모습이었다니, 주위에 그런 사람이 없다는 말을 듣고 왠지 마음이 짠해졌다. 레오에게 스스럼없이 그랬듯이 라온에게도 그럴 수 있을까?

"라온 씨에게도 언젠간 자연스럽게 욕할 날 있겠죠."

"기대되네요."

입바른 소리가 아니었다. 라온은 정말로 기대되는 듯이 눈이 반짝였다. 아니, 그의 눈빛은 유난히 반짝이는 걸로 유명했다. 어디 하나 부족함 없는 그는 그녀가 봐도 완벽 그 이상이었다.

문득 마네는 수억 개의 별무리가 담긴 듯한 그의 눈을 보며 그런 느낌을 받았다. 가장 화려하고 빛나면서도, 사실은 가장 외롭고 쓸쓸한 직업.

레오에게도 그래서 잘해준 거였는데……. 유달리 외로워하고 불안해하는 모습이 동생 같아 마음이 짠해서. 그러고 보면 정이 많은 것도 참 피곤하다.

"대신, 천만 안티는 제가 끌어안게 되겠죠, 뭐. 레오 팬들한테도 제가 공공의 적이거든요. 라온 씨면 세계적인 공공의 적이 되겠네요. 으흐흐."

"그 정도에 소심해할 분은 아니신 것 같아 안심입니다. 하하하."

"소심하면 연예인이랑 일 못하죠. 가슴 떨려서."

마네의 농담에 석현이 사무실이 떠나가라 웃다가 한마디 거들었다.

"잘못하면 마네 씨가 따끔하게 혼도 내고 그래요."

"워낙 반듯해서 혼낼 일이나 있을지 모르겠네. 오히려 제가 혼나는 거 아닌지 살짝 걱정이에요."

사람들은 본디 극적인 걸 선호하게 되어 있다. 배우인 엄마, 배다른 형. 모두 불륜이라 손가락질했지만, 정상의 자리를 포기할 만큼 사랑과 아이를 지켜냈던 엄마로 인해 라온은 인생 자체가 드라마틱했다. 그동안은 형의 존재가 철저히 베일에 가려 알려지지 않았었고, 두 사람의 관계가 세상에 드러난 것도 최근 일이었다.

채슬우와 채라온.

형만 누구인지 몰랐을 뿐 떠도는 소문으로 이미 라온의 신상을 알고 있던 마네였다.

라온의 조력자이자 연예계에선 큰손으로 유명한 그의 어머니, 이재희 여사.

결혼 전만 해도 최고스타였던 그녀는 모든 걸 버리고 사랑 하나를 택해 라온을 낳았다. 그것 때문에 오랫동안 충격 속에서 헤어나오지 못하다가 본처가 자살했다는 소문도 들었다.

처음엔 정말 드라마 같은 일이 세상에 있을까 의심했지만, 막상 연예계를 겪다 보니 그보다 더한 일도 많은 곳이 바로 이 세계였다.

라온이 국민남동생이 될 수 있었던 건 그의 뒤에서 죽을힘을 다해 조력했던 이재희 여사의 힘이 컸다. 석현의 기획사로 옮기기 전만 해도 그녀가 직접 매니저를 했다고 들었다. 가는 곳곳마다 그녀의 간섭과 입김이 안 통한 데가 없었다니, 실로 대단한 여인이었다.

지금은 한발 물러나 석현에게 전부 맡기고 있는 모양이지만, 유명한 비주얼 디렉터들을 놔두고, 것도 레오와 스캔들까지 있었던 마네를 탐탁하게 여길지 의문이었다. 아무리 거짓 스캔들이었다고 해도 이재희 여사라면 누구보다 스캔들에 대해 민감할 것이기에. 다행히도 석현과 라온이 하는 걸로 봐선 기우에 불과할 것 같지만 말이다.

그런데 마네가 정작 신경이 쓰이는 것은 이재희 여사가 아닌 슬우였다. 떠도는 소문이 사실이라면, 그의 어머니는 자살했다는 건데…….

'그래서 혼자 사나?'

아무리 태어난 집이라 해도 삼청동에서 갤러리까지 한다는 남자가 산동네에 산다는 게 이상하다 했다. 라온을 둘러싸고 떠돌던 소문들이 슬우로 인해 현실적으로 다가왔다. 그리고 슬우 안에 있는 고독과 고통이 조금은 마네의 가슴에도 와 닿았다.

인근 한식당에서 식사를 마치고 라온이 먼저 가고 나서야 석현이 슬우의 이야기를 슬쩍 꺼냈다.

"한집에 살면서 사이좋게 지내봐요. 성격이 좀 괴팍해 그렇지 알고 보면 괜찮은 사람이에요, 슬우."

석현이야 워낙 사람이 좋으니 그런 이상한 성격을 다 받아줄지 몰라도 그에 못지않게 극성맞은 자신과는 상극 중의 상극이었다. 아까 사무실까지 오는 30분 동안 3분 간격으로 사람을 기함하게 하는데 정말 기함했으니 말이다. 재수 없는 말투도 말투거니와 내용은 더 그악스러웠다. 좋은 말도 한두 번이라 했거늘. 하물며 잔소리 같은 옳은 말임에야.

"네. 뭐 차차 괜찮아지겠죠."

'차차'라는 말과 마네의 떨떠름한 표정이 잘 어우러져 석현이 또 눈매를 초승달로 그리며 하하 웃었다. 이 사람이 웃음이 많았었나 싶게 과한 느낌이 들 만큼 기분이 좋아 보였다. 자고로 웃는 얼굴에 침 못 뱉는 법이고, 마주 웃다 보면 없던 정도 들게 마련이다. 마네도 그의 웃는 모습에 덩달아 마음이 훈훈해져 후후 따라 웃었다.

그래, 믿어보는 거다. 석현이 괜찮다고 하는 사람이면 아직 모르는 부분이 있으리라. 그리고 채라온 형이니까 잘 지내야지.

마네는 슬우에 대해 조금 너그러운 마음을 가져 보기로 했다.

"차 아직 못 고쳤다고 했죠? 제가 모셔다 드릴게요."

"네에? 아이구, 아니에요. 바쁘신 분이 무슨……."

황송해하는 마네를 보더니 석현이 되레 민망해했다.

"내가 무슨 대통령이나 돼요? 마네 씨 모셔다 드릴 시간은 있어요. 일부러 오늘 약속도 안 잡았거든요, 마네 씨 온다고 해서."

"어머, 그러셨어요? 안 그러셔도 되는데……. 혹시 하실 말씀이 더 남았나요?"

석현이 어깨를 으쓱했다.

"뭐 꼭 그런 건 아니구. 가시죠."

식당 밖으로 나온 석현은 정중히 조수석 문을 열어주었다. 마네는 어색해하며 차에 올라탔다.

운전석으로 온 석현이 안전벨트를 매는 그녀를 보더니 싱긋 웃고는 차를 출발했다. 차 안에서 나는 향인지 석현에게서 나는 향인지 좋은 향내가 나 마네는 가슴이 두근거렸다. 사람이 좋아 그런가 슬우의 차에 탔을 때와는 천지차이다.

'원래 사람들한테 잘하는 건 알지만 여자들한텐 오해받기 십

상이겠다.'

유학 때 잠깐 만난 유학생이 있었으나, 그것말고는 이렇다 하게 내세울 연애를 해보지 못한 마네였다. 솔직히 말하면 공부하고 일하느라 남자 만날 여유가 없었다. 정신을 차리고 보니 이십대 후반. 요즘처럼 마음이 힘들고 쓸쓸할 땐 석현처럼 매너 끝내주는 남자와 미친 듯이 연애하고 싶은 생각도 든다.

'외로움 타나 봐.'

마네는 무심히 지나치는 거리를 바라보며 문득 시무룩해졌다. 그녀에 대해 석현이 모를 리 없으니, 여자로서는 꽝이리라. 그리고 이런 사람이 뭐가 아쉬워서? 주변에 멋진 여자들이 널렸을 게 아닌가.

"참. 저 지금 사무실 갈 거예요."

"집이 아니구요?"

"예. 사무실을 며칠 비워뒀더니 해야 할 일이 좀 많아서요."

"사무실 구경 가도 돼요?"

마네는 빤히 그를 쳐다보았다. 정말 안 바쁜가 보다.

'사무실 보고 너무 후져서 계약 취소하자고 하면 어쩌지?'

돈 더 벌어 좋은 사무실 얻으면 그때 공개하려고 사무실만큼은 사진도 마다했던 그녀였다. 그런데 졸지에 거래처 대표에게 보여주게 생겼으니.

마네가 대답이 없자 석현이 흘끗 쳐다보았다.

"안 되는 건가요?"

"사무실이라 해봤자 작업실 수준이라 볼 것도 없어요."

"괜찮아요. 이제 자주 볼 텐데 사무실이 어딘지 정도는 알아놔야죠."

예기치 못한 일에 마네는 주머니에서 슬그머니 휴대전화를 꺼내 신의 경지로 인경에게 문자를 보냈다.

〈김 대표님이랑 같이 가는 중!〉

스타일에 관련된 잡다한 물건들이 가득한 마네의 사무실을 석현은 꽤 관심 있게 둘러보았다. 규모가 크진 않았지만, 그녀가 얼마나 스타일에 관해 고심하며 사는지 사무실을 보자 알 것 같았다. 화장품 종류는 수도 헤아릴 수 없을 만큼 어마어마하고 또 다 알지도 못할 것들이라 신기할 따름이었다. 이걸 다 어떻게 기억하고 맞는 걸 찾아내서 조합하는지 전문가는 확실히 다르구나, 감탄스러웠다.

"이건 뭐예요?"

석현이 작업대 위에서 음각이 된 보랏빛 화장품케이스를 들어 올렸다. 레오와 함께 촬영 차 인도에 갔다가 산 분통인데 마음에 들어 그녀가 애용하는 것이었다. 그런데 뚜껑이 헐거웠는지 뚜껑만 석현의 손에 남고 통이 툭 떨어지며 연분홍빛이 나는 분가루가 쏟아져 뽀얗게 일어났다.

"어이쿠! 이, 이걸 어쩌지? 미안해요."

석현은 매우 당황하고 말았다. 얼굴이 빨개지는 석현을 보고 마네가 풋 웃었다. 늘 젠틀하고 반듯한 모습만 보다가 인간적인 모습이 순수하게 느껴졌다.

"괜찮아요. 분가루는 저도 잘 쏟아요. 분가루만 그러나. 죄다 떨어뜨리고 깨뜨리고……. 좀 덤벙대는 편이거든요. 후후."

"비싼 거 아니에요?"

"조금 쏟은 건데요, 뭐."

대수롭지 않아하는 마네와는 달리 석현은 사람들 앞에서 좀처럼 실수하지 않다가 한 거라 난감하기 이를 데 없었다. 케이스가 예쁘고 독특해서 본다는 것이 그만. 너무 지나친 호기심은 망신을 불러일으킬 수도 있는 법이었다.

"어디 제품인지 알려주시면……."

"사주시게요?"

"당연히 사드려야죠."

"어휴, 됐어요. 신경 안 쓰셔도 되거든요."

초상화에 비하면 분가루 조금 쏟은 것쯤이야.

마네는 부러 친근감 있게 말하고는 소파로 가서 앉았다. 석현도 조심스럽게 그녀의 맞은편에 와서 앉았다. 지금껏 본 중에선 가장 긴장된 모습이라 마네는 의아하게 물었다.

"사무실 보니까 실망하셨죠?"

"실망이라뇨. 좋은데요. 마네 씨 손때가 다 묻었을 거 아니에요. 척 봐도 알겠어요. 마네 씨가 여기서 어떻게 지냈는지."

마네는 지나온 시간이 파노라마처럼 머릿속을 스쳐 콧날이 시큰해졌다.

"거의 여기서 살다시피 했으니까요. 어느 날은 해외촬영하고 돌아왔더니 도둑놈이 와서 새 화장품들이랑 옷들이랑 소품들 죄다 훔쳐 간 적도 있었고, 어느 날은 물이 차서 그거 퍼내느라 고생한 적도 있었고, 어느 날은 보일러 고장나서 자다가 얼어 죽을 뻔도 했었죠. 그래도 고생했을 때가 재밌었어요. 추억도 많구."

"지금은 재미없어요?"

"일은 재밌어요. 근데…… 하면 할수록 이게 정말 내 길인가 싶을 땐 있어요. 어머, 대표님 앞에서 이런 말 해도 되나? 일 앞두고선."

마네가 공연한 말을 했다는 듯 머쓱해하자 석현이 피식 웃었다.

"나도 기획사 때려치울까, 그런 생각 많이 해요."

"에이, 대표님은 좀 엄살이신 거 같은데. 후후."

"하하하!"

마네는 큰소리로 웃는 석현을 물끄러미 바라보았다. 샤갈이 그랬듯이 정말 느낌이 좋은 사람이란 그를 두고 하는 말 같았다. 생긴 건 기생오라비 같아도 풍기는 이미지가 정말 따뜻했다.

좋은 분.

레오와의 일로 깊은 상처를 받은 이때에 석현을 만난 건 정말 큰 행운이었다. 그녀는 이 기회를 놓치고 싶지 않았다. 아니, 보란 듯이 해내고 싶었다. 레오 신화에 이어 채라온을 프린스가 아닌 킹으로 만들고 말리라!

☆ ☆ ☆

"이게 뭐예요?"

구희봉이 레오에게 전한 건 택배 포장이 된 상자였다. 화보 촬영이 있어 벤에 올라탔다가 레오는 누가 보낸 건가 싶어 포장지에 붙은 주소를 확인해 봤다.

L 백화점.

그곳이라면 어제 들렀던 백화점이다. 소름이 오싹 끼쳐 포장지를 뜯어보았다. 아니나 다를까, 어제 명품관에서 그 여자가 결제했다는 가방이었다. 끝내 찾지 못하고 기분이 나빠 그대로 나와 버렸더니, 기획사로 보낸 모양이었다.

그는 다시 상자 뚜껑을 닫고는 의자 옆으로 밀어놨다.

"도로 보내요."

"왜?"

무슨 일이냐고 묻지 않고 왜 하고 묻는 걸 보니 내막을 아는 듯하다. 데뷔 때부터 1년 전까지 함께 다니던 매니저 형과는 잘 지냈는데 아무래도 구희봉이 박 대표의 오른팔이다 보니 껄끄러운 일이 한두 가지가 아니었다.

"그 여자 짓인 거 실장님도 알고 계시죠?"

구희봉이 능글맞게 웃었다.

"인마, 사주는 걸 왜 마다해? 이거 명품 아냐? 너 명품 좋아하잖아."

"그래도 이걸 어떻게 받아요?"

"니가 몰라서 그렇지 그동안 사모님이 너한테 보낸 거 엄청 많아. 일일이 셀 수도 없어."

"그거야 모를 때구요! 알면서 어떻게 받아요?"

레오는 그동안 팬들이 보낸 거로만 알고 별생각 없이 받은 것도 억울할 지경이었다. 그런데 구희봉은 계속 느물거리며 부아를 질렀다.

"알고 받으나 모르고 받으나 사모님이 사준 건 맞는데 뭘. 아, 자식. 까탈스럽게 굴기는. 혹시 아냐? 강남에 건물 하나 니 앞으로 떨어질지."

"실장님!"

"한몫 챙길 수 있을 때 챙겨, 인마. 연예인 수명 그거 시한부야."

거대 기획사의 매니저 실장이란 자가 할 소리인가 싶어 레오는 어이가 없었다. 마네까지 없으니 숨이 더 콱콱 막힐 지경이라 자기도 모르게 악을 써버렸다.

"당장 저거 내 앞에서 치우라구요! 그리고 다시는 그 여자랑 엮으려고 하지 마세요!"

화가 머리끝까지 난 레오가 가방을 상자째 집어던졌다. 상자는 상자대로 가방은 가방대로 바닥을 뒹굴고, 재빨리 몸을 피했던 구희봉의 인상이 험악해졌다.

"씨발, 못해먹겠네. 싫으면 관둬, 새끼야. 나나 들고 다니게."

"돌려주라니까요!"

"돌려보냈다가 대표님한테 또 무슨 소리 들으라고? 돌려주려거든 니가 직접 갖다줘. 괜히 나한테 성질부리지 말구."

주섬주섬 가방을 집어든 구희봉이 레오에게 도로 집어던지더니 차 문을 쾅 닫았다. 징그러운 벌레가 붙은 듯이 기겁한 레오는 가방을 멀찌감치 떨어뜨리고는 운전석에 올라타는 구희봉을 분노에 찬 눈으로 노려보았다.

☆ ☆ ☆

오는 길에 찾은 차를 몰고 집 앞에 도착했을 때 마침 잇달아 골목으로 들어오는 차가 슬우의 것이었다. 벽에 밀착해 세운 차에서 내린 마네는 먼저 들어가 버릴까 하다가 그가 옆을 지나갈 때까지 그 자리에 서 있었다.

창으로 눈이 마주쳤으나 그가 곧 차고 문을 열고 들어가 버려서 대문으로 가 안을 들여다봤다. 높은 창살 사이로 불이 꺼진 집이 보였다. 식구들이 아직 퇴근 전이라 그녀는 직접 열쇠로 열고 대문 안으로 들어섰다. 금방 슬우가 들어올 것이기에 대문을 조금 열어둔 채 정원을 걸어갔다.

차고를 나와 마네의 차 옆을 지나던 슬우는 슬쩍 차 앞뒤를 살폈다. 골목길 가로등으로 식별하기에도 뚜껑이 들렸던 앞범퍼는 감쪽같이 수리가 된 상태였고, 뒤의 스크래치 난 부분도 말끔했다. 시간이 걸리긴 했지만 솜씨가 좋은 정비소에 맡겼다는 생각에 슬우는 만족스럽게 고개를 끄덕였다.

대문이 조금 열려 있어 안으로 들어가 탕 닫았다. 그사이 그녀는 2층 계단을 오르고 있었다. 오면서 석현과 통화하기론 그녀의 사무실에 갔었다고 한다. 거긴 뭐하러 갔었냐고 물으니 대답이 가관이었다.

"차를 못 찾았다길래."

도로에 굴러다니는 게 택시인데 굳이 직접 차에 태워 데려다 줄 건 뭐 있나? 헌데 곰곰 생각해 보니 자기도 사무실까지 태워다 줬었다.

'내가 왜 그랬을까?'

가는 내내 좋은 소리도 못 듣고 말이다. 무슨 말만 하면 기함하는 표정을 짓는 마네 때문에 더 심술이 나 애먼 소리까지 해댔던 그였다.

'대체 내가 왜 그런 짓을 했을까?'

그는 오후 내내 그 일이 자꾸 떠올라 신경이 쓰였고, 명확한 이유를 몰라 답답했다. 이상한 여자 때문에 자신까지 이상한 사람이 되어가는 듯했다.

대문 옆에 붙은 우편함에서 우편들을 꺼냈다. 세금 고지서들이 있어 한끼번에 챙겨들고 정원을 가로질렀다. 그가 현관 앞에 도착했을 때 2층의 불이 환하게 켜졌다.

무심결에 2층을 올려다보다가 집 안으로 들어갔다. 외투와 가방을 소파에 놓고 자리를 잡고 앉아 고지서들을 살펴보았다. 그중 2층 것들만 챙겨 한쪽에 분리한 뒤 일어나 드레스룸으로 갔다.

입었던 옷들을 죄다 벗어 빨래함에 넣고 맨몸을 드러낸 채 욕실로 향했다. 수영과 운동으로 다져진 몸이 그의 동작에 따라 미세하게 움직였다.

그의 머릿속에 불현듯 마네의 나신이 떠오른 건 복도의 반도 지나지 않았을 때였다. 사실 아무리 생각을 안 하려 해도 수시로 떠오르는 모습에 그는 큰 곤욕을 치르고 있었다. 애써 무시하며 두어 발자국 걸어가다가 멈칫 제자리에 멈춰 섰다. 그리고 천천히 시선을 아래로 내렸다.

'이, 이럴…… 수가!'

놀랍게도 믿을 수 없는 일이 그의 몸에서 일어나고 있었다.

'서, 섰…… 다.'

서서히 부풀어 오르던 그놈이 어느 순간 벌떡 몸을 일으키듯 기립했다. 이제껏 그녀의 나신을 떠올리긴 했어도 몸까지 반응한 건 처음이었다. 그는 순전히 방심이라 여겼다. 한순간 경계심이 풀어진 것이다. 그뿐이었다.

아주 짧게나마 눈과 코, 입가에 자잘한 경련을 일으키던 슬우는 본능에 의거한 자신의 몸 상태를 인정하기 싫다는 듯 걸음을 재촉했다. 엉거주춤 욕실로 걸어가는 그의 입에서 불편한 신음과 함께 주문처럼 '마녀' 소리가 흘러나왔다.

"그 여잔 마녀야. 마녀, 마녀…… 마녀!"

"이달 고지서랑 전에 살던 분이 주고 간 돈입니다."

슬우는 알뜰살뜰 천 원짜리까지 챙겨놓은 돈봉투를 들고 2층 현관 앞에 서 있었다. 마침 화장을 닦아내는 중이던 마네는 머리에 분홍색 띠를 맨 채였다. 앞머리가 달랑 들려 있는데다 반쪽만 화장을 지운 터라 슬우의 눈에 참 볼품이 없었다. 예쁜 것도 아니요, 성격이 좋은 것도 아니요, 특별히 매력을 느낄 만한 구석도 없는 여자 때문에 그게 서다니 자신이 한심스러울 지경이었다.

"고마워요."

건성으로 대답하며 마네가 고지서와 돈봉투를 받았고, 슬우는 울적한 얼굴로 돌아섰다.

"어, 저기요!"

마네가 급히 부르는 바람에 그는 무심히 돌아봤다.

"차 한잔하고 가실래요?"

이 여자가 뭘 잘못 먹었나 하는 얼굴로 빤히 보다가 슬우는 금세 거만하게 고개를 까딱했다. 차 한잔 같이 마신다 해서 저 여자에게 좋은 마음이 들 리 없다고 자부하며. 오히려 차를 마시자고 하는 게 할 얘기가 있다고 짐작하는 그였다.

'무슨 일일까?'

그는 마네가 깨끗하게 화장을 지우고 차를 끓여 내올 때까지 소파에 앉아 그 생각에 몰두했다. 그의 뒤로 장필도의 초상화가 걸려 있었고, 슬우도 들어오면서 보긴 했었다. 딸의 이름이 마네라, 아버지가 미술과 관련된 일을 하시는 줄 어렴풋이 짐작하고 있었다.

그런데 막상 초상화를 보니 기분이 이상했다.

마네와 닮은 건 맞는데 왜 자꾸 낯이 익지?

그 때문인지 소파에 앉아서도 자꾸 뒤통수가 근질거리는 느낌이었다. 그는 괜히 뒤로 쓱 돌아보고는 '흠!' 헛기침과 함께 몸을 바로 했다.

향긋한 허브차를 끓여 내온 마네는 그와 조금 떨어진 곳에 앉았다.

"드세요."

"예."

그가 한 모금 마시기도 전에 그녀가 넌지시 물었다.

"여기 혹시 창고 있어요?"

"예, 지하에. 창고 필요합니까?"

"네. 보관해 둘 게 있어서요."

"지하작업실 옆이 창곱니다. 제 작품보관실로 쓰는데 꽤 넓어요. 반 정도는 나눠 써도 될 것 같습니다만."

일전에 문 하나가 또 있던 생각이 나 다행이라는 듯 그녀의 얼굴이 환하게 펴졌다. 화장기가 없으니 윤이 나는 피부가 더욱 반짝거렸다. 직업이 그래서인지 피부 하나는 탐이 나도록 하얗고 깨끗하다.

'그래. 피부만큼은 끝내주게 희었었지.'

그는 자기도 모르는 새 또 마네의 나신을 떠올리다가 뜨거운 허브차를 삼키고 화들짝 놀랐다. 뿐인가. 연상 작용처럼 욕실에 가다가 그것이 벌떡 일어섰던, 그 치욕스러운 느낌이 고스란히 바지춤 속에서 벌어졌다.

"콜록!"

차가 기도로 넘어갔는지 기침이 나왔다. 그 바람에 들고 있던 찻잔 속 찻물이 심하게 출렁거렸다. 한순간 변태가 된 것만 같은 기분에 휩싸여 슬우는 얼굴이 벌게지도록 기침을 했다.

마네는 불안하게 그를 바라보았다.

"괜찮으세요? 차가 너무 뜨거웠나 봐요."

"콜록콜록!"

급기야 테이블 위에 내려놓던 찻잔에서 차가 출렁 넘쳐흘렀고, 그녀는 화장지통에서 화장지를 몇 장 꺼내 그에게 내밀었다. 화장지로 입을 틀어막은 슬우는 폭발할 듯이 터져 나오는 기침 때문에 고통스러웠다. 참으려 하면 할수록 더 참을 수 없는 게 기침이려니.

"콜록콜록! 콜록콜록!"

"아이고 참. 어떡해?"

오죽했으면 보다 못한 그녀가 다가와 등을 다 두들겨 줬을까.

그녀에게서 나는 화장품향에 더 정신이 아찔해진 슬우는 연신 기침을 하며 괜찮다는 듯 손을 내저었지만, 그녀는 벌게진 얼굴로 기침을 해대는 그가 조금 안쓰러웠을 뿐이었다.

'칠칠치 못하게 남자가 차도 제대로 못 마시냐. 쯧쯧.'

한참 만에 가까스로 기침이 멈춘 슬우는 그녀의 물음에 계속 똑같은 대답으로 일관했다.

"정말 괜찮으세요?"

"괜찮습니다."

"안 괜찮은 거 같은데?"

"괜찮습니다, 정말."

"물 드시면 좀 나을 거 같은데?"

"괜찮다는데, 왜 자꾸 그래요? 괜찮습니다, 전."

아니, 물 갖다주겠다는데 뭐가 자꾸 괜찮다는 건지. 쪽팔리는 건 알겠으나, 쓸데없이 자존심이 강한 사람이었다. 마네는 꿋꿋하게 뜨거운 차를 마시는 그를 이해할 수 없는 눈으로 바라보았다. 고집도 고집 나름이지 정말 이런 사람과 살다간 숨이 막혀 죽을 것 같았다.

덜그럭덜그럭.

약통을 죄다 뒤져 봐도 입안에 바르는 약만 쏙 빠지고 없어 슬우는 좌절감으로 한숨을 내쉬며 약통 뚜껑을 닫았다.

"후우—"

그는 절대 부주의한 사람이 아니었다. 매사 꼼꼼하고 깐깐하고 계획적인 사람이었다. 그런데 하물며 뜨거운 차를 마시다가 입천장이 홀딱 데는 일은 그에겐 불가능했다. 그게 오늘로써 허무하게 무너져 버린 것이다.

'이게 다 그 마녀 때문이야.'

원망은 고스란히 마네에게로 돌아갔다. 창고 쓰는 거야 밖에 있을 때 물어도 될 걸 왜 굳이 차를 주겠다고 꼬드겨 이 굴욕을 당하게 한단 말인가. 오늘은 채슬우 인생에서 '굴욕의 날'로 길이 남을 것이다.

잠들기 전 이를 닦다가도 입안이 쓰라려 오만상을 짓던 슬우는 그림을 그리고픈 마음도 사라져 일찌감치 복층 침실로 올라가 침대에 누웠다. 이불을 가슴께까지 끌어다 덮고 미친 듯이 기침을 해댈 때의 추한 모습을 새삼 떠올려 봤다.

일전엔 재채기, 오늘은 사레 기침.

"하아— 분명히 멍청해 보였을 거야."

"얼마나 멍청해 보였을까?"

밀레는 잔뜩 의기소침해져 중얼거렸다. 아르바이트에서 돌아와 마네에게 안티의 전말을 알리는 중이었다.

밀레의 얘기를 듣다가 마네는 배꼽을 잡고 웃느라 정신이 없었다. 두 사람 표정이 어떠했을지 가히 짐작이 되었으니 말이다.

"채라온 완전 황당했겠는걸."

"에혀. 황당하기만 했겠어. 너 많이 모자라지, 하는 표정을 언니가 봤어야 해."

"설마. 채라온 그런 사람 아니야. 착하다고 소문났는데 뭘."

그런데도 밀레는 자신의 멍청한 짓이 용서가 안 되는지 끝내 눈물을 글썽였다.

"내가 왜 채라온한테 그런 굴욕을 당해야 해?"

"어?"

무슨 소린가 싶어 마네는 고개를 갸우뚱했다.

"내가 왜 채라온한테 미안한 마음이 들어야 하냐구. 난 안틴데. 안티니까 안티라고 한 게 잘못은 아니잖아."

그렇다. 안티니까 안티라고 한 게 굳이 잘못은 아니지만, 상황에 부합되는 게 맞는지는 모르겠다.

안티라고 한 게 민망해서가 아니라 미안한 마음이 드는 게 자존심 상한다는 건가?

반대로 고개를 갸우뚱한 마네는 아리송한 표정으로 대꾸했다.

"그, 그렇지."

"그렇지? 그러니까 난 미안해할 필요 없는 거야. 그깟 채라온. 쳇!"

당당히 팔짱을 여민 밀레는 고고하게 턱을 추어올렸다. 눈가에 눈물은 그대로 매단 채.

"넌 이제 레오 팬 아니잖아. 언니랑 일하게 됐는데도 계속 채라온 안티 할 거야?"

"난 연예인 안 좋아하기로 했어. 레오 땜에 연예인이라면 다 싫어졌걸랑."

밀레가 새침하게 뇌까렸다. 그 말에는 마네도 듣던 중 반가운 소리라는 듯 동조했다.

"잘 생각했다. 연예인 좋아할 시간 있음 장래 걱정이나 해. 그게 더 알차고 보람 있을 테니까."

"응! 연예인 좋아하는 것만큼 보람 없는 일이 없다고는 하더라, 내 친구들이."

"어이구, 다들 철들었네. 얼마 전까지만 해도 연예인 사인 구해달라고 조르던 것들이."

"핏. 그것도 다 한때야. 지금은 다들 정신 차렸어. 내년이면 졸업반인데 연예인 쫓아다닐 시간이 어딨다구."

사실 밀레는 연예인을 쫓아다니는 극성 팬과는 거리가 멀었으나, 친구 중 몇몇 광팬이 있어 종종 마네에게 사인을 부탁하곤 했었다. 그럴 때마다 마네에게 욕만 푸지게 얻어먹었지만. 이제 다들 정신 차렸다니 듣던 중 반가운 소식이 아닐 수 없었다.

"엄마랑 언니가 늦네. 10시 다 돼가는데 왜 안 오지?"

"늦게 온 손님 있나 보지 뭐. 전화해 볼까?"

"그래."

밀레가 엄마에게 전화를 거는 동안, 마네는 테라스로 나가 대문을 바라보았다. 혹시라도 엄마와 언니가 들어올까 해서였다. 헌데 기다리는 엄마와 언니는 오지 않고 연못 쪽에서 어슬렁대는 한 사람을 발견하고 눈매를 늘이뜨렸다. 키 작은 등이 켜진 연못가에서 슬우가 연못을 들여다보고 있었다.

'뭘 저리도 유심히 보시나?'

궁금증이 만개한 얼굴로 다시 집 안으로 들어오니 전화를 끊으며 밀레가 말했다.

"오는 중이래."

마네는 아까 사레들린 것 때문에 미처 다 얘기하지 못한 것도 물어볼 겸 방에서 카디건을 챙겨 밖으로 나왔다.

"어디 가? 마중 가는 거면 같이 가자."

"연못에 가는 거야. 집주인한테 물어볼 거 있어서."

현관으로 다다다 달려간 마네는 카디건 모자를 뒤집어쓰고서 밖으로 나갔다. 정원으로 내려와서는 두 손을 주머니에 넣은 채 깡총거리며 연못으로 뛰어갔다. 누군가 오는 기척에 연못을 들여다보고 있다가 슬우가 고개를 돌렸다.

"뭐 하세요?"

친근감 있게 묻는 통에 슬우는 잠이 안 와 나와 있단 말을 못 하고 빤히 그녀만 쳐다봤다. 가뜩이나 가라앉지 않는 열기를 식히러 나와 있는 그에게 마네의 갑작스런 등장은 온몸에 찌릿찌릿한 긴장감을 불러일으켰다.

가까이 온 마네는 상체를 쓱 숙여 연못 안을 들여다봤다.

"뭐 있나, 이 안에?"

"없습니다, 아무것도."

관심 있게 들여다보다가 마네의 몸이 중심을 잃고 휘청했다. 아무것도 없는데 이 밤중에 왜 열심히 들여다보고 있냐는 듯 마네가 그를 슥 쳐다봤다.

그녀의 이상한 눈초리를 견딜 수 없었던 슬우는 연못에 비친 달을 보더니 능청스럽게 말을 돌렸다.

"달밖에는."

시인도 하니, 너?

마네가 연못 속에 담긴 은빛 달을 보다가 피식 웃었다.

"달 보고 계신 거였어요?"

"자고로 화가에겐 세상 모든 만물이 화폭 아니겠습니까."

얼씨구나.

잘난 척도 가지가지다 싶어 떨떠름하게 쳐다보는 마네에게 뒷짐을 지고 달을 보던 슬우가 물었다.

"왜 나왔습니까?"

"2층에서 보니까 뭘 열심히 들여다보고 계시길래……. 입안은 괜찮으세요?"

말이 떨어지기가 무섭게 슬우의 입에서 버럭 큰 소리가 터져 나왔다.

"괜찮습니다!"

깜짝 놀란 마네는 인상을 쓰며 그를 째려보았다.

그냥 곱게 대답하면 되지 왜 소리를 지르고 지랄.

"진짜 성격 이상하시네. 걱정돼서 물어본 건데 왜 성질을 내고 그래요?"

"괜찮다고 아까도 얘기했지 않습니까. 같은 거 반복해 물으니까 짜증이 나서 그럽니다. 데었다고 하면 뭐 약이라도 사다 줄 겁니까?"

"집에 약 있어요. 갖다줘요?"

잠시 대답이 없던 슬우는 한층 누그러진 목소리로 대답했다.

"예."

솔직히 입안이 너무 쓰라려 약을 바르긴 해야 할 것 같았다. 하지만 막상 달라고 하고 보니 구차해 방금 한 말을 취소하고 싶은 마음이 굴뚝이었다.

대체 왜 이 여자하고만 있으면 정신이 혼미해지는 거지?

"부득부득 안 데었다더니."

이죽대는 마네에게 슬우가 불만이 가득한 얼굴로 따져 물었다.

"정말 몰라서 그럽니까?"

"뭘요?"

"남자의 자존심을 모르는 모양이군요."

이건 또 뭔 삽질하다 항아리 깨지는 소리래? 진짜 골고루 깬다, 너.

황당하게 쳐다보던 마네는 말을 말자 싶어 홱 몸을 돌렸다.

"얘기하다 말고 어디 갑니까?"

그녀는 돌아보지도 않고 느긋이 대답했다.

"남자 자존심 살려주려고 이 몸은 조용히 약 가지러 갑니다."

잠시 후 약을 가지고 나와 보니 연못에 슬우가 없었다. 썰렁하게 바람만 휘도는 그곳에서 마네는 경악한 표정으로 휙 1층을 돌아보았다.

"약 갖다 달라더니 들어가 버리냐. 진작 집으로 갖다 달라고 하든가, 그럼. 달밤에 똥개 훈련시키는 것도 아니구. 인간이 매너가 없어."

기분이 나빠서 약이고 뭐고 도로 올라가 버리려고 하다가 석현과 라온을 떠올리며 부아를 꾹 눌러 삼켰다.

"그래, 성격 이상한 거 첫날 알아봤는데 뭘."

다다다 1층 현관으로 달려간 그녀는 노크하려다가 문 옆에 작은 초인종이 달린 걸 발견했다. 빨간색 버튼을 검지로 콕콕 누르자 클래식 비슷한 소리가 울렸다. 잘못 들었나 싶어 두어 번 더 콕콕 누르고 귀를 초인종 가까이 댔다. 분명한 클래식 음악 소리.

"초인종 소리까지 재수 없네. 칫."

말하기가 무섭게 문이 벌컥 열리며 슬우가 현관에 나타났다. 그는 냉큼 손끝으로 잡은 연고를 들어 올리는 마네를 뚱한 얼굴로 내려다봤다.

"안 받을 거예요?"

슬우는 그녀의 손에서 연고를 낚아채듯 잡고는 고맙다는 말도 없이 현관문을 닫았다. 그러나 문을 닫고 나니 문밖에 서 있을 그녀에게 조금 미안해졌다. 달라고 하고는 창피해서 그냥 들어와 버렸건만, 그걸 굳이 또 집까지 갖다주는 그녀는 참 오지랖이 태평양 같은 여자였다.

그는 하는 수 없다는 듯 문을 다시 확 열었다.

"야!"

문을 열자마자 용처럼 입에서 불을 내뿜으며 그녀가 삿대질을 했다. 속으로 움찔 놀랐지만 슬우는 태연스레 팔짱을 꼈다.

"야, 라고 했습니까, 방금 나한테?"

성질이 난 마네도 손으로 거칠게 머리를 쓸어 올렸다.

사람 인내심 테스트 하는 것도 아니고, 이 싸가지를 어떻게 하지?

"약 챙겨다 줬으면 고맙다고는 못할망정 왜 문을 닫고 지……."

습관처럼 '지랄'이 튀어나오다가 욕만은 차마 할 수 없어 마네는 분노의 입술 깨물기를 했다. 어찌나 세게 깨무는지 연고는 그녀가 발라야 할 성싶었다.

"문 닫은 건 미안하게 됐어요. 사과했으니 그쪽도 사과하십시오. 나한테 삿대질하면서 야, 라고 소리친 거."

"너 몇 살이니?"

하지만 이미 열을 받아버린 마네는 분노를 거두지 못했다. 참을 때까진 참다가 일단 터지면 앞뒤 가리지 않는 게 마네의 특성이란 걸 슬우가 알 턱이 없었다.

"그쪽보단 많은 것 같습니다만. 민증도 까야 합니까?"

"그래, 나보다 나이 많아 좋겠다. 나이 많아서 세입자 괄시나 하고 그렇게 싸가지 없어 좋겠다, 야!"

"계속 말 함부로 할 겁니까?"

"나도 인격이 있는 사람이고 사회적 위치가 있는 사람이야. 왜 나한테 함부로 하는 건데? 화가? 누군 뭐 미술 공부 안 해봤나. 별게 다 유세야, 증말!"

마네는 울화통이 터져 찬바람이 일도록 몸을 홱 돌려서 가버렸다. 곧이어 화가 난 그의 음성이 뒤따랐다.

"당장 거기 서십시오! 서라고 했습니다! 서라고!"

마네가 탁 땅을 발로 차고는 그 자리에 멈춰 뒤를 돌아보았다.

"섰다. 어쩔래? 어쩔 건데!"

악을 바락 지르는 그녀 앞으로 슬우가 성큼 발을 내디딘 것은 그때였다. 그녀에게 발을 내딛기 직전, 그의 머릿속에 불현듯 든 생각은 '저 여자를 길들여야겠다' 였다. 순간, 스스로도 당황스럽고 놀라웠다. 살면서 누군가를 길들이겠다고 생각해 본 적이 없었기 때문이다. 철저히 남의 일엔 무관심하고, 누군가 자신의 울타리 안에 들어오는 것도 꺼리던 그가 아니던가.

그런데 왜?

성큼성큼 그녀에게 발을 내디디는 슬우에게 불안감이 엄습했다.

왜 이런 마음이 드는 거지?

저 여자가 어린 학생도 아니고, 따지고 보면 라온의 비주얼 디렉터이니 함부로 할 대상도 아니었다. 게다가 아무리 화가 나도 여자를 길들인다는 의미는 또 다른 것이다.

대체 왜!

마네의 코앞까지 간 슬우는 머리 하나는 작은 그녀를 눈에 힘을 주고 내려다보았다. 하지만 워낙 기가 센 마네인지라 그 정도엔 움찔하는 시늉도 내지 않았다. 어디 칠 테면 쳐봐라. 뺨만 안 내밀었지 딱 그 포즈와 시선이었다.

슬우는 손으로 되바라진 그녀의 턱을 꽉 움켜잡았다. 그제야 끄떡도 않던 마네가 흠칫 놀라 뎅그런 눈으로 그를 쳐다보았다.

“이거 안 놔?”

역시나 만만치가 않다. 거친 야생고양이 같은 그녀를 보자 슬우는 이상하게 입안이 바짝바짝 마르는 느낌이었다. 어느 한 사람, 자신에게 막말을 하거나 막 대하는 법이 없었다. 그 잘난 아버지와 이재희 여사마저도. 그런데 어디서 이상한 여자가 나타나 하루에 한 번은 사람 속을 뒤집어놓으니 그로서도 약이 오르지 않을 수가 없었나.

“너…… 앞으로 조심해.”

조용히 뇌까리는 음성에 마네는 흠칫 놀랐다. 그의 눈빛이 그냥 해보는 소리가 아니라는 듯 강하고 차갑게 번뜩였던 것이다. 그가 정말 화가 단단히 났구나, 생각했지만 애초에 잘못은 그에게 있었다. 기껏 생각해서 약을 갖다준 사람에게 밥맛없게 굴었으니까.

"넌 지금 조심해야겠다. 얍!"

퍽!

슬우의 정강이를 사정없이 걷어찬 마네는 턱에서 스르르 손이 떨어져 나가는 걸 느끼곤 매우 뿌듯한 미소를 지었다. 비명도 지르지 못하고 휘청한 슬우의 몸이 피사의 사탑마냥 15도 옆으로 기울어졌다. 마네는 그가 아픔을 참느라 이를 악무는 것을 두 눈으로 똑똑히 지켜보았다. 슬리퍼가 아니라 운동화를 신고 나온 건 살면서 가장 탁월한 선택이었다는 생각이 들 만큼 그때의 통쾌함이란!

"다리에 바를 약은 있지? 없으면 앞으로 꼭꼭 챙겨놔. 다음엔 오른쪽 다리를 차버릴 거고, 그다음엔! 가운데 다리 알지?"

마네가 씩씩거리며 2층으로 올라가고 얼마 안 있어 새복과 샤갈이 들어왔다. 마네는 그때 2층 테라스에서 죄다 듣고 보고 있던 밀레에게 폭풍 잔소리를 듣고 있었다. 두 사람이 들어오는 걸 보고 마네가 사정하듯 밀레를 향해 검지를 입에다 세워 조용히 하라고 눈짓했다. 무슨 일이 있었는지 전연 모르는 새복이 거실로 걸어오며 어리둥절해했다.

"얘, 채 화백이 왜 다리를 절뚝거리며 들어가니? 왜 그러냐고 물어도 대답도 안 하구. 넘어졌나?"

"엄마, 그거 언니가……. 읍!"

마네가 입을 틀어막는 바람에 밀레는 소파 등받이에 깔아뭉개지듯 철퍽 기대졌다. 그제야 오호라, 하는 눈빛으로 샤갈이 마네를 쳐다봤다.

"니가 그랬구나?"

그 말에 새복의 얼굴이 새하얗게 질렸다.

"얘가 미쳤나 봐. 너 채 화백 때렸니?"

"때렸다기보다는……."

마네가 자기 정강이를 쓱쓱 손으로 문지르자 새복이 무너지듯 밀레 옆에 털썩 주저앉았다.

"아유, 아유, 내가 못 살아. 도대체 넌 왜 그러니? 너만 왔다 하면 집이 조용할 날이 없어, 어떻게 된 게."

"그 자식이 먼저 사람 열받게 했어. 엄마가 몰라서 그래. 은근히 사람 부아 지른다니까."

"아무리 부아를 질러도 그렇지 성질난다고 폭력을 쓰면 어떡해?"

"그 정도가 무슨 폭력이야, 엄마는. 그 자식이 먼저 내 턱을 콱……!"

"으이그!"

엄마의 주먹이 마네의 코앞까지 왔다가 돌아갔다. 어렸을 때 하도 쓴맛, 매운맛을 다 맛본지라 마네도 엄마의 주먹에는 진정으로 움찔했다.

"엄마도 성질머리 고치려고 얼마나 노력했는지 알아? 너 땜에! 바로 너 땜에! 근데 넌 왜 다 커서도 고칠 생각을 안 해?"

"고쳤었어!"

"그래! 니 아빠 돌아가시고 재발했지, 그 못돼먹은 성질머리가. 제발 조용히 살자, 응? 너 이러는 거 보면 니 아빠, 하늘에서도 가슴 치며 울어. 알기나 해?"

보다 못한 샤갈이 속상해하는 새복을 말렸다.

"엄마, 참아. 마네 너도 얼른 잘못했다고 해."

마음에도 없는 차 대접에 약까지 갖다줬다가 이게 무슨 봉변이란 말인가. 작업실 한 번 무단으로 들어간 죄로 참고 또 참으며 나름 좋게 지내려 노력했다. 그런데 그게 다 헛수고란 생각이 들어 더 화가 나는 것이다.

"잘못했어."

새복은 아휴우, 앓는 소리를 내더니 마네의 팔을 잡아끌어 일으켰다.

"일어나."

"어디 가려구?"

"잔말 말고 따라와."

새복이 마네를 끌고 간 곳은 슬우의 집 현관 앞이었다. 그녀는 거침없이 초인종을 눌렀다. 잠시 후 현관문이 열렸고, 상기된 표정의 슬우가 나타났다. 그는 마네 혼자인 줄 알았다가 새복과 함께이자 살짝 고개를 숙여 인사했다.

새복은 땅이 꺼져라 한숨을 쉬고는 약간 풀이 죽어 말했다.

"우리 애가 다리를 찼다고 그래서……. 많이 다쳤어요? 아까 보니까 절뚝거리던데."

"아닙니다. 괜찮습니다."

괜찮다고 말하는 슬우의 목소리가 딱딱하게 굳어 있었다. 그러니 새복의 마음도 좋을 리 없었다. 좋은 집 얻었다고 흐뭇해했더니만 어찌 자꾸 분란만 일어나는 것인지. 애비 없는 자식 소리 안 듣게 하려고 전전긍긍하며 키웠건만, 못된 성질머리만 자신을 쏙 빼닮은 것도 부아가 났다.

생김새만 닮지 말고 후덕하고 인자한 제 아빠 성격도 좀 닮을 것이지. 못된 송아지 엉덩이에 뿔난 것처럼 천방지축!

마네가 어려서부터 원체 극성맞기도 했지만 제 아빠가 별안간 세상을 뜬 후 성격이 더 별스러워진 것 같아 그게 더욱 속상한 새복이었다.

"미안해요. 볼 낯이 없네. 좀 별스러워 그렇지 우리 애가 나쁜 애는 아닌데……."

새복이 마네의 옆구리를 쿡 쥐어박았다. 얼른 사과하라는 듯.

마네는 하기 싫은 기색이 완연한 얼굴로 입술을 비죽이다 마지못해 사과했다.

"사과할게요."

"잠깐…… 따님과 집에 들어가서 얘기 좀 해도 되겠습니까?"

예상치 못한 질문이었던 탓에 마네는 본능적으로 위험을 느꼈다. 저런 눈빛은 흔히 복수의 화신에게나 볼 수 있었으니.

"싫은데요."

마네가 냉큼 거절하자, 새복이 그녀를 째려보더니 낯빛을 부드럽게 하여 슬우에게 말했다.

"그래요. 밤이 좀 늦긴 했지만, 채 화백이야 워낙 점잖으니. 날도 추운데 들어가서 말로 풀어요. 자꾸 다퉈서 될 일이야, 이게? 하루 이틀 살다 이사 갈 것도 아니구."

"엄마, 저기……."

마네가 뒷걸음질을 쳤으나 새복의 단단한 손아귀에 등이 붙잡혀 곧장 슬우 앞으로 떠밀려졌다. 하마터면 슬우와 정면으로 부딪칠 뻔했던 마네는 허겁지겁 그를 피해 옆으로 가서 섰다.

"내, 내일 얘기할게, 엄마."

"전 지금 했으면 합니다만. 아주머닌 그럼 올라가서 쉬십시오."

"네. 또 싸우지 말고 대화로 풀어요, 대화로."

현관문이 닫히고 새복은 휘잉 바람이 휘도는 하늘을 올려다봤다. 까만 하늘에 둥실 떠 있는 달 위로 남편 장필도의 인자한 얼굴이 떠올랐다.

"마네 아빠, 우리 마네 어떡하니? 아유, 속상해."

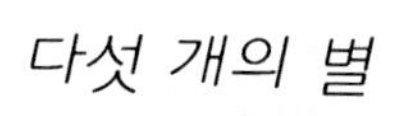

다섯 개의 별

현관에 서서 나가지도 들어오지도 못한 채 안절부절못하는 마네를 슬우는 팔짱을 끼고 삐딱하게 내려다봤다. 그러더니 마네의 손목을 덥석 잡고 집안으로 성큼성큼 걸어 들어갔다. 안 끌려가려고 엉덩이를 뒤로 쭉 뺀 마네는 엉거주춤 그를 따라가는 형국이 되고 말았다.

"어머, 어머, 미쳤나 봐. 어딜 잡고 이래?"

마네는 있는 힘껏 손을 비틀어 봤지만, 소용없었다. 그는 그대로 소파까지 끌고 가 그녀의 어깨를 꽉 눌러 주저앉혔다. 안 앉으려고 버티다가 쿵, 엉덩방아 찧듯이 소파에 앉은 마네는 기가 막혀 그를 올려다봤다. 그러든지 말든지 맞은편에 가서 앉은 그는 이 여자를 어떻게 할까 하는, 난감한 눈빛으로 쳐다보았다.

펄펄 화를 낼 줄 알았더니 물끄러미 보고만 있는 슬우 때문에 마네 역시 이게 뭐 하는 짓인가 스스로를 돌아보지 않을 수 없었다. 서른이 낼모레인데 엄마 손에 이끌려 집주인에게 사과나 하러 다니다니. 어릴 때나 겪었던 일을 이 나이에 해야 한다는 게 어처구니가 없었다. 이런 게 다 집 없는 서민의 설움이려니. 차라리 이 인간을 안 보는 게 속 편하리라.

그녀는 작심하고 고개를 숙여 보이며 또박또박 사과의 말을 전했다.

"진심으로 미안해요. 앞으로 이런 일 없을 거예요. 내일부턴 사무실에서 지낼 거니까. 됐죠?"

"그럴 필요 없어."

계속 말 놓고 지랄.

마네의 인상이 먹다 버린 깡통처럼 무참히 우그러졌다.

"동네 창피하니까 그만 싸웁시다, 예?"

그다지 쿨한 성격은 아니다만, 어린애처럼 유치하게 싸우는 짓은 더 이상 하고 싶지 않았다.

헌데 자리를 털고 일어나려는 마네의 몸뚱어리가 다시 소파로 천천히 내려앉았다. 슬우가 한 소리 때문이었다. 그녀는 자기 귀를 의심하며 음산히 뇌까렸다.

"방금 뭐라 그랬어요?"

"모델이 되라 했어."

"모델이라면……."

화가에게 모델이 뭐가 있겠는가. 마네는 그만 싸우자고 했던 것도 잊을 만큼 분노로 이를 갈았다.

"향로냄새 맡아볼래?"

죽고 싶으면 무슨 말을 못 할까. 감히 누구더러 누드모델을 하래? 미친 거 아냐?

"미술 공부했다면서? 모델 되는 게 뭐가 어려워? 하루 한 시간이면 돼."

"1분도 안 돼."

마네는 딱 잘라 거절했다.

"바빠서 그런 거라면 석현이 형한테 얘기해서 스케줄 조절하라고 해볼게."

"됐다고. 내 스케줄을 왜 당신이 관리해?"

"나도 너랑 싸우기 싫어서 이러는 거야. 좋게 해결하자고 이러는 거라구."

기가 차서 웃음도 안 나오는 말짓거리라니.

"그래서 나더러 누드모델을 하라?"

"누드……."

슬우의 머릿속에 또다시 마네의 굴곡 심한 뒤태가 떠올라 피식 웃음이 나왔다.

"그것도 나쁘진 않겠군."

"뭐야?"

"하지만 난 니 누드 볼 생각 아직 없어. 그냥 내가 입으라는 옷 입고 포즈 취해주기만 하면 돼. 대신 나도 사과하는 의미로……."

"의미로?"

"아버님 작품 우리 갤러리에 전시해 줄게."

그녀로서는 나쁘지 않은 제안이었다.

헌데 아빠 작품을 전시할 계획이란 건 어찌 알고? 더군다나…….

순간, 멍해진 마네는 얼떨떨해져 물었다.

"우리 아빠가 화가라는 거 어떻게 알아?"

시간은 다시 슬우가 다리를 절뚝거리며 집 안으로 들어왔을 때로 돌아간다. 마네의 역습에 당한 게 분하고 약 올라 어쩔 줄 몰라 하고 있는 그에게 마침 석현으로부터 전화가 걸려 왔다.

〈뭐 해?〉

"그냥 있어."

〈목소리가 왜 그래? 어디 아프냐?〉

석현을 두고 괜히 여우라 할까. 목소리만 듣고도 어떤 상태인지 귀신같이 알아내는 능력은 슬우도 인정하지 않을 수 없었다. 사람 관리하는 직업이라 그런 능력도 생기는 건지 아니면 선천적으로 타고났는지 모를 일이다.

"아니. 형."

석현이라면 마네에 대해 뭔가 알지 않을까 싶었다. 어쩌면 짐작하는 것보다 훨씬 더 많이.

〈응?〉

"마녀……. 아니, 장마네 말이야."

〈마네 씨가 왜?〉

"그 여자에 대해 아는 대로 얘기 좀 해줘."

〈무슨 일인데?〉

"설명하려면 길어. 뭐든 좋으니까 말해봐."

역시 슬우의 예상이 틀리지 않았다. 석현은 정말 모르는 게 없었다.

〈예전에 마네 씨 기사 본 기억나. 고등학생 때까진 미술학도였었고, 화가인 아버님의 영향을 받았다고 했었지 아마.〉

"화가?"

미술 관련 일을 하셨을 거라 짐작은 했었지만, 화가일 줄은 몰랐다.

'그럼 그 초상화가…… 자화상?'

그때부터 뭔가 상당히 빗나간 예감이 그의 뇌리를 강타했다. 석현이 좀 더 상세히 설명을 곁들였다.

〈무명화가셨대. 한 번도 전시 같은 걸 해본 적이 없다나 봐. 그래서 성공하면 제일 먼저 하고 싶은 일이 아버지 전시회를 열어드리고 싶다, 그런 내용이었어. 보관하고 있는 작품이 좀 되

나 보더라구. 근데 갑자기 그건 왜? 마네 씨랑 무슨 일 있냐?〉

무명화가…….

오래전 안개 속에서 어렴풋이 봤던 아저씨의 얼굴이 그의 눈앞에 스쳐 지나간 것도 그때였다. 아저씨 얼굴과 2층 거실에서 본 초상화 속의 얼굴이 겹치는 순간, 슬우의 얼굴이 흙빛으로 변했다.

"혹시 성함 알아?"

〈성함? 봤는데, 잊어버렸네. 잠깐만.〉

석현은 아직 사무실인지 그녀의 가족사항을 찾는 듯 말이 없었다. 슬우는 초조한 기분으로 잠자코 기다렸다. 기다리는 시간이 길어질수록 심장 소리도 점점 크게 울렸다.

〈찾았다. 어디 보자. 어, 그래. 장필도 씨.〉

"장…… 필도……."

슬우는 비틀, 소파에 쓰러지듯이 주저앉았다.

〈왜? 아는 사람이야?〉

"형, 그 이름……. 예전에 사고 났을 때 말이야. 그 아저씨 이름이랑 같아."

슬우는 완전히 정신이 멍하니 나가 중얼거렸다.

장필도, 장마네.

왜 그 생각을 못 했을까?

휴대전화 속에서 석현도 깜짝 놀라 외쳤다.

〈진짜? 확실해?〉

사고 당시 아저씨는 벙거지 모자를 쓰고 있어 초상화 속의 마네 아버지와 같은 분일 거라곤 상상도 못 했다. 하지만 안개 속에서 보았던 선한 눈매, 인자한 미소가 점점 또렷하게 초상화 속 마네 아버지와 일치했다. 처음 2층에서 초상화를 보았을 때 왠지 낯이 익다 했더니, 돌아가신 그분일 줄은 꿈에도 생각 못 했다.

"맞아, 그 얼굴. 이제 확실히 기억나. 그 아저씨도 무명화가라고 했었어……."

2층으로 올라온 마네는 가족에게 슬우의 제안을 의논했다. 곰곰이 생각해 보니 밑질 것도 없었다. 누드모델도 아니라는데 하루 한 시간 봉사하고 공짜 전시회가 어딘가. 아빠를 위한 전시회인데 자존심이 대수랴. 욕심이 난 마네는 슬우의 제의가 매우 솔깃했다.

"모델 서주다가 맨날 싸우는 거 아냐?"

샤갈이 알알이 영근 귤을 까먹으며 예리하게 정곡을 찔렀다.

물론, 안 그러리란 보장은 절대 없지만…….

좋게 생각하면 그렇게 해서라도 서로 화해하고 사이좋게 사는 것도 나쁘진 않을 듯했다. 작품도 보기 전에 선뜻 아빠의 작품을 전시해 주겠노라 한 게 의문이지만, 그가 말한 대로 서로를 위해 제일 좋은 해결점을 찾은 거라 생각하련다.

"안 싸우도록 노력해야지."

웬일로 긍정적으로 나오는 마네를 보고 밀레와 새복은 의심스러운 눈초리를 거두지 못했다. 그 결심이 사흘은 고사하고 내일까지 갈지나 모르겠다.

샤갈이 거실 바닥에 쿠션을 깔고 엎드려 있다가 느닷없이 깔깔 웃었다.

"야, 싸우다 정분나고 그러기도 하더라."

일순, 마네의 얼굴에서 웃음기가 싹 사라졌다.

"언닌 저런 남자가 제부가 되면 좋겠어?"

"왜? 난 채 화백 괜찮더구만."

"또 느낌 있다, 그 말 하려고 그러지?"

"멋있잖아. 예술가라 풍기는 게 뭔가 달라도 달라. 채 화백 동생이 채라온이라면서? 넌 채라온 비주얼 디렉터구. 어디 그러기가 쉬운 줄 알아? 인연이다 생각하고 잘 좀 해봐."

"됐거든. 김 대표님이랑 채라온 땜에 참기는 한다만, 까불면 국물도 없어."

손에 든 귤을 뭉개는 시늉인 마네에게 새복이 '또, 또!' 하며 꾸짖었다. 귤 하나를 꼴깍 삼킨 샤갈이 갑자기 생각난 양 호들갑스레 일어나 앉더니 물었다.

"김석현 대표님은 집에 언제 또 오는지 몰라?"

마네가 알만 하다는 듯 그녀를 흘겼다.

"대표님도 마음에 들어?"

"난 평소에도 그 사람 괜찮게 생각했었어. 멋있잖아. 능력도 있구. 지 입으로 사람 좋다고 그랬으면서."

새복이 잔뜩 못마땅한 표정을 하고서 샤갈의 허벅지를 꼬집었다.

"으이그. 보는 남자마다 다 괜찮으니 서른둘이나 돼서도 아직 시집을 못 가지. 이놈 저놈 집지 말고 한 놈만 집어."

샤갈이 한 손으론 허벅지를 싹싹 문지르고 입으로는 연신 귤을 오물거리며 뭘 그런 소릴 하냐는 듯 세모눈이 되어 새복을 쳐다봤다.

"내가 빨래집게야, 집게?"

"아, 언니!"

샤갈의 구식유머에 그때까지 별 말이 없던 밀레가 항의 조로 언성을 높였다. 샤갈이 냉큼 한 손을 들어 사과했다.

"쏴리, 쏴리."

같은 시각, 복층 침실에서는 슬우가 불도 켜지 않은 채 어둠 속에 웅크리고 앉아 있었다. 마네의 아버지가 장필도라는 사실에 도무지 충격이 가시지 않은 탓이었다.

'어떻게…… 어떻게 이런 일이…….'

그날의 일이 고스란히 떠오르며 자르르 통증이 느껴지는 손을 쓰다듬었다. 끔찍한 사고의 기억은 그의 가슴을 차디차게 얼려 버렸다.

천천히 침대 위에 몸을 눕혔다. 이불을 덮었는데도 오한이 든 것처럼 으슬으슬 추웠다. 창밖에서는 스산한 바람이 계속해서 불었다. 그의 검은 눈동자 위로 서서히 눈물이 차올랐다. 아저씨의 마지막 모습이 사무치게 아파 견딜 수가 없었다.

'저리 별난 가족들 두고 어떻게 가셨습니까? 그리워서 혼자 어떻게 사시려구요?'

만약 그때 함께 있던 사람이 자신이라는 걸 마네의 가족이 알면 뭐라고 할까? 더군다나 사고의 진실을 알게 된다면…….

슬우의 마음이 창밖에 까맣게 내린 어둠마냥 무겁기 한량없었다.

슬우의 작업실 맞은편이 바로 창고였는데, 막상 안으로 들어가 보니 미술품 보관소라 해야 무방했다. 자동 온습도 조절 기능까지 갖춰져 있었기 때문이다. 작품이 훼손될까 노심초사하던 마네에게 그곳은 오아시스나 진배없었다.

"이게 전부 아버님 작품들인가?"

아침 일찍 식구들이 출근하기 전에 지하창고로 옮긴 후 그곳에 단둘이 남은 슬우가 마네에게 물었다. 비록 보관하느라 종이상자에 일일이 담겨 있어 작품을 볼 수는 없었지만, 돌아가신 분의 작품이라는 것만으로도 애틋함이 느껴졌다.

하루가 지났는데도 어제의 앙금이 남아 있는 것인지 그는 여전히 말이 반 토막이었다. 그래서 마네도 태연히 '어' 하고 반 토막으로 대답했다.

흘끗 그녀를 내려다보던 슬우가 검지를 까딱까딱해 가까이 오라는 시늉을 했다. 조금 어이가 없었지만 싸우고 싶지 않아 순순히 그의 곁으로 다가갔다.

"작품 좀 볼 수 있을까?"

"아니."

"왜?"

"아빠 작품, 아무한테나 안 보여줘."

슬우의 한쪽 눈썹이 쑥 비대칭으로 솟았다.

"창고를 빌려주는데도 안 된다 그 말이야?"

"어. 그 말이야. 치사하게 창고 빌려준 걸로 생색내면 다시 빼서 2층으로 갖고 갈 거야."

마네는 으름장을 놓듯 그를 쏘아보았다. 잠시 서로 눈싸움이라도 하듯이 보고 있던 슬우는 머리카락 안으로 긴 손가락을 밀어 넣으며 말을 돌렸다.

"제의는 생각해 봤어?"

"하루 한 시간은 불가능해. 내가 하는 일이 워낙 불규칙해서. 회사에 출퇴근하는 일과는 달라."

"그렇게 되면 작품 끝날 때까지 시간이 더 늘어날 거야."

"상관없어. 아빠 전시회 열어주겠다는 약속 지켜만 준다면. 한 가지 더. 시시하게는 싫어. 화려하고 거창하게 할 거야."

화가일 뿐 아니라 전시 기획자이기도 한 슬우는 그 방면엔 전문가였다. 하여, 작품과 화가를 보고 어떤 콘셉트로 갈지는 전적으로 그의 결정에 달려 있었다. 헌데 영악한 마네는 미리 작품을 보여줄 수 없다는 것이다. 모델 일이 끝나기도 전에 그에게 아빠 작품에 대해 평가를 받는 게 부담스러웠으리라.

슬우는 작품이 너무나 궁금했지만, 순조로운 계약을 위해 적당히 물러서기로 했다.

"좋아. 그럼 시간은 서로 맞춰보도록 하지."

"근데 날 그려서 뭘 하게?"

"인생을 주제로 그려보고 싶었어. 마땅한 모델을 찾지 못했지."

인생?

주제가 심오해 마네는 이해할 수 없다는 듯 어깨를 추썩거렸다.

"날 좋아하지도 않으면서 모델을 하라니 좀 앞뒤가 안 맞는 거 같네."

"이미지가 딱 맞아떨어지니까 걱정 마."

그녀의 말을 일축한 슬우가 씩 웃으며 앞서 창고를 나갔고, 마네는 의미심장한 그의 미소에 못 미더운 눈초리로 그 뒤를 따라갔다.

☆ ☆ ☆

"레오 세컨드 왔다며?"

"킥킥. 레오랑 찢어지더니 바로 라이벌한테 와서 붙었네."

"능력 있는 것들은 좋겠어."

"남자 꼬시는 능력? 킥킥킥."

SH 기획사 스타일 1실.

마네와 함께였던 석현은 사무실 안 칸막이 너머로 들리는 소리에 얼굴이 굳어졌다. 문이 열려 있기에 들어왔더니 여직원 둘이 나누는 대화가 그의 심경을 거슬렸다. 어떻게 자신이 운영하는 기획사에서 저런 저속한 말들이 오가는지 매우 충격이었다.

미간을 찌푸린 건 비단 그뿐만이 아니었다. 같은 직업을 가진 사람들에게조차 자신의 이미지가 수준 이하로 비치고 있다는 사실이 마네를 참담케 했다. 알고 그러는 것이든 모르고 그러는 것이든 무차별적으로 씹어대는 말들에 상처 입는 게 어디 오늘뿐이랴.

애써 마음을 가다듬은 마네가 괜찮다는 듯이 조금 웃어 보이자 석현이 화가 난 듯 거친 발소리를 내며 안으로 들어섰다. 무심코 돌아보던 여직원 둘이 소파에 너부러져 있다가 소스라치게 놀라 일어섰다. 누군가 했더니 아직 어린 티가 나는 말단 코디네이터 두 명이었다.

"팀장 어디 있어요?"

"자, 잠깐 나갔는데요."

"다른 직원들은요?"

"현장에 갔어요."

여직원들이 번갈아 대답하며 석현의 옆에 서 있는 마네를 겁에 질린 얼굴로 쳐다보았다. 느낌상 둘이 한 얘기를 다 들었으리라는 생각 때문이었다.

그때 유지승 팀장이 들어왔다.

"대표님 오셨습니까?"

석현이 삼십 대 초반의 유지승을 쓱 돌아보았다. 그러더니 싸늘한 표정으로 말했다.

"저 두 사람은 해곱니다."

두 여직원의 얼굴이 새빨개졌고, 유 팀장이 어리벙벙하게 물었다.

"예?"

"유 팀장, 여기서 근무한 지 얼마나 됐죠?"

"4년 됐습니다."

"부하직원들 교육, 이 정도로밖에 못 시킵니까? 이래서 누가 누구 관리를 해요?"

당황한 유 팀장이 고개를 숙이고 어쩔 줄 모르는 여직원 둘과 머쓱하게 서 있는 마네를 번갈아 쳐다보았다. 잠시 자리를 비운 새 일이 터진 듯했다.

"죄, 죄송합니다."

"최 실장 연락해서 각 부서 팀장급 이상 회의실로 모이라고 해요."

"예, 대표님."

방을 나와 엘리베이터로 걸어가는 석현을 마네는 존경의 눈초리로 바라보았다.

'좀 멋진걸.'

이전엔 모르던 기분이 살랑살랑 그녀의 가슴을 파고들었다. 남자에게 보호받는 기분이 이런 걸까. 공연히 마음이 우쭐해져 그녀는 석현 모르게 빙긋이 웃었다. 자신과 가족, 그리고 레오. 누군가를 보호하기만 했던 그녀에게 보호받는다는 기분은 묘한 감동과 함께 생소한 경험을 안겨주었다.

대표실로 들어와 소파에 앉자마자 석현이 몹시 미안해했다.

"미안해요, 마네 씨."

"어유, 아니에요. 제가 되레 죄송하네요. 그냥 농담이었던 거 같은데 해고하실 필요까지는……."

"그게 사실이었다 해도, 선배도 한참 선배일 텐데 그런 식으로 모욕하면 안 되죠. 그건 인성 문제예요."

개념 없는 두 여직원 때문에 기획사 이미지까지 흐려져 버려 석현은 심기가 썩 좋지 않았다. 오자마자 두 명을 해고시키게 되어 마네는 도리어 멋쩍었다.

"참. 재 화백님한테 얘기 들으셨어요?"

"무슨……?"

석현이 어제 슬우와 전화통화했던 일이 생각나 걱정스럽게 반문했다. 장필도 씨가 마네의 아버님이었다니, 생각만 해도 가슴이 철렁 내려앉았다. 그때 일을 대충 슬우에게 들었었던 터라

만약 마네가 사실을 알게 된다면 어떤 반응을 보일지 염려스러웠다. 사고도 사고지만 슬우 아버지 때문에 마네 가족이 껄끄럽게 여길 게 분명했으니 말이다. 대단한 아버지를 둔 덕에 슬우만 늘 마음고생을 달고 살았다.

"갑자기 모델이 되어달라고 해서요. '인생' 을 주제로 한다나 봐요. 하루에 한 시간씩 작업하자는 걸 안 된다고 했거든요, 스케줄 안 맞을까 봐. 대표님한테 전화해 보겠다고 했는데 아직 연락 못 받으셨어요?"

"얘기 들었어요. 라온이 스케줄 외엔 마네 씨 시간이니까 제가 이래라저래라 할 자격은 못 되는 것 같구요. 허락은 한 거죠?"

"아빠 전시회를 채 화백님 갤러리에서 무료로 해주겠다고 해서요. 어쨌든 좋은 게 좋은 거니까 하겠다고 했어요. 저희 아빠가 화가시라는 거 대표님이 알려줬다면서요?"

"예. 기사에서 읽은 적 있어서요. 잘했어요. 슬우 모델 되기가 흔한 일은 아니죠. 모델이 마네 씨라서 슬우와 아버님 작품전을 같이 해도 의미 있고 좋은 일 될 테구요."

"아, 그러네요. 거기까진 생각 못 했는데."

"슬우가 그 얘긴 안 했나 보군요. 그거 슬우 아이디어예요."

걱정되어 밤늦게 다시 전화했더니 슬우는 역시나 잠 못 이루고 있었다. 이왕 전시회를 여는 거 마네의 아버님을 위해 좀 더 특별한 일을 기획했던 모양이었다. 화가에겐 생명이라 할 손이 그리되었고 또 죽을 뻔했는데도 오히려 망자亡者와 그의 남겨진 가족을 걱정하던 슬우의 모습이 떠올라 석현은 착한 심성은 어쩔 수 없구나, 생각했었다. 문제는 마네 가족이나 슬우 아버지가 사실을 알게 되면 제대로 전시회를 할 수나 있을까 하는 것이었다.

"그래…… 요?"

마네는 그 소리를 들으니 더욱 슬우의 생각을 알 수 없었다.

무명화가와 유명화가의 작품전을 동시에 한다…….

'아빠 전시회가 인기 없을까 봐 그러나?'

의기소침해진 마네에게 석현이 짐짓 위로의 말을 건넸다.

"쉽게 친해지는 성격이 아니에요, 슬우. 나도 2년 걸렸나. 근데 일단 친해지면 속에 있는 거 다 내줘요. 자기 팔다리도 내줄 놈이에요, 그놈이. 전시회 열어주겠다고 하는 거 보니까 마네 씨한테 어느 정도는 마음을 열었다고 보면 되겠군요."

석현은 어제부터 줄곧 그런 생각을 했었다. 수많은 집 가운데 마네의 가족이 슬우의 집으로 이사한 건 인연을 넘어선 운명이 아니었을까 하는. 인생을 살며 풀고 싶어도 풀지 못하는 올무와 같은 일들이 얼마나 많은가. 그 무거운 마음의 짐을 풀 기회를 하늘이 준 건 아닐까.

☆ ☆ ☆

"이제 슬슬 이재희 카드를 쓸 때가 되지 않았나?"

파티가 한창인 '민트'의 2층 테라스에서 와인잔을 기울이던 백기환 의원이 주위 사람들이 물러간 틈을 타 신우정에게 은밀히 속삭였다.

"그래야죠."

신우정의 나른한 대답에 백기환 의원이 음흉하게 웃었다.

"후후. 기억나나? 자넬 만난 게 그때 즈음이었지. 그때 난 정치에 입문한 지 얼마 되지 않았고, 자네 덕분에 지금까지 승승장구할 수 있었어."

"그렇게 알아주시니 고맙군요. 저야 뭐 좋아서 하는 일인걸요."

어쩔 수 없이 하는 게 아닌 좋아서 한다는 말을 태연스럽게 꺼내는 신우정에게 왠지 섬뜩한 기분이 들었지만 백기환 의원은 와인만 꿀꺽 삼켰다. 그녀 덕분에 많은 사람을 알게 되어 입지를 빨리 다진 것도 사실이고 그녀의 능력을 인정하고 신임하는 것도 맞지만, 가끔 이렇듯 기분이 오싹하게 만드는 것도 그녀의 특별한 재주였다. 아군이라도 쉬이 자신의 정체를 드러내지 않는 신우정이 백기환은 마음에 들었다.

어떻게 이 위험한 세계로 발을 붙이게 되었는지 모르겠으나, 그녀는 자신의 직업을 천박하게 여기기보다 전문가로서 마인드가 강한 것 같았다. 한때 그녀의 뒤를 캐볼 생각도 했었다. 헌데 어떻게 알았는지 그녀가 먼저 경고하는 바람에 그다음부턴 절대 선을 지키기로 약속했다. 곁에 두면 쓸모 있는 그녀이니 경거망동하여 사이가 틀어지면 손해가 막심한 건 그녀가 아니라 자신임을 아는 터였다. 여자라고 얕잡아 보기엔 그녀는 너무나 무시무시한 힘을 가진 존재였다.

누군가는 그렇게 충고했다. 함부로 건드리지 않는 게 좋다고.

그만한 힘을 가지기까지 그녀의 삶은 인간이기를 포기했을 테고, 그는 적당한 선에서 그녀를 이용하면 그만이었다.

"채명국 얼굴이 어떨지 볼 만하겠군."

"채명국은 자신의 치부를 드러내는 걸 싫어하죠. 그러니 틀림없이 말을 들을 거예요."

자신만만한 신우정의 말에 백기환 의원도 동조의 웃음을 지었다.

"고양이가 쥐를 구석으로 모는 격이군. 자네 생각이 옳았어. 이런 패는 막판에 써먹는 게 더 재밌지. 후후후."

☆ ☆ ☆

"어머나, 웬 고기예요?"

간만에 일찍 들어왔더니 슬우가 고기라며 보따리를 내민다. 고급스러운 보자기에 곱게 싼 고기는 큼직하고 묵직한 것이 꽤 비싸 보였다.

"전엔 죄송했습니다. 따님 일도 그렇고……."

다행히 마네가 교통사고 난 당사자란 말은 하지 않은 것 같기에 슬우는 이사 온 첫날 있었던 일과 마네와 싸운 일까지 통틀어 사과했다. 그러자 새복은 슬우를 달리 봤는지 입이 함지박만하게 벌어졌다.

"아유, 아니에요. 우리가 잘못한 걸……. 미안해서 어떡해? 되레 사다줘도 모자랄 판에 이 비싼 걸 뭐하러 사 와요?"

"그럼 전 이만."

그가 고개를 숙이려는데 새복이 그의 말을 탁 낚아챘다.

"저녁은 먹었어요? 안 먹었으면 우리랑 같이 먹지? 고기 같이 구워 먹자구요."

"아, 아닙니다. 저녁 먹었습니다."

"그럼 고기만 먹으면 되겠네. 들어와요, 들어와."

"아, 아니, 저, 저는……."

방에서 옷을 갈아입고 나오던 샤갈이 슬우를 보더니 활짝 웃으며 반겼다.

"채 화백님 오셨어요? 들어오세요."

샤갈의 말에 보태듯 새복이 어쩔 줄 몰라 하며 서 있는 슬우의 팔을 잡아당겼다.

"어서 들어와요. 아래위층 살면서 밥도 같이 먹고 그러는 거지 뭐. 얘, 샤갈아. 고기 좀 받아라. 채 화백이 우리 먹으라고 사왔다잖니."

쪼르르 달려온 샤갈이 보따리를 받아들며 홍감을 떨었다.

"어머, 정말이요? 잘됐다. 고기 먹고 싶었는데. 마네랑 밀레랑 안 들어올라나? 전화해 봐야겠다."

샤갈이 보따리를 들고 주방으로 뽀르르 달려간 후 슬우는 새복의 손에 이끌려 하는 수 없이 거실로 들어왔다. 소파 뒤에 걸린 초상화를 보니 가슴이 뜨끔한데, 새복은 그를 소파로 데려가 앉힌다.

"잠깐만 앉아 있어요. 준비되면 부를게."

주방에 고기를 갖다 놓은 샤갈은 샤갈대로 마네와 밀레에게 전화를 거느라 바쁘고, 새복은 식탁을 차리느라 바쁜 와중에 슬우는 좌불안석 등에 진땀이 나는 듯했다.

"음, 맛나."

밀레는 오랜만에 먹는 한우가 입에서 살살 녹아 절로 감탄사가 터져 나왔다. 화가 아저씨가 사왔다는 말에 웬일인가 했으나 같이 거실에 둘러앉아 식사하는 걸 보니 나름 친화력이 있는 것 같았다. 바쁘다는 마네가 없어서 더욱 안심이 된다. 안 그랬으면 또 으르렁거리며 싸웠을 테니. 마네가 모델을 하기로 했다는 말을 듣고 드디어 화해 무드가 조성되나 기대했지만, 둘 다 성격이 만만치 않으니 얼마나 갈까 싶기도 하다.

"얼른 먹어봐요. 비싼 고기라 그런가 때깔도 벌건 게 싱싱하네."

새복이 꿔다 놓은 보릿자루처럼 앉아 있는 슬우를 챙겼다. 하여, 본의 아니게 마네 가족 사이에 끼어 자기가 사온 한우를 먹게 된 슬우였다. 한우를 살 때까지만 해도 이런 그림은 상상도 하지 못했다. 마네뿐 아니라 하나같이 어디로 튈지 모르는 성격을 가진 가족이었다.

불판에 지글지글 익는 고기를 한 점 집어 먹으며 슬우는 얼마 전에 데었던 입안이 따가웠지만 내색도 못 하고 앉아 있었다.

"많이 먹어요. 혼자 살면 밥도 잘 안 챙겨먹고 다닐 텐데. 반찬 같은 건 해 먹나 모르겠네."

새복의 말을 냉큼 샤갈이 받았다.

"남자가 해 먹어봤자지 뭘. 그죠, 채 화백님?"

"거의 사 먹는 편입니다."

"아이구, 웬일이래? 사 먹는 밥이 집에서 해 먹는 밥이랑 같은가, 어디? 채 화백은 뭐 좋아한대요? 내가 해줄게요."

"해달라고 드린 말씀이 아닌데……."

슬우가 당황해하자 새복이 큰소리로 웃어 젖혔다.

"오호호호. 괜찮아요. 이웃끼리 나눠 먹으면 좋지."

슬우가 먼저 마음 문을 열고 다가오자 기분이 좋아진 새복은 얼굴에서 웃음이 떠날 줄 몰랐다. 이래서 사람은 자세히 알고 볼 일인 게다. 라온의 부모와 얽힌 문제가 녹록치 않으니 고충도 대단하지 않으랴.

세상을 좋은 시선으로 바라보면 그림도 밝고 따뜻하게 나오고, 증오의 눈으로 바라보면 어둡고 차갑게 나온다고 남편이 그러지 않았던가. 가진 거 없어도 마음만은 따뜻하고 풍요로웠던 남편처럼 새복도 그렇게 세상과 사람을 바라보며 살려고 노력한다. 당연히 남편을 죽게 한 뺑소니범과 그 일로 인해 씻을 수 없는 상처를 주었던 청년의 부모만 빼고 말이다.

"둘째 언니는 많이 늦는대?"

밀레의 물음에 샤갈이 고개를 끄떡였다.

"그런가 봐. 오늘 못 들어온대. 에휴, 저녁도 못 먹고 일하는 거 아닌지 모르겠다."

"둘째 언니, 한우 완전 좋아하는데."

"뒀다가 구워주면 되지. 근데 채 화백님, 그림 작업은 언제부터 하는 거예요?"

"시간 날 때마다 하기로 해서 전시회까지는 좀 걸릴 겁니다."

새복은 새삼 감격했는지 눈시울이 붉어졌다.

"정말 어떻게 고맙다고 말을 해야 좋을지 모르겠어요. 우리가 먼저 대접했어야 하는 건데 얻어먹기만 하구. 아무도 애들 아빠 그림엔 관심 가져 주지 않더니 죽고 나서야 소원 풀이하지 뭐야."

"……."

"애들 아빠도 하늘나라에서 흐뭇해할 거예요. 우리 마네가 못되게 굴어도 성격이려니 생각하고 너그럽게 봐줘요. 내가 채 화백이 마음에 들어서 그래."

마음에 든다는 새복의 말에 슬우는 납을 삼킨 듯 명치가 뜨거워졌다. 다시금 가슴을 비집고 올라오는 죄책감과 슬픈 기억이 그를 암연 속으로 밀어 넣는다.

마네가 정식 모델을 선 건 그로부터 사흘 후였다. 며칠 집에도 못 들어오고 사무실에서 지냈던 그녀는 사흘 만에 오는 집이 무척이나 반가웠다. 곧 슬우에게 붙잡혀 피에로 옷을 입고 지하 작업실로 끌려가야 했지만 말이다. 샤갈에게 전화로 슬우가 한우를 사서 왔더라는 말을 익히 들은 터라 그날 해가 서쪽에서 떴나 했다.

"웬일이래, 한우를 다 사 갖고 오구?"

"사과라고 해두지."

작업대 옆에 의자 두 개가 놓여 있었고, 슬우는 그녀에게 앉기를 권하며 다소 거만하게 말했다.

마네가 입술을 삐죽이며 동그란 의자에 앉자, 슬우가 작업대 위에 분장용 메이크업을 펼쳐 놓았다. 남의 얼굴에 메이크업하다가 자신이 받아야 할 처지에 놓이자 마네는 어색하기가 이만저만 아니었다. 이렇게 가까이 마주 앉아 그의 얼굴을 장시간 봐야 한다는 것도 민망했다.

"분장 내가 할까?"

그 편이 나을 것 같아 물었더니 슬우는 고개를 젓는다.

"그건 그림도 니가 그리겠다는 거나 마찬가지야."

"미안. 분장은 내 전문이라. 작품에 침범하려던 건 아니니 오해하지 마."

벌써 그녀의 얼굴에 하얀 칠을 하고 있던 슬우의 입가가 슬며시 올라갔다.

"얌전하니 보기 좋군."

"분장이든 메이크업이든 이러고 앉아 있어보라지. 얌전하지 않을 수가 있나."

하지만 얼마 못 가 그녀는 분장이 어떻게 되어가고 있는지 궁금해 작업대 위에 둔 거울을 곁눈질했다.

"거울 좀 보면 안 돼?"

"날 못 믿는 거야?"

"못 믿는 게 아니라 보고 싶어서 그래."

"움직이지 마."

티격태격하다 보니 분장이 끝나고, 마네는 거울로 본 자신의 모습이 우스워 키득키득 웃었다. 유학 중일 때 피에로 분장을 해 본 일이 있어 그때로 돌아간 기분이 들었다.

슬우가 디카로 그녀의 얼굴을 각도를 달리해 여러 번 찍더니, 다리가 길고 높은 의자에 앉아 포즈를 취했을 때도 똑같이 여러 장 찍었다. 특별한 포즈는 아니었다. 두 다리를 가지런히 모은 그 위에 두 손을 무릎에 올리고 등을 곧게 편 채 앉아 있기만 하면 되었다.

찡그린 얼굴, 눈 밑에 커다란 눈물 한 방울.

한 얼굴에서 웃음과 슬픔이 공존하는 피에로만큼 인생사를 대변해 주는 캐릭터는 없을 듯하다.

그는 디카를 작업대 위에 내려놓고 벽에 기대놓은 커다란 캔버스 앞에 사다리를 놓고 올라가 빠른 속도로 스케치하기 시작했다. 작업실 안에는 연필 소리만 사각사각 들려왔다.

그 모습은 어딘지 경건하기까지 하여 마네도 숨을 죽이고 그의 모습을 지켜보았다. 날카롭게 번뜩이는 눈빛, 능숙한 펜 놀림. 표정 하나하나, 동작 하나하나가 강렬하면서도 정열적으로 느껴졌다. 비로소 화가라는 게 실감난다.

"좀 쉬었다 하면 안 될까?"

점점 시간이 지나며 곧게 편 등과 팔에서 쥐가 오르는 듯 저릿저릿하여 마네가 하소연했다. 그때까지 말 한마디 없이 그림에 몰두하던 슬우도 스케치하던 것을 중단했다. 그러고는 '으어어' 하며 고단한 신음과 함께 사지를 비트는 그녀에게 따뜻한 레모네이드를 만들어 건넸다.

달콤하고 새콤한 향에 마네는 기분 좋게 으음, 감탄하며 잔을 받아들었다. 한쪽에 놓아둔 초록색 나무벤치에 가서 앉은 슬우는 차를 마시며 물끄러미 그녀를 바라보았다.

문득, 마네를 교통사고로 처음 만난 게 운명은 아니었을까 하는 생각이 들었다. 장필도와의 인연이 마네와 이어진 게 아닐까. 그런 생각에 이전까지만 하여도 가시처럼 껄끄럽던 마네가 더욱 새로워 보였다.

마네가 꾸벅꾸벅 졸기 시작한 건 그때다. 레모네이드를 마시다 말고 그녀는 무의식중에 졸고 있었다. 금방이라도 떨어뜨릴 듯 불안하게 들려 있는 찻잔도 찻잔이지만, 그녀가 높은 의자에서 떨어질까 봐 더 걱정이었다.

슬우는 소리 없이 옆에 찻잔을 내려놓고 몸을 일으켰다. 그리고 빠르지만, 발소리가 나지 않도록 살며시 다가가 그녀의 손가락에 가까스로 걸려 있는 찻잔을 조심스럽게 빼냈다. 그런 줄도 모르고 마네는 졸음에서 헤어나오지 못해 몸이 앞으로 비스듬히 기울어졌다.

지난 사흘을 내리 일 때문에 새우다시피 했다는 걸 알 리 없는 슬우는 정신없이 졸고 있는 그녀를 가만히 올려다봤다. 얼마나 피곤했으면 이러고 앉아 졸겠나 싶으니 늦게까지 부려먹는 게 약간 미안해졌다.

휘청!

의자에서 떨어지는 그녀의 몸을 슬우가 얼결에 받아 안았다. 둔탁한 마찰음이 두 사람을 에워쌌다.

"어머!"

깜짝 놀라 졸음이 싹 달아난 마네는 허둥지둥 몸을 바로 세웠다. 졸았다는 것보다 슬우에게 안겼다는 사실이 더 민망해 딴전을 피우듯 하품했다.

"아함! 내가 깜박 졸았나 보네."

두근두근. 슬우의 심장이 빠르게 뛰고 있었다. 그녀를 품에 안는 순간, 온몸으로 느껴지던 작은 희열이 그의 심장 주변에

어지럽게 모여들었다. 갈비뼈 아래가 빼근하게 아팠다. 이런 묘한 기분은 역시나 탐탁지 않지만—더군다나 상대가 장마네라면—, 자꾸만 의식이 되는 건 어쩔 수 없었다.

"이리 와. 분장 지워줄게."

"놔둬. 집에 가서 지우면 돼."

"오라면 와."

그가 명령하고는 작업대 의자로 가서 앉았다. 마네는 하는 수 없이 그의 앞으로 가서 지친 몸을 주저앉혔다. 정말 손가락 하나 까딱할 수 없을 만큼 피곤했다. 몸과 영혼이 분리된 느낌이 이런 것이려니.

슬우는 그녀의 머리에서 가발을 벗기고 집게로 앞머리를 고정한 후 휴대용 종이클렌징으로 직접 그녀의 얼굴을 닦아내기 시작했다. 차가워 움츠러들었던 그녀는 얼마 못 가 또 스르르 눈이 감겼다. 쏟아지는 잠을 주체하지 못하는 모습에 슬우의 손길이 좀 더 빨라졌다.

"아우, 졸려."

무심결에 흘리는 그녀의 입술에 종이클렌징을 가져갔다. 도톰한 입술의 감각이 그의 손끝에 느껴졌다. 그리고 그 감각은 또다시 그의 심장을 뜨겁게 달구어놓았다. 당황스러우면서도 아찔한 기분이다.

잠시 후 그의 꼼꼼하고 정성스러운 손길에 그녀의 민낯이 드러나기 시작했다. 눈, 코, 입, 두 뺨, 이마, 목 부위까지. 비로소 완전한 민낯이 되자 입꼬리를 위로 올린 채 말갛게 웃고 있는 마네가 나타났다. 그녀는 스르륵 한쪽 눈을 떠 그를 보더니 쿡쿡 웃었다.

"어우, 민망해. 맨날 남의 얼굴만 보다가 이러고 있으니까 기분 진짜 이상하네. 땡큐. 화장 지우는 거 사실 엄청 귀찮거든."

"세수는 올라가서 해."

"그럼 오늘은 끝?"

슬우는 심란함을 가시지 못한 채 간결하게 대답했다.

"끝."

"흐으. 올라가자. 좀 춥다."

얇은 피에로 옷만 입고 있으니 으슬으슬 추워 마네는 자라처럼 목을 움츠렸다. 슬우가 뒷정리를 하는 동안 잠시 기다리고 있던 그녀는 벌떡 의자에서 일어났다. 슬우가 문 쪽으로 걸어가며 손을 까닥거렸기 때문이다. 쪼르르 그의 옆으로 달려간 마네를 먼저 밖으로 내보낸 슬우는 작업실의 스위치를 눌렀다.

어둠이 깔리며 문이 닫히는 소리가 들렸고, 캔버스 안에서 스케치된 피에로 마네가 두 사람을 향해 씽긋 윙크를 했다.

☆ ☆ ☆

"누나, 안녕하세요?"

SH 회의실에 혼자 앉아 라온의 내년 상반기에 발표될 4집 앨범 회의 전에 메모해 뒀던 것을 들여다보고 있다가 마네는 귀에 익은 음성에 고개를 돌렸다. 싱그러운 이를 드러낸 라온이 활짝 웃으며 들어왔다. 지난번에 만나 인사한 게 다인데, 그는 친근감 있게 '누나' 라고 불렀다. 레오 생각이 물씬 났지만, 상대가 라온이라 그런지 기분이 나쁘진 않았다. 오히려 상큼한 느낌에 그녀도 빙그레 따라 웃었다.

"미국 공연은 잘했어요?"

"예. 누나도 잘 지냈죠?"

"대표님 배려 덕분에 편하게 일하고 있네요. 이래도 되나 싶을 정도로."

"하하. 그거 속지 마세요. 처음이라 그래요. 은근히 부려먹을 거 다 부려먹어요, 석현이 형."

그런가? 라온의 험담이 오히려 유쾌하게 들리는 건 나랏님 없는 데서 욕할 때의 희열(?)과 같은 맥락이 아닐까 싶었다.

"후후. 일일이 현장 안 쫓아다니는 것만도 어디예요."

"말 놓으세요. 제가 동생이잖아요."

"음. 그럴까?"

라온이 무슨 생각이 났는지 강아지처럼 순한 눈이 동그랗게 떠졌다.

"참. 누나 동생 봤어요. 귀엽던데요. 이름이 밀레던가."

마네가 풋 웃음을 터뜨렸다.

"안티라고 한 것 땜에 상처받은 거 아니지? 밀레가 걱정하더라구."

"안티가 제 걱정도 해요? 하하하!"

역시나 라온은 별 신경을 쓰지 않았던지 쾌활하게 웃음을 터뜨렸다.

회의는 이전까지와는 다르게 라온이 끼어서인지 시종일관 유쾌하게 진행되었다. 마네는 라온을 보며 생각했다. 정말 빛과 같은 사람이라고. 그에 반하여 슬우는…….

직접 분장을 닦아주던 기억이 나 기분이 묘해졌다. 자꾸 목덜미가 근질거리는 느낌이랄까. 그때는 몰랐었는데, 그 후로 자꾸만 생각이 난다. 비몽사몽간에 느껴지던 그의 섬세한 손길. 그리고 그에게 아주 잠깐이나마 안겼던 순간이 이상하게도 뇌리에 박혀 잊히지가 않았다.

그날 그렇게 헤어지고는 또다시 이틀을 사무실에서 보냈다. 다음에도 또 직접 분장을 지워주려나? 그 시간을 기다리고 있는 자신이 괴이해 마네는 괜스레 입을 삐죽했다.

내일은 헤어숍 오픈 날이다. 헌데 라온의 미국 공연도 성공리에 마쳤고, 마네의 환영식도 할 겸 회식이 잡혀 있었다. 헤어숍에 가서 도와줘야 마땅하건만 개인 사정으로 회식을 무르기가 어려웠다. 마네는 늦게라도 오늘은 집에 가야겠다고 생각하며 다시 회의에 집중했다.

☆ ☆ ☆

댄스음악이 요란한 나이트클럽. 회식 후 VIP룸에서 2차를 즐기는 사람들에 끼어 마네는 모처럼 즐거운 시간을 보냈다. 석현을 비롯해 라온과 직원들이 따라주는 술잔을 무수히 비워냈고, 그러고도 끄떡없는 그녀에게 석현과 라온이 엄지를 들어 보였다.

마네가 낯을 가리는 성격은 아닌지라 첫 만남에서 긴장하고 어색했던 것 빼고는 금세 그곳 직원들과 어울렸다. 직원들도 편한 성격의 마네가 무척이나 마음에 드는 듯했다. 일전의 막말 사건으로 석현이 특별히 주의를 준 것도 있지만, 레오와 일했던 경력 때문인지 그들 역시 긴장하긴 매한가지였다.

마네는 옆에 있던 여직원에게 살짝 화장실에 다녀오겠다고 하고는 밖으로 나왔다. 나가는 그녀를 흘끗 보긴 했으나 어딜 가는지 짐작한 석현은 이내 옆에 있던 라온과 기분 좋게 술잔을 기울였다.

공기를 깨부술 듯 시끄러운 음악 소리. 분주히 오가는 사람들 사이로 마네는 천천히 화장실로 향했다. 엄마에게 전화를 걸기 위해 잠시 휴대전화를 찾느라 주머니를 뒤적이는 사이, 누군가가 앞을 가로막았다.

뭔가 하고 고개를 드는 순간, 말문이 막혔다. 비스듬히 고개를 기울인 채 조소하는 눈빛으로 보고 있는 레오 때문이었다. 그에게 여태 감정이 안 좋은지라 마네의 인상도 굳어졌다.

그녀는 짜증스럽게 휴대전화를 도로 주머니에 넣고는 인사도 없이 그의 옆을 지나쳤다.

스쳐 지나는 그녀의 팔을 잡은 레오가 제자리로 가서 세웠다. 뒷걸음질로 그의 앞에 다시 선 마네는 언짢게 인상을 찌푸리며 키가 큰 그를 올려다봤다.

"뭐 하는 거야?"

레오의 손을 탁 떨쳤다. 사람들이 두 사람을 흘끔거리며 지나갔고, 몇몇은 아예 그 자리에 서서 구경하기 시작했다. 가십거리가 될 게 뻔해 마네는 목소리를 깔고 조용히 타일렀다.

"구설수 오르는 거 지겹거든. 가, 얼른."

"채라온이랑 일한다지?"

모를 리 없을 테니 마네는 태연히 '어' 하고 대답했다. 레오의 얼굴이 차갑게 굳어졌다.

"그거였어? 갑자기 떠난 이유가?"

"너한테 일일이 설명할 필요 못 느껴. 귀찮게 하지 마."

"누나가 어떻게 이래? 다른 사람도 아닌 누나가!"

레오는 점점 감정이 격해지는 듯 목소리가 떨렸다. 사람들 눈이 의식되어 마네는 주위를 둘러보았다. 그때 누군가 휴대전화로 촬영하는 게 그녀의 눈에 띄었다.

"거기! 당장 지워요. 동영상 떠돌기만 해. 가만히 안 있어."

그녀의 거센 항의에 여자가 휴대전화를 끄더니 슬그머니 뒤로 감췄다. 하지만 마네는 알고 있었다. 이미 어딘가에서 몰래 사진과 동영상을 찍고 있으리란 걸. 좋은 방법은 빨리 레오와 헤어지는 길뿐.

"같이 있어봐야 득 될 일 없어. 다시는 아는 체하지 마."

"난…… 누나만은 다르리라 생각했어. 근데 채라온? 나한테 복수라도 하고 싶었던 거야?"

"뭐가 무서워?"

"뭐?"

"채라온 뛰어넘는 게 니 목표잖아. 그렇게 자신이 없어? 겨우 나 한 사람, 니 옆에 없다고 해서 휘청일 정도야? 그것밖에 안 되는 놈이었니, 너?"

레오가 이를 악물자 입술에 파르르 경련이 일었다.

"여기선 안 되겠다. 나가서 얘기하자, 우리."

마네의 팔을 잡아챈 레오는 빠르게 클럽을 빠져나갔다.

"이거 놔."

마네는 레오의 손에 끌려가며 차분히 말했다. 큰소리를 낼 수 없는 상황이었고, 그러고 싶지도 않았다. 레오는 술에 취해 있었다. 그 정도는 아니라 해도 그녀 역시 적잖은 술을 마신 상태였다. 그녀는 술에 취한 레오를 상대하고 싶지 않았다. 혹여 실수라도 할까 봐 걱정스러웠기 때문이다. 레오에게 주사가 있는 건 아니었지만, 이성을 잃는 건 레오나 자신이나 한순간이었다.

같이 일하자는 석현의 제의를 받았을 때 이미 각오한 일이다. 생각지도 못한 곳에서 맞닥뜨려 당황스럽긴 하지만, 단순히 복수만으로 석현과 손을 잡은 건 아니니 지금 상황이 어쩐지 우습기도 했다.

엘리베이터를 타고 지하주차장까지 내려온 레오는 타고 온 자신의 스포츠카로 가 조수석 문을 열었다.

"타."

깜짝 놀란 마네가 인상을 썼다.

"음주운전 할 셈이야?"

"얘기만 할 거니까 타."

"여기서 얘기해."

"타라고, 좀!"

억지를 부리고 있는 레오 때문에 마네는 아직까지 잡고 있는 그의 손을 쌀쌀맞게 떨쳐 냈다. 그리고 흐트러진 옷매무새를 바로잡으며 말했다.

"너한테 할 만큼 했다고 생각해. 너한테 이런 대접 받을 이유도 없고, 원망 들을 이유도 없어. 배신? 이게 배신이면 니가 나한테 한 짓은 모욕이야, 알아?"

"잘못했다고 했잖아. 누나가 오해하고 있는 거라니까. 그 방법밖에는 나도 어쩔 수 없었어."

레오의 목소리가 또다시 격정적으로 흔들렸고, 충혈된 눈은 불안하고 위험스럽게 보였다. 그는 어쩔 수 없었다고 변명하지만, 마네의 눈엔 뻔뻔해 보일 뿐이었다. 그녀는 낮게 탄식했다.

"돌이킬 수 없는 일이야. 넌 니 갈 길로 가. 난 내 갈 길로 갈 테니."

"내가 잘못돼도?"

"뭐라구?"

"내가 어떻게 돼도 상관없어?"

이러니 허구한 날 욕을 얻어먹지. 어휴, 씨베리아.

마네는 터져 나오려는 욕 대신 뒤통수를 후려쳐 정신이 번쩍 들도록 해주고 싶었다.

"약한 소리 집어치워! 그렇게 억울하고 분하면 정식으로 붙으면 될 거 아냐! 채라온 이겨. 뭐 하나라도 제대로 해서 제2의 채라온이 아닌 독보적인 레오가 돼. 그럼 나도 널 인정해 줄게."

"내가 누나한테 바라는 건 인정이 아니야. 용서지."

"그건 그때 가서. 지금은 싫어. 채라온 이길 때까진 절대 용서 안 할 거니까 이 악물고 해. 처음 데뷔해서 했던 것처럼."

마네는 그를 툭 밀쳐 내고 엘리베이터로 걸어갔다. 지하의 차가운 공기들에 잔뜩 몸을 움츠린 채 걸었다. 뒤에서 쿵, 하며 레오가 주먹으로 차를 내려치는 소리가 들렸다. 비명 섞인 울분과 함께.

마네의 걸음이 더욱 빨라졌다.

여섯 개의 별

착잡한 마음으로 엘리베이터에서 내리니 복도에 석현이 나와 있다. 찾으러 나온 것 같아 마네는 빠른 걸음으로 그에게 다가갔다.

"대표님."

"어디 갔었어요? 한참 안 와서 걱정했어요."

"예, 그게…… 레오 만났어요."

"……."

"놀러 왔나 봐요. 잠깐 얘기 좀 하느라."

그녀의 어두운 안색을 살피며 석현이 걱정스런 눈길로 물었다.

"괜찮아요?"

"예, 그럼요. 대표님, 저 먼저 가볼게요. 며칠 안 들어갔더니 엄마가 걱정하셔서요."

"데려다 줄게요."

"아니에요. 혼자 가도 돼요."

석현이 싱긋 웃었다.

"덕분에 저도 좀 도망가려구요. 안 그럼 꼼짝없이 밤새 붙들려 있어야 해요."

룸 밖으로 직원을 불러낸 석현은 자기 차를 사무실에 갖다 놔라 일렀다. 그리고 룸 안에서 옷과 가방을 챙겨 나온 마네와 함께 그곳을 떠났다.

마네가 먼저 밖으로 나오고 얼마 안 있어 잇달아 나왔던 석현은 레오와 승강이를 벌이는 그녀를 발견하고 혹시라도 불미스러운 일이 생길까 몰래 다른 엘리베이터를 타고 지하까지 따라 내려갔었다. 다행히 마네가 잘 처신한 덕분에 끼어들 일은 생기지 않았지만, 급격히 기분이 가라앉은 그녀를 보자 입안이 씁쓸했다.

대리운전을 맡기고 마네의 차 뒤에 같이 앉은 석현은 부쩍 말수가 없어진 마네를 흘끔 쳐다보았다. 마네가 창밖을 내다보며 딴생각에 빠져 있다가 갑자기 생각난 듯 석현을 돌아보았다. 석현이 깜짝 놀라 다른 데를 보는 듯 딴청을 부렸다.

"대표님 댁으로 먼저 가셔야죠."

"오늘 슬우 집에서 자려구요."

"네에."

왠지 즉흥적인 것 같다고 생각하며 마네는 창밖으로 시선을 돌렸다.

"약한 소리 집어치워! 그렇게 억울하고 분하면 정식으로 붙으면 될 거 아냐! 채라온 이겨. 뭐 하나라도 제대로 해서 제2의 채라온이 아닌 독보적인 레오가 돼. 그럼 나도 널 인정해 줄게."

레오에게 한 말이 계속 메아리처럼 귓전에 울렸다.

'그런 말을 왜 해? 죽든지 말든지.'

자기도 모르게 한 말이 마음에 걸려 마네는 깊은 한숨을 내쉬었다.

"레오랑 무슨 얘기했어요?"

"네?"

뜨끔한 마네는 석현을 쳐다보다가 할 말이 궁해 어설피 웃었다.

"아, 뭐 그냥……. 좋은 얘기했겠어요. 뻔한 거죠."

"곤란했겠네요, 마네 씨가."

"어차피 알게 될 일이었는데요, 뭐. 신경 쓰이세요?"

석현이 그쯤이야 하는 듯 짧게 고개를 저었다.

"아뇨. 마네 씨가 좀 힘들어 보여서요."

"괜찮아요, 전. 참. 라온인 저렇게 두고 가도 되나?"

"알아서 하니까."

라온 얘기를 하다 보니 자연스럽게 자살했다는 슬우의 어머니 생각이 나 마네는 더욱 침울해졌다.

"채 화백님 말이에요. 그 집에서 태어났다고 들었는데 지금까지 쭉 살았던 거예요, 혼자서?"

"혼자는 아니고……. 프랑스로 유학 가기 전까진 아버지랑 라온이 엄마랑 라온이랑 같이 살았었어요. 불과 5년 남짓밖에는 안 되지만. 물론, 그 집에서 산 건 아니구. 그 집은 어머니 소유로 되어 있던 거라 외가에서 관리했었나 봐요. 그러다 귀국해서 슬우가 다시 살게 된 거구요."

"그랬군요."

약간 망설이던 석현이 조심스럽게 이야기를 꺼냈다.

"슬우가 좀 힘들게 살았어요."

"네……."

"어머니가 돌아가신 걸 본 모양이에요. 여덟 살 때라고 하니까 충격이 엄청 컸을 거예요."

마네는 정말 놀랐다. 여덟 살 때면 부모님 사랑만 받기에도 부족할 나이 아닌가. 그런데 그리 험한 일을 겪고 얼마나 큰 상처가 되었을지 가히 짐작이 갔다. 자신의 어렸을 때를 돌아보니 가슴이 짜르르 아팠다. 부모님의 사랑이 아이들에게 얼마나 지대한 영향을 끼치는지 잘 알기에.

마네는 슬우가 그래서 괴팍한 성격이 되었구나, 생각하면서도 한편으론 가엾은 마음이 새록새록 들었다.

"아저씨, 저기 '샤갈 헤어숍' 앞에 세워주세요."

사거리를 지나던 마네는 급히 차를 세웠다. 아직 불이 켜진 걸로 보아 오픈 준비가 끝나지 않은 듯했다. 대리 운전기사가 길가에 차를 세웠고, 마네가 석현에게 양해를 구했다.

"대표님, 죄송한데 전 헤어숍 잠깐 들렀다 가야겠어요. 이 차 타고 먼저 가세요."

"헤어숍이요? 있다가 같이 들어가죠, 뭐."

"대표님두요?"

기사를 보내고 마네는 석현과 함께 헤어숍으로 들어갔다. 닮은꼴 세 모녀가 소파에 앉아 무언가를 열심히 하고 있다가 문소리에 똑같이 고개를 돌렸다.

"어머, 회식 있다더니 벌써 온 거야?"

마네의 뒤로 불쑥 석현이 들어오자 세 모녀는 또 똑같이 동작을 멈췄다. 깜박깜박. 동그란 눈을 깜박이던 샤갈이 제일 먼저 싱냥하게 알은 체를 했다.

"어머나, 안녕하세요? 누구신가 했어요. 어떻게 마네랑 같이 오시네요?"

"안녕하세요? 슬우 집에 가는 길에 같이 왔습니다. 하하."

"앉으세요. 차 좀 드릴까요?"

석현이 손을 저으며 의자에 가서 앉았다.

"아닙니다. 술을 좀 마셨더니. 하하하. 근데 뭘 그렇게 열심히들 하세요?"

피곤할 법한데도 조금도 지친 기색 없이 샤갈이 흥분된 음성으로 대답했다.

"내일이 오픈이거든요. 준비할 게 얼마나 많은지 해도 해도 끝이 없네요."

"어, 마네 씨 왜 얘기 안 했어요? 그것도 모르고 회식했잖아. 눈치 없이."

미안해하는 석현을 보더니 샤갈이 까르르 웃었다.

"아유, 아니에요. 바쁜 애까지 부려먹을 수 있나요."

새복이 선물용으로 준비한 머리빗과 마네가 따로 주문해 준 핸드크림을 작은 종이가방 안에 넣으며 석현을 힐끗 쳐다보았다. 밤도 늦었는데 같이 오는 게 왠지 꺼림칙했다.

아무래도 일찍 가기는 그른 것 같아 마네는 석현을 돌아보았다.

"대표님, 어쩌죠? 전 좀 도와드리고 가야겠어요."

"같이 해요."

석현이 스스럼없이 코트와 양복 상의를 벗더니 팔을 걷어붙인다.

"어머, 아니에요. 대표님이 어떻게 이런 일을……."

마네가 만류했으나 석현은 어느새 샤갈과 밀레 사이에 끼어

앉아 종이가방을 펼치며 묻고 있었다.

"이거 이렇게 하면 되는 거 맞아요?"

샤갈이 재빨리 선물들을 종이가방 안에 넣고는 활짝 웃으며 대답했다.

"여기 이렇게……. 호호호."

"아 참. 잠깐 전화 좀 하구요."

석현이 코트 주머니에서 휴대전화를 꺼내 어디론가 전화를 걸었다. 누구한테 하나 했더니,

"어, 슬우야. ……여기 마네 씨 어머님이 새로 오픈하실 헤어숍인데 일 도와드리는 중이야. 내일 오픈이라 바쁘시네. ……오늘 회식 있어서 운전하기도 그렇고 니네 집에서 자려고 왔지. ……온다구? 진짜? ……어, 어, 그래."

얼떨떨하게 전화를 끊은 석현은 자기가 잘못 들었나 하는 표정으로 휴대전화를 코트 주머니에 넣었다. 그러더니 자리에 앉으며 중얼거렸다.

"어딘지 알고는 오는 건가?"

마네도 깜짝 놀라 물었다.

"채 화백님, 이리로 온대요?"

"예."

그러니 다들 '까칠하기가 나무껍질 같던 사람이 어인 일이래?' 하는 얼굴이 될 밖에. 며칠 전엔 한우까지 사오더니 심경의 변화치고는 꽤 당황스러운 행보였다.

슬우가 나타난 건 그로부터 정확히 15분 후다. 차로 집에서 10분가량 걸릴 테니 그는 석현의 전화를 받자마자 한달음에 달려온 것이 틀림없었다.

"안녕하세요?"

밀레가 신기한 듯 쳐다보며 꾸벅 인사했고, 모두의 시선을 한 몸에 받으며 안으로 들어온 슬우가 새복에게 살짝 목례하고는 물었다.

"해야 할 일이 많습니까?"

새복이 환한 웃음을 지으며 상냥하게 대답했다.

"우리끼리 해도 돼요. 잘 왔네. 대표님 모시고 가요, 먼저."

석현이 연신 선물들을 종이가방 안에 넣으며 얼른 와서 붙으라는 듯 고갯짓을 했다.

"너도 얼른 와서 해. 손 하나가 아쉽다."

처음부터 줄곧 같이 했던 사람처럼 능청을 떠는 석현을 보고 샤갈이 또 까르륵 웃음보를 터뜨렸다.

"채 화백님도 해보실래요? 이거 생각보다 재밌어요."

설마 저게 재미있으랴 싶은 얼굴로 슬우가 새복의 옆에 가서 앉았다. 어쨌거나 장필도 아저씨의 가족이란 게 밝혀진 마당에 무엇이라도 도와주고픈 마음이 큰 그였다.

내막을 알 리 없는 새복이 옆으로 조금 더 옮겨 앉으며 기분이 좋은지 그의 얼굴을 기특하게 들여다봤다.

"아유, 어쩜 채 화백은 인물이 이리 좋은가 몰라. 그냥 가게

안이 훤하네."

슬우는 새복의 아부성 짙은 칭찬에 멋쩍은 듯 애매한 미소를 지었다.

"이거 종이가방에 담으면 되는 겁니까?"

"진짜 하게? 괜찮대두. 구경만 해요. 귀한 분한테 이런 일을 시키면 쓰나."

그러자 석현이 서운한 마음을 고스란히 드러냈다.

"어머니, 전요? 저도 우리 집에 가면 엄마가 세상에서 제일 잘생겼다 그러고 귀하다고 그러거든요."

새복이 어이없어 입을 벌리다 억지로 웃어넘겼다.

"뭐 당연히 그러겠지요. 어느 엄마가 자기 아들 못생기고 천하다 그러겠어요. 눈이 쭉 찢어졌어도 동그랗다고 할 판에."

석현이 별안간 종이가방을 손에 놓으며 투정을 부렸다.

"완전 차별하시구. 나, 안 해."

어린애처럼 토라진 석현을 보고 다들 와하하 웃어 젖히는데, 새복과 슬우만 그러지 못했다. 새복은 30대 중반인 남자가 아이처럼 구는 세 가관이었고—것도 유명한 기획사 대표가—, 슬우는 석현이 창피해 얼굴을 들지 못했다. 술냄새가 솔솔 나는 게 주사가 따로 없었다. 그러고도 가게를 나설 때까지 석현의 우스갯소리에 새복과 슬우를 제외한 나머지 세 딸은 배꼽을 잡고 웃느라 시간 가는 줄을 몰랐다.

"어떻게 된 거야?"

모두 집으로 앞서 들어가고 가장 늦게 들어온 마네는 슬우의 허리춤을 슬쩍 잡아당겼다. 그 자리에 멈춰선 슬우가 그녀를 향해 돌아섰다.

"뭐가?"

"가게에 어떻게 왔냐구?"

"이제껏 일 도와주고 왔잖아."

무심하게 대답하고 있지만 마네의 눈을 피해갈 순 없었다. 눈을 맞추지 못하고 딴청을 부리는 것만 봐도 뭔가 있다, 이 남자. 왜 갑자기 이러지? 부담되게.

마네는 미심쩍은 표정을 풀지 못한 채 그를 빤히 쳐다보며 추궁했다.

"가게는 어떻게 알구?"

"사거리라 오다가다 눈에 띄더군. '샤갈 헤어숍' 간판 보고 짐작했었어. 몇 번 그 앞에서 아주머니랑 언니도 봤었구."

마네는 그가 대답의 요지를 자꾸 피해 가는 것 같아 새치름하게 눈을 흘겼다. 그러자 슬우가 재빨리 말을 돌렸다.

"공짜 머리 하기 싫어서 그런 것뿐이야."

마네의 눈이 동그래졌다.

"머리도 자르게?"

"오전에 나가면서 아주머니가 신신당부하시더라구. 내일 안

오면 정말 섭섭한 거라구. 돈 안 받으실 거 분명하니 미리 몸으로 때운 거지."

공짜 싫다더니 기어이. 그래도 가게에 와서 머리를 자르겠다고 한 게 어딘가. 이래저래 마음을 써주는 게 고마워 마네는 싱긋 웃었다.

"고마워. 들어가."

그를 지나쳐 걸어가는 그녀의 등을 물끄러미 바라보다가 슬우는 현관으로 천천히 걸음을 옮겼다. 며칠 만에 보는 그녀다. 11시가 다 되어가도록 깜깜한 2층을 바라보며 이상하리만치 쓸쓸했었다. 마음이 텅 빈 것 같은 허전함. 그런데 그녀와 그녀의 가족 사이에서 잠시나마 잊을 수 있었다. 헤어숍에 간 건 순전히 돕고자 하는 순수한 의도였지만, 오히려 위로를 선사해 준 그녀의 가족에게 진심으로 고마웠다.

"어쩔 생각이야?"

슬우와 침대에 나란히 누운 석현이 염려스러운 듯 물었다. 어두운 천장을 바라보며 슬우가 낮게 한숨을 내쉬었다.

"모르겠어. 인제 와서 내가 아저씨와 그 자리에 함께 있었다, 말하는 게 가족에게 무슨 도움이 되겠어. 오히려 어색해지기만 하겠지."

유별나긴 해도 정이 많은 사람들 같아 이제 조금 마음이 열리던 참에 슬우는 과거의 사고 때문에 도로 거리가 멀어질까 내심 두려웠다.

"너한테 뭐라고 하겠어? 너도 피해자야."

"뭐라고야 못하겠지. 근데…… 편하진 않을 거야."

"니네 아버지, 저분들 여기 사시는 줄 알면 기함하겠는걸. 서로 얼굴 모르는 걸 다행으로 알아야 하는 건가?"

"언젠간 알게 되겠지."

이재희와 알고 지낸 후부터 거의 버려져 있던 집과 엄마, 그리고 자신.

외도도 기가 막힐 노릇인데, 이재희의 임신 소식과 이혼 강요로 정신적 고통을 겪어야 했던 그의 어머니는 결국 라온이 태어나던 날 극단적 선택으로 삶을 마감했다. 대대로 교육자 집안으로 점잖은 분들이던 외가에서 받은 충격도 충격이거니와 그 끔찍한 기억 속에 갇혀 슬우도 도저히 그들을 용서할 수 없었다.

"이거 참. 난감하게 됐구나."

석현도 갑작스러운 상황에 난색을 표했다.

"사람이 죽고 사는 게 너무나 찰나여서 무섭더군. 아저씨가 나 때문에 돌아가셨다, 생각하니까 그 후부터는 누구든 쉽게 다가가질 못하겠더라."

석현은 슬우의 착잡한 심정을 알 것 같았다. 사고현장에서 한 사람은 즉사하고, 한 사람은 죽다 살아났으니. 삶과 죽음에 대해 제삼자가 보는 느낌은 당사자의 생각과는 천지차이일 것이다.

“기회 봐서 마네 씨한테 얘기해. 원래 완벽한 비밀이란 없는 거야.”

“그래야지. 얘기하기 전까진 형도 내색하지 마.”

“알아, 인마. 에잇! 사정을 알고 나니까 마네 씨 보기가 더 안쓰럽네. 너도 그렇구. 그러니까 싸우지 말고 잘 좀 지내. 우리처럼.”

말끝이 스르르 풀어지며 슬그머니 끌어안는 석현 때문에 슬우는 기분이 푹 가라앉아 있다가 질겁했다.

“윽! 뭐야. 떨어져. 당장.”

슬우가 이를 악물고 경고했으나, 석현은 낄낄 웃으며 슬우의 넓은 가슴을 끌어안고 찰싹 달라붙었다.

“같이 자자, 좀.”

“그러니까 장가가면 되잖아!”

“니가 여자였어야 해. 흑흑.”

일부러 우는 소리를 내는 석현 때문에 슬우는 억지로 얼굴을 밀어뜨리며 뇌까렸다.

“올 때마다 이러면 앞으로 출입금지시키겠어.”

“마음을 좀 열어……. 억!”

슬우가 간신히 거리를 떼어놓기가 무섭게 발로 쭉 밀어버리는 바람에 석현이 침대 아래로 이불과 함께 굴러떨어졌다.

“당장 아래층으로 내려가. 이불째 계단으로 굴려 버리기 전에.”

이불 속에서 버둥대던 석현이 머리를 쏙 내밀더니 도끼눈으로 슬우를 째렸다.

"무지막지한 놈."

그러든지 말든지 슬우는 침대 아래로 팔을 뻗어 이불을 홱 잡아당겼다. 그 바람에 저만치 데구루루 굴러간 석현을 본체만체 돌아눕는다. 그러고도 석현은 낮은 포복으로 침대를 기어올라가 이불 끄트머리를 조금 끌어다 몸만 가까스로 가린 채 누웠다. 얌전하게 굴지 않으면 정말 이불 보쌈을 하여 계단으로 굴려 버릴지도 모를 일이었다.

잠시 후 슬우가 슬그머니 돌아보았을 때 석현은 이미 쿨쿨 잠에 곯아떨어진 후였다.

오픈 첫 손님은 슬우와 석현이었다. 석현이 자기도 머리를 잘라야 한다며 슬우를 재촉해 아침 일찍 헤어숍에 온 것이다. 그리하여 두 남자는 가운을 둘러쓴 채 나란히 거울 앞에 앉아 새복과 샤갈에게 머리를 맡겼다. 슬우는 이발한 지가 좀 되어 덥수룩해 보였고, 석현은 그의 이미지에 맞게 깔끔한 댄디 커트였다.

샤갈이 의자 높이를 조절하며 석현에게 다정하게 말했다.

"손질한 지 얼마 안 되셨나 봐요. 살짝 정돈만 해도 될 거 같은데요."

반면, 옆에서 새복이 거울 속 슬우를 보며 진지하게 의견을

냈다.

"요즘 짧은 투 블럭 커트가 유행이에요."

"투……. 뭐라구요?"

슬우가 뭔지 모르겠다는 듯 어리둥절해하자 새복이 웃으며 헤어스타일 책을 가져다 그에게 보여주었다. 그러더니 한 사람을 손으로 짚었다.

"여기."

슬우가 보기에도 고개가 끄덕여질 만큼 시크하고 남자다운 헤어스타일이었다. 헌데 한 번도 해본 적이 없는 스타일이라 잘 어울릴지 걱정이었다. 너무 과감해 보이기도 하고.

"옆 라인은 짧지만 윗머리가 길어서 펌을 넣으면 좀 더 부드러워 보일 거예요. 헤어스타일이 남성적이라 채 화백과도 잘 어울릴 테구. 옆 라인에 스크래치 해도 터프해 보이고 멋있어요."

옆에 앉았던 석현이 고개를 쏙 빼어 책을 넘겨다보더니 샘이 나는지 중얼거렸다.

"나도 파마 새로 할까?"

기다렸다는 듯이 샤갈이 냉큼 끼어들었다.

"헤어스타일 바꾸고 싶으세요? 근데 대표님은 이 머리가 제일 잘 어울릴 거 같아요. 아님, 여기다 살짝만 더 볼륨 넣어드려요? 그렇게 하면 좀 더 귀여워 보이긴 하겠네요."

"하하. 언니가 뭘 아시네. 이 머리만 계속했더니 너무 지겨워져서요. 전문가께서 알아서 해주세요."

잠시 후 8개의 좌석이 꽉 찼고, 두 남자는 머리를 말고 캡을 쓴 채 구석 창 앞에 앉아 잡지를 보았다. 오전만이라도 도와주고 가기 위해 카운터에서 손님들에게 선물을 챙겨주고 있던 마네가 두 사람 앞으로 커피를 가져왔다.

"아침은 드시고 온 거예요?"

석현이 그녀를 보더니 싱긋 웃으며 커피가 담긴 종이컵을 들었다.

"토스트 먹었어요. 우유랑."

"배 안 고프세요?"

"파마, 오전 중에 끝난다고 하지 않았나? 점심 쏠 테니 먹고 같이 가요."

마네는 북적거리는 실내를 돌아보며 엄두가 안 나는 표정을 지었다.

"점심 먹을 새나 있을지 모르겠어요."

새로 구한 헤어 스타일리스트 세 명과 보조 두 명까지 해서 모두 여덟 명이 움직이는데도 기다리는 손님들 탓에 몹시 바빴다. 전에 있던 헤어숍에서는 세 명이 일했었는데 같이 일하던 사람이 그만두고 모두 새로 구한 직원들이었다.

중화는 바쁜 일손을 대신해 마네가 직접 두 남자에게 해주었다. 그리고 머리를 감기는 일도.

보조 하나가 석현을 맡는 바람에 마네는 하는 수 없이 슬우의 머리를 감겨주었다. 머리를 뒤로 젖히고 눈 감은 모습을 가만히 내려다보자니 왠지 민망해 얼른 그의 얼굴에 수건을 덮었다. 솔직히 머리를 감기는 일은 해본 지가 너무 오래돼서 어색하기 그지없었다. 파마약 때문에 미끈거리는 머리카락 사이에 손가락을 집어넣고 문지르니 온몸이 찌릿찌릿한 기분이다.

그렇게 뒷손질까지 받은 두 남자가 거울로 새로이 변신한 자신의 모습을 이리저리 살펴보았다. 석현은 샤갈이 말한 대로 볼륨파마로 해놓으니 좀 더 동안이 된데다 귀여운 맛까지 났다. 슬우는 약간 길었던 머리가 짧은 투 블록 커트로 바뀌니 거친 야생미가 더해져 아주 딴사람이 되어버렸다. 남성스러운 이미지가 더욱 잘 드러나 그도 꽤 만족스러운 듯이 씩 웃었다.

"어머나, 정말 근사하다. 영화배우 해도 되겠네. 호호."

새복도 마음에 드는지 흐뭇해했다. 옆에서 석현도 슬우의 색다른 모습에 '여어~' 감탄해 마지않았다.

"훨씬 낫다. 멋있어."

그때 총총걸음으로 다가온 마네가 바쁜 목소리로 모두에게 말했다.

"다 되셨으면 가죠. 저도 그만 사무실 가봐야 해요. 엄마, 미안해. 언니도 수고해."

새복은 두 사람에게 돈을 안 받겠다 했지만, 석현은 기어이 파마값이라며 두 사람의 헤어비와 점심값까지 챙겼다.

바삐 밖으로 나온 세 사람은 인사한 뒤 헤어졌다. 마네는 마네 차로, 석현은 마네와 함께 가고 싶었지만 어쩔 수 없이 슬우의 차를 타고 출근길에 올랐다.

차를 몰고 가던 마네가 별안간 픽 웃었다. 슬우의 바뀐 헤어스타일 때문이었다. 말은 안 했지만, 솔직히 그의 변신에 내심 깜짝 놀랐었다. 생각보다 훨씬 잘 어울려서.

"헤어스타일만 바꿔도 이미지가 달라 보이잖아. 덜 괴팍해 보이고 얼마나 좋아. ……좀 멋있긴 하데. 쿡."

석현을 회사 앞에 내려주고 갤러리로 오며 슬우는 바뀐 머리가 신경 쓰이는지 백미러로 흘끗흘끗 살펴보았다. 다른 건 몰라도 옆 라인에 스크래치를 한 건 너무 과했나 싶기도 했다. 그럼에도 휘이, 휘이, 절로 휘파람이 나왔다. 하는 과정이 귀찮고 성가시긴 해도 투자한 만큼 성공적인 변신에 마음이 흡족했다.

슬우의 삼청동 갤러리는 길거리에 즐비한 커피숍을 지나 큰길가 앞에 있었다. 나무 소재로 된 외벽, 입구로 들어가는 마당과 계단 역시 같은 소재의 나무로 되어 일체감을 주면서도 편안한 분위기였다. 갤러리는 전부 3층으로 되어 있었고, 3층에는 작은 카페까지 있어서 일명 갤러리 카페로 유명했다. 갤러리 구조로는 다섯 손가락 안에 꼽힐 만큼 도시 안에서의 자연미가 돋보였는데, 그의 취향이 그대로 나타난 곳이라 해도 과언이 아니었다.

안으로 들어가자 직원들이 눈이 휘둥그레져 인사했다. 하나같이 멋있다, 세련됐다, 진작 바꾸지 그랬냐는 칭찬 일색이었다.

자신의 사무실로 들어와서도 슬우는 벽에 걸린 거울을 보며 요리조리 얼굴을 살피기에 여념이 없었다. 한동안 귀고리도 안 하고 다녔는데 문득 귀고리를 한 마네가 떠올랐다.

'귀고리를 해볼까?'

주머니에서 슬그머니 지갑을 꺼냈다. 명함 칸에서 마네의 명함을 빼낸 그는 명함에 찍힌 전화번호를 휴대전화 숫자판에서 찾아 콕콕 눌렀다.

"배고파 죽는 줄 알았네."

짜장면을 시켜 소파에 앉아 후루룩후루룩 신나게 먹고 있던 마네는 휴대전화 벨이 울리자 대충 삼키고 전화를 받았다.

"여보세요?"

〈나야.〉

"누구세요?"

〈채슬우.〉

"어머. 웬일이야, 전화를 다 하구?"

갑자기 걸려온 전화로 목에 깔깔해진 마네는 급히 물을 삼켰다.

〈오늘 집에 올 건가 해서.〉

"모르겠어. 그림 땜에 그래?"

〈그것도 그렇고, 줄 게 있어.〉

"줄 거? 뭔데?"

〈나중에 오면 줄게.〉

안 가르쳐 주니 궁금증이 동한 마네는 약간 조바심이 났다.

"뭔지만 가르쳐 줘봐."

〈싫어.〉

사람 궁금하게 만들고 지랄. 이럼 집에 안 갈 수가 없잖아.

마네는 짜장면이 분다는 생각도 못 하고 그를 조르기 시작했다.

"아, 뭔데? 가르쳐 주면 들어갈게."

〈싫다니까. 와서 직접 봐.〉

그리하여 궁금증을 참지 못한 마네는 헤어숍 오픈 기념으로 미리 치킨을 주문해 놓고 집으로 갔다.

그때가 밤 10시. 집에 온 지 10분도 안 된 새복과 샤갈이 씻는 사이 마네는 아래층 슬우의 집으로 내려갔다. 벨을 누르니 잠시 후 슬우가 문을 연다.

마네는 냉큼 손바닥을 펴 그의 앞으로 내밀었다. 마술이라도 부리듯 슬우가 그녀의 손바닥 위에 동그랗게 쥔 주먹을 올렸다가 천천히 폈다. 그녀의 손바닥 위에 놓인 건 작은 비닐 안에 담긴 길거리 귀고리였다. 그런데도 순간 짜르르한 기운이 전신을 훑고 지나가 물끄러미 귀고리를 내려다봤다.

"이게…… 뭐야?"

"내 거 사다가 같이 샀어. 어울릴 거 같길래."

그때야 마네는 그가 귀고리를 했다는 걸 알았다. 자세히 보라는 듯 그가 고개를 돌렸다. 귓불에 박힌 빨간색 귀고리가 무척이나 섹시했다.

'섹시해?'

마네는 자기도 모르게 그런 생각이 들었다가 객쩍게 어깨를 으쓱했다.

"고마워."

그녀는 어색하게 웃고는 귀고리를 손에 꼭 쥐었다. 여자한테 귀고리를 선물한다는 의미를 알기나 할까 싶었다.

예상치 못한 선물을 받고 머쓱해 있을 때 대문 밖에서 부르릉 오토바이 소리가 들렸다.

"어, 치킨 왔나 보다. 괜찮으면 같이 먹게 올라와."

의미가 무엇이든 예쁜 귀고리 선물을 받고 기분이 좋아진 마네는 스스럼없이 말하며 대문으로 뛰어갔다. 그리고 잠시 후 치킨이 담긴 비닐봉지를 양손에 들고 돌아왔다.

2층에서 내다보던 밀레가 큰소리로 그녀를 불렀다.

"언니! 엄마가 화가 아저씨도 오래!"

온 가족이 이심전심인지라 슬우는 못 이기는 척 마네를 따라 2층으로 올라갔다.

그새 샤워를 마친 새복과 샤갈은 거실에 퍼질러 앉아 있었다. 마네를 따라 들어오는 슬우를 본 새복이 대단한 손님이라도 온 양 홍감스럽게 반겼다.

"아유, 우리 미남 화백님 오셨네. 어때요? 다들 머리 괜찮다고 하죠?"

슬우는 머쓱하니 머리를 쓰다듬고는 식구들 틈에 앉았다. 시선을 들어 벽에 걸린 장필도의 초상화를 바라보았다. 인자한 미소를 머금은 아저씨를 보자 가슴 한켠이 아렸다.

"이거 먹어봐요. 오늘 정말 고마웠어요. 대표님이랑 사진도 찍어주고. 현상해서 가게에 걸어 두려구."

새복이 치킨 다리를 슬우의 손에 쥐어주었다. 비록 아버지는 안 계시지만 화목해 보이는 가족이다. 그 사이에 끼어 앉은 자신이 어색하고 염치없게 느껴졌지만, 이상하게 싫지 않았다. 얼마 전까지만 해도 이 별난 가족을 2년 동안 어떻게 감당해야 할지 암담했었는데 말이다.

"어머, 귀고리 진짜 예쁘다. 그거 어디서 샀어요?"

슬우의 귀고리를 발견한 샤갈이 닭 날개를 뜯으며 눈빛을 반짝였다.

"갤러리 근처에서 샀습니다."

"센스 있으시다."

"감사합니다."

그때 잠깐 방에 들어갔다가 나온 마네가 슬우의 맞은편에 와서 앉았다.

"어! 언니도 귀고리 새로 샀어?"

쿨럭!

슬우는 금방 귀고리를 하고 나온 마네를 보고는 자기도 모르게 기침을 했다. 저걸 또 하고 나올 줄은 몰랐다. 식구들 앞에서 자신이 사줬다고 자랑이라도 할까 봐 마음이 조마조마했다.

"어울려?"

"쿡쿡. 추리닝에는 안 어울리지. 정장 입을 때 하면 예쁘겠다."

밀레의 말에 마네가 하얀 이를 드러내며 웃었다. 건너편에서 슬우가 시치미를 떼고 있는 표정이라 문득 짓궂은 생각이 등줄기를 타고 스멀스멀 올라왔다.

"선물 받았어. 남자한테."

"어머, 어머. 누구한테?"

샤갈이 상체까지 앞으로 내밀며 관심을 보이기에 슬우는 치킨을 먹는 건지 고무줄을 씹는 건지 도무지 맛을 알 수 없었다. 마네가 속으로 킥킥 웃으며 슬우를 손가락으로 가리켰다.

"채 화백님한테."

"어머나! 정말이야? 귀고리를 왜 우리 마네한테……."

뭔가 기대하는 듯한 새복의 눈초리에 슬우는 애써 침착하게 대답했다.

"그냥 제 거 사는 김에 산 겁니다. 오해하지 마십시오."

다들 치킨 먹는 것도 잊고 시선을 집중하고 있다가 그럼 그렇지, 하는 얼굴로 다시 치킨을 뜯기 시작했다. 마네도 왠지 모르게 실망이 되어 스르륵 맥이 풀렸다. 혹시나 하고 떠봤더니 절대 딴마음이 있어 보이지 않는다. 하긴, 딴마음이 있어도 문제 아니겠는가.

마네는 슬우와는 절대 사귀는 일이 없을 거라 자신했다.

암! 저런 괴팍한 성격의 남자라니.

새복이 두 사람을 번갈아 보더니 넌지시 참견했다.

“근데 두 사람은 언제부터 말 놓은 거야? 그새 좀 친해지긴 했나 보다, 그치?”

마네는 뻔뻔하게 대답했다.

“우리 친구 먹기로 했어.”

슬우의 매서운 눈빛이 날아오자 그녀는 모른 척 쫄깃쫄깃한 치킨만 냠냠, 먹었다. 어디 동갑만 친구하란 법 있는가. 글로벌한 시대에 살면서 통속적인 개념을 고수하는 건 시대에 뒤떨어지는 발상이 아닐는지.

친구하자고 한 적도 없거니와 귀고리 좀 사줬기로 금방 친구 먹자는 배짱에 기가 찰 노릇이던 슬우는 자신도 모르는 새 시선이 마네의 오물거리는 입술에 꽂혀 있었다. 별안간 멀쩡하던 가슴이 순두부 익듯 몽글몽글해지는 느낌이다.

“아저씨, 마네 언니랑 나이 똑같았어요?”

기름기로 반질반질 윤기가 흐르는 마네의 입술을 멍하니 바라보다가 옆에서 밀레가 말을 거는 바람에 슬우는 나쁜 짓 하다가 걸린 사람마냥 속으로 화들짝 놀랐다. 대답은 그가 아닌 샤갈이 대신했다.

"꼭 나이가 똑같아야 친군가. 채 화백님 몇 살이에요? 마네보단 나이 많죠? 나랑 좀 비슷할 거 같은데."

"서른둘입니다."

"앗! 나랑 동갑이다. 마네랑은 네 살 차이네요. 채 화백님은 우리 마네 어때요?"

"언니!"

벼락같은 호통에 샤갈이 귀가 따가운 양 인상을 찡그렸다.

"알았어, 알았어. 안 물어볼게. 기집애가 성깔하고는. 솔직히 채 화백님이 아깝지. 안 그래, 엄마?"

샤갈이 새복에게 시선을 가져갔을 때 새복은 입 처닫고 치킨이나 먹으라는 눈빛으로 그녀를 쏘아보고 있었다. 샤갈은 깨갱하는 표정으로 작게 구시렁댔다.

"나만 갖고 그래."

딸각.

액세서리함을 열어 그 속에 귀고리를 넣었다. 크리스털처럼 반짝이는 귀고리를 보고 있으려니 기분이 자꾸…….

'이상해.'

마네는 침대 위에 앉아 두 무릎에 턱을 고이고는 발아래 놓인 귀고리를 물끄러미 바라보았다.

'진짜 싸구려 맞나?'

길거리에서 파는 귀고리치곤 꽤나 고급스러워 보이지만, 사준 사람이 그렇다고 하니 뭐.

피식 웃음이 나왔다. 명색이 비주얼 디렉터라는 사람이 이깟 싸구려 귀고리에 감동하다니.

'그러니까 이게 감동씩이나 할 일이냐구.'

사람 일 모른다더니, 며칠 전까지만 해도 원수가 따로 없던 사이가 선물 하나로 평화 협정이라도 체결한 기분이었다.

문이 열리는 소리가 들려 마네는 얼른 액세서리함을 닫아 협탁 서랍 안에 집어넣었다.

마네가 이불을 덮고 협탁 위에 놓인 스탠드 불을 켜자, 샤갈이 방의 불을 끄고는 자신의 침대로 와서 드러누웠다. 누우며 '아그그' 앓는 소리를 내는 걸 보니 종일 얼마나 고단하고 힘들었는지 알 것 같았다.

"고생 많았어, 언니."

마네가 위로의 말을 건넸다. 샤갈이 옆으로 홱 돌아눕더니 의미심장한 눈빛을 빛냈다.

"채 화백님 말야. 정말 너한테 아무 감정 없어?"

샤갈의 상상력이 더 커지기 전에 마네는 냉큼 선수를 쳤다.

"날 좋아하기라도 할까 봐?"

"근데 왜 귀고리를 사다 줘?"

"아까 못 들었어? 자기 거 사면서 같이 산 거라잖아."

"야, 야. 그 말을 믿냐? 쑥스러우니까 거짓말한 걸 수도 있잖아. 귀고리를 선물한다는 건 영원히 사랑의 노예가 되겠습니다,

난 당신만 일편단심 민들레요, 그런 뜻 아냐?"

허나, 마네는 결코 샤갈의 부추김에 넘어갈 사람이 아니었다. 등을 돌리고 돌아누워 퉁명스럽게 대꾸해 주었다.

"그런 걸 남자가 어떻게 알아?"

"엄마는 채 화백님 마음에 드는 눈치더라. 직업이 화가라 마음이 남다른가 봐. 솔직히 나도 좀 그렇구. 사람도 뭐 그 정도면 괜찮잖아. 은근 자상해. 후후."

"……."

마네는 아무 말도 하지 않았다. 아빠 생각이 나서였다. 슬픔의 덩어리가 가슴을 치밀고 올라와 목에서 탁 걸려 버렸다. 목이 꽉 멘 탓에 눈동자로 눈물이 스르르 고였다.

오늘 같은 날 아빠가 계셨더라면 얼마나 좋았을까?

고등학교 졸업식과 유학을 떠날 때도 사진 속에 아빠가 빠져 있어 늘 가슴이 미어졌었다. 당시 초등학생이던 막둥이 밀레는 더할 나위 없었고.

아빠가 가장 사랑한 딸, 마네.

그녀는 보고픈 아빠 때문에 소리 죽여 울고 말았다. 엄마가 왜 슬우에게 무턱내고 정이 가는지 잘 알기에. 샤갈이 슬우를 왜 좋게 보는지 너무나도 잘 알기에. 화가라는 공통점이 뭐라고 까칠하기 이를 데 없던 그에게 쉬이 정을 주는 식구들 마음이 그녀에겐 커다란 아픔으로 다가오는 것이다.

☆ ☆ ☆

생방송 K 뮤직스타.

라온의 대기실 모니터에서는 온몸에 땀을 뚝뚝 흘리며 거친 댄스와 함께 노래하는 레오의 모습이 비쳤다. 레오의 강하고 거친 이미지와 걸맞은 화장과 옷차림이었지만 마네는 조금 과하지 않나 하는 생각이 들었다. 워낙 이목구비가 강해서 화장이 조금만 지나쳐도 어딘지 겉도는 느낌이 드는 그였다.

반면, 소파에 느긋하게 앉아 모니터를 지켜보는 라온에게선 그다지 긴장감을 찾아볼 수 없었다. 오히려 '와, 잘하네' 하며 칭찬을 아끼지 않았다. 그의 옆에 앉은 매니저가 더 긴장한 모습이라 마네는 자연스럽게 레오를 떠올리지 않을 수 없었다.

레오는 무대를 앞두고 언제나 신경과민이었고, 몹시 불안하고 초조해했다. 그를 차분히 가라앉히는 역할은 매니저보다 그녀의 몫이었다. 구희봉 실장은 그런 레오를 이해하지 못했다. 두려움에 떨면 어떻게 채라온을 이기겠느냐며 다그치기에 바빴다. 정작 무대에 서면 카리스마를 발산하며 무대를 꽉 채우는 쇼맨십으로 박수갈채를 받는 레오였지만, 무대 뒤에서는 영락없는 겁쟁이였다.

그런데 라온은 저래도 되나 싶을 정도로 여유가 넘쳤다. 그에게는 1등이 별 의미가 없는 듯했다. 무대에서 그렇듯 무대 뒤에서도 그는 즐기는 자의 여유가 무엇인지 보여주고 있었다.

마네가 비주얼 디렉터를 맡고는 첫 국내 무대였다. 데뷔 때처럼 긴장하긴 그녀도 마찬가지여서 일부러 방송국까지 함께 왔다가 사뭇 다른 분위기에 왠지 씁쓸함만 더했다.

〈누나 말대로 채라온 이길 테니까 잘 봐.〉

그 문자는 방송이 시작되기 직전 레오에게 온 것이었다.

'미친놈.'

마네는 무대를 앞두고 지나친 경쟁심에 보낸 것으로 추정하고 쓴웃음을 지었다.

똑똑.

노크와 동시에 문이 열리며 누군가가 들어왔다. 스태프인 줄 알았다가 화려하고 아름다운 여인의 등장에 마네는 깜짝 놀라 소파에서 일어났다.

'이재희 씨……!'

사진으로만 보았다가 직접 보기는 처음이었지만 한눈에 알아볼 수 있었다. 나이가 들었어도 조막만 한 얼굴에 인형처럼 박힌 눈, 코, 입이 라온과 쏙 빼닮았으므로.

"엄마!"

라온이 아무 생각 없이 앉아 있다가 들어온 사람이 엄마라 목소리가 3옥타브 정도 훽 올라갔다.

"사모님, 안녕하십니까?"

매니저가 일어나 두 손을 바지 옆에 찰싹 붙이고 공손히 인사를 올렸다. 미끄러지듯 다가온 이재희가 라온을 아래위로 훑더니 화사하게 웃었다.

"멋있다, 우리 아들. 스타일이 바뀌었구나."

"VD가 바뀌었거든. 여기 이분. 마네 누나, 저희 엄마세요."

마네는 이재희를 보자 긴장되어 상기된 얼굴로 고개를 숙였다.

"안녕하세요? 장마네라고 합니다."

"장…… 마네. 아. 그 레오 VD 하던 분."

만면에 미소를 띠고는 있지만 어쩐지 눈빛은 서늘한 기운이 가득했다. 짐작했던 대로 레오의 VD였던 게 탐탁지 않은 시선이었다. 하지만 마네는 이재희 앞에서 기죽을 필요가 없다고 생각했다. 아무리 연예계에 입김이 세다 한들 기획사에서 정한 일을 그녀 마음대로 좌지우지할 수는 없었으니.

"예, 맞습니다."

잠시 뚫어져라 마네를 쳐다보던 이재희가 사뿐 몸을 돌리며 라온을 향해 뿌듯한 미소를 지었다.

"중요한 무대여서 엄마가 우리 아들 응원하려고 왔지."

그러더니 모니터에 나온 레오를 보며 인상을 찡그렸다.

"재는 언제 봐도 경박스러워. 오늘은 스타일이 더 엉망이네."

"엄마."

라온이 마네의 눈치를 보며 이재희의 실언에 당황해했다.

'응?' 하며 라온에게 고개를 돌리던 이재희가 아차, 하는 표정으로 마네에게 시선을 주었다.

"미안해요. 마네 씰 폄하하려는 뜻은 아니었어요. 오해하지 말아요. 나, 아들한테 혼나."

금방 자기 잘못을 인정하며 밝게 농담까지 건네는 이재희를 보자 마네는 약간 아리송했다. 쿨한 듯 느껴지지만, 속내는 놀리는 듯했기 때문이다. 썩 유쾌한 기분은 아니었으나 성격이려니 생각하고 편하게 받아들였다.

"아닙니다. 괜찮습니다."

"김 대표가 오죽 잘 골랐겠냐만, 잘 좀 부탁해요."

"열심히 하겠습니다."

"열심히만 갖곤 안 돼."

"네?"

이재희가 빙긋이 웃었다.

"최고로 잘해야지. 그래야 채라온 VD라고 할 수 있지 않겠어요?"

이재희의 뼈 있는 말에 마네는 속으로 씁쓸히 웃었다.

"라온이는 이미 최고인걸요. 전 다만 최고를 유지할 수 있도록 옆에서 조금 도움을 주는 것뿐이에요."

"어머. 이제 좀 알겠다. 어떻게 우리 라온이 VD가 됐는지. 김 대표가 특별히 뽑은 이유가 이거였어."

"……."

"마음에 드네요, 그 당당함. 언제 밥 한번 같이 먹어요."

마네는 대답 대신 옅은 미소만 지었다. 아무리 이재희라 해도 마네의 기를 꺾을 수는 없었다. 장마네가 누구인가. 어시스트 2년, 그리고 불과 3년도 못 돼 레오를 신인에서 아시아 최고 스타로 만든 VD이다.

모든 건 그녀의 손에서 완성된다는 신화의 주인공.

마네 스스로만 아직도 한참 모자란다고 생각할 뿐, 연예계에서 그녀의 존재는 채라온으로 인해 다시 한 번 입증된 셈이었다. 그러니 이재희로서도 그녀의 당당한 표정과 저돌적인 어투가 마음에 들었음 직했다. 이미 욕을 잘한다는 소문까지 입수했을 테니 조금은 특이해 보였으리라. 만만한 상대로 보면 큰코다치겠다고 생각했을 수도.

마네는 이재희를 보자 슬우의 어머니를 떠올리지 않을 수 없었고, 껄끄러운 마음을 지우기가 쉽지 않았다. 한 가정을 파괴하고 본처를 자살하게 만들었으며 본처의 자식이 베일에 싸인 채 홀로 외롭게 살도록 만들었으니까.

기껏 해봐야 함께 산 기간이 불과 5년이라 했다. 그동안 슬우는 어떤 마음으로 저 여인을 보며 살았을까?

"슬우가 좀 힘들게 살았어요."

석현의 말처럼 슬우는 분노와 증오 속에 살지 않았을까? 더군다나 엄마의 죽음을 직접 보았다면…….

"어머, 그 귀고리……."

이재희가 불쑥 마네의 귀고리에 관심을 두었다.

"나도 살까 했었는데."

"이걸요?"

"며칠 전에 쥬얼리 숍 가서 봤었거든. 새로 나온 디자인이라고 하더라구요."

쥬얼리 숍? 그럼 이건 이미테이션?

"이건 길거리에서 샀어요."

"그럴 리가. 내가 보석에 대해선 좀 알아요. 가짜 아니에요."

그러더니 금세 실망한 표정으로 마네를 빤히 쳐다봤다.

"VD가 진짜와 가짜도 구분 못해요?"

당황한 마네는 얼른 귓불에 달린 귀고리를 손으로 만졌다.

"선물해 준 사람이 길거리에서 샀다고 했는데……."

이재희가 어이없다는 듯 호호 웃었다.

"그 사람이 거짓말했지 뭐야. 확인해 봐요. 내 말이 맞나, 틀리나. 그래도 마네 씨 정도면 척 보고 알아야지."

이게 무슨 망신이야? 그러게 왜 거짓말은 하고 지랄.

마네는 창피해서 얼굴이 빨개졌다. 졸지에 진짜 가짜도 못 알아보는 허접한 VD로 전락해 버리니 선물 받아 감동했던 마음이 물거품처럼 사라지려 했다.

☆ ☆ ☆

그날의 마지막 무대는 라온이었다. 그가 무대로 올라가자 관중의 폭발적인 반응이 쏟아졌다.

마네는 무대 뒤에서 그들에게 손을 흔들며 인사하는 라온을 바라보았다. 실상 레오가 댄스가수로 출발했다면, 라온은 어떤 장르든 쉽게 소화하는 능력을 타고나 전천후 엔터테이너란 평가를 받았다. 레오가 하나의 이미지로 밀고 나가는 동안 라온은 다양한 이미지로 대중에 어필했고, 폭넓은 이미지로 카멜레온 같은 매력을 보여준 라온에게 강한 이미지의 레오가 밀리는 건 당연한 결과였다.

오늘 라온의 첫 무대는 카리스마 넘치는 레오와는 반대로 상큼하고 귀여운 모습을 선보였다. 레오의 스타일을 꿰고 있는 마네가 검은색 의상을 입고 나올 거라 예견하고 라온은 온통 흰색으로 분위기를 맞췄다.

첫 무대가 끝나자 무대 위 조명이 꺼졌고, 이어 두 번째 곡이 흘러나오며 서서히 무대가 밝아지기 시작했다. 웅장한 서곡, 검은 복장의 백댄서들, 그 틈에 선 라온의 모습은 마치 악마들 속의 천사처럼 아름답고 비장하기까지 했다. 한 편의 영화나 뮤지컬을 보는 듯 연기와 음악이 섞이니 그 어떤 강력한 퍼포먼스보다 더 멋지고 감동적이었다.

이 콘셉트에 맞춰 의상을 준비하기 위해 지난 열흘가량 거의 잠도 이루지 못했던 마네였다. 무대 아래서 기도하는 마음으로 라온의 모습을 지켜보고 있노라니 천만다행이게도 실패는 아닌 듯해 안도의 한숨이 나왔다.

무대가 거의 막바지에 이르며 절정 부분에 도달했을 때였다. 갑자기 환하던 무대가 일시에 깜깜해지더니 조명도 마이크도 꺼졌다. 놀란 스태프들이 우왕좌왕 휴대전화로 불을 밝히고 여기저기 뛰어다니는 소리가 들렸다. 금세 소란스러워진 무대로 인해 마네도 너무 당황해 손에 든 휴대전화로 라이트를 켜는 순간,

쿵!

"아악!"

쿠당탕! 와장창!

무대 위였다. 마네는 부랴부랴 무대 위로 뛰어올라가 라온이 서 있던 곳을 살펴보았다. 곳곳에서 휴대전화 불빛이 난무한데, 검은 복장의 백댄서들에 둘러싸여 라온의 모습이 보이지 않았다. 무대 아래 있던 스태프들이 우르르 계단을 뛰어올랐고, 뭔가 잘못됐구나 하는 직감에 마네의 가슴이 쿵쾅쿵쾅 요동쳤다.

그때 누군가 지나가며 그녀의 어깨를 세게 부딪쳤다. 그만 휴대전화를 놓친 마네는 저만치 털썩 나가떨어졌다. 넘어지면서 무릎을 찧는 바람에 새된 비명이 터져 나왔다. 부딪친 강도로 보아 남자인 듯했으나 그는 사과 한마디 없이 어둠 속으로 급히 사라져 버렸다.

"구급차 불러."

"채라온이 다쳤어."

"벽이 무너져서……."

"조명이 머리를 친 모양이야."

사람들이 떠드는 소리가 어수선하게 들려오는 속에서 마네는 떨어뜨린 휴대전화를 찾다가 고개를 들었다.

무대 장치로 꾸며놓은 벽이 넘어지면서 벽에 달린 조명이 라온의 머리를 쳤다?

갑자기 꺼진 전기, 그리고 사고.

마네는 빤해 보이는 속임수에 기가 막혔다. 자연스럽게 떠오르는 건 레오의 문자.

〈누나 말대로 채라온 이길 테니까 잘 봐.〉

'설마…… 아닐 거야.'

레오가 이기적이고 경쟁심이 강하다고 해도 사람을 해치거나 할 위인은 못 되었다. 강한 척하지만, 누구보다 겁쟁이라는 걸 아니까. 더군다나 이런 뻔한 트릭으로 자신의 짓이란 걸 일부러 알릴 바보는 아니었다.

'우연이겠지.'

마네는 불안감을 떨치고자 애써 마음속으로 고개를 저었다.

—시청자 여러분께 사과의 말씀 드립니다.

—방송사고로 인해 불편을 드린 점 죄송합니다.

검은 자막 위로 뜬 사과문을 보며 슬우는 심각한 얼굴이 되었다. 그는 갤러리 사무실에서 방송을 보다가 갑작스러운 사고로 놀랐던 참이었다. 석현에게 전화가 왔었다. 오늘이 마네가 처음 라온의 VD로 시작하는 무대라며 모니터를 해달라 부탁하기에 일부러 시청하다가 변고를 접한 것이었다.

급히 휴대전화로 석현에게 전화를 걸었으나 통화 중이라 받지 않았다. 마네에게도 해보았으나 받지 않는다는 소리뿐.

"어떻게 된 거지?"

답답한 마음에 자리에서 일어나는데 때맞춰 석현에게 전화가 걸려 왔다.

"형."

석현의 목소리가 몹시 다급했다. 뛰는 중인지 헉헉대는 거친 숨소리도 들렸다.

〈방송 봤냐? 지금 병원 가는 길이야. 라온이가 머리를 다쳤대.〉

라온이가?

"많이…… 다쳤대?"

〈모르겠어. 일단 병원에 가서 상황 보고 다시 전화할게.〉

전화가 끊겼고, 슬우는 긴 한숨을 쉬며 휴대전화를 쥔 손을 허벅지에 툭 내렸다. 라온이 머리를 다쳤다는 말을 들으니, 자신도 교통사고로 머리를 다쳐 한 달 동안 의식불명 상태로 지냈던 일이 떠올라 소름이 끼쳤다. 병원에서는 가망이 없다고 했지만, 그는 기적적으로 회생했고 놀라울 정도로 빠르게 회복했었다.

라온이도 그럴 것이다.

막연한 생각이 그의 마음에 자리 잡았다.

그나저나 마네는 왜 전화를 받지 않는 걸까?

라온 때문에 정신이 없기는 그녀도 마찬가지일 테니 슬우는 짐짓 초조하고 불안했다. 첫 무대를 망친 것도 망친 거지만, 라온이 다쳤으니 얼마나 놀랐겠는가. 웬만한 일에는 눈도 하나 깜짝 안 할 여자지만 오늘만큼은 다를 터였다.

또다시 그녀에게 전화를 걸며 슬우는 자기도 모르게 말라가는 입술을 연신 질근질근 깨물었다.

일곱 개의 별

"괜찮아?"

머리가 찢어져 흰 붕대를 칭칭 감고 병실 침대에 누운 라온에게 마네가 조심스럽게 물었다. 밖에는 취재진이 장사진을 이루었고, 방금까지 한바탕 요란을 떨던 이재희가 집에 다녀오겠다며 나간 후 병실에는 라온과 마네, 석현뿐이었다.

다행히 정통으로 맞지 않고 빗맞았기에 망정이지 정말 큰 사고가 날 뻔했다. 라온은 머리가 아픈지 살짝 인상을 찡그리면서도 눈가에 순한 미소를 담았다.

"조금 다친걸요, 뭐. 많이 놀랐죠? 후후."

"웃음이 나오니 다행이로구나."

침대 끝에 기대 서 있다가 석현이 투덜거렸다. 그야말로 십년 감수한 얼굴이었다.

"참. 슬우한테 전화해 줘야지."

경황이 없어 슬우에게 대략만 얘기한 터라 석현이 바지 주머니에서 휴대전화를 꺼내 전화를 걸었다. 금방 받는 걸 보니 기다리고 있었던 모양이다.

"어, 슬우야. ……정신없어서 이제 전화한다."

그러면서 석현은 라온을 힐끗 쳐다보았다. 라온은 석현이 슬우에게 전화한 것이 매우 기쁜 듯 눈을 초롱초롱 빛냈다.

〈어떻게 된 거야?〉

"말도 마라. 갑자기 전기는 나갔지, 조명은 떨어져서 라온이 머리 박살 날 뻔했다. 찢어져서 몇 바늘 꿰맸어."

라온이 손을 내밀어 바꿔달라고 하기에 석현이 약간 망설이다가 건네주었다. 라온은 슬우가 무슨 말을 할지 휴대전화를 귀에다 대고 가만히 듣기만 했다.

〈……라온이 때문에 전화한 거 아냐. 마네 거기 있나 해서. 전화를 안 받길래.〉

그 말을 들은 라온의 안색이 눈에 띄게 흐릿해졌다. 조금도 걱정하거나 신경 쓰지 않았다는 투다. 그러리라고 예상은 했지만, 빈말이라도 안부를 물을 줄 알았다가 가슴에 격한 통증이 왔다.

라온이 아무 말 없이 휴대전화를 건네기에 마네는 어리둥절해졌다.

"여보세요?"

〈전화 왜 안 받아?〉

"잃어버렸어."

마네는 그 말을 하면서 슬쩍 라온의 눈치를 봤다. 갑자기 안색이 흐려진 이유가 슬우가 한 말 때문이라 직감한 탓이었다. 사이가 좋을 리 없는 이복형제이지만, 라온이 금방 침울해진 걸 보면 안 좋은 말을 들은 듯했다.

슬그머니 자리에서 일어난 마네는 머쓱하게 목덜미를 쓰다듬으며 밖에서 통화하겠다는 눈짓을 석현에게 보냈다. 석현도 라온이 아무 말 없이 휴대전화를 마네에게 건넸을 때 눈치를 챘기에 안타까운 표정이 역력했다. 괜히 바꿨다 싶어 후회막심이었다.

병실을 나서자 경호원들이 문 앞을 지키고 있었고, 복도에는 취재진이 서성였다. 마네는 그들을 피해 반대편 복도 끝으로 걸어갔다.

"라온이한테 무슨 얘기 한 거야?"

〈라온이? 석현이 형 아니었어?〉

"라온이가 달라고 해서 대표님이 바꿔줬어. 무슨 말을 했길래 금방 풀이 죽어?"

〈별말 안 했어. 거기 얼마나 있어야 해?〉

아무 감정도 섞이지 않은 슬우의 목소리를 듣고 있노라니 한

숨이 푹 나왔다. 마음은 답답하고 몸은 지쳐 그녀는 벽에 기댄 채 쪼그리고 앉았다.

"라온이 걱정 안 돼?"

〈집에 올 건지 아닌지만 얘기해.〉

아예 라온이 얘기는 하고 싶지도 않은 투라 그녀는 안타까우면서도 화가 나 견딜 수가 없었다. 왜 부모 때문에 그 자식들이 원수처럼 지내야 하는가.

"조금만 더 있다가 들어갈 거야."

〈오면 작업실로 내려와.〉

오늘 같은 날 일이 손에 잡힐까 싶었지만, 마네는 슬우의 입장도 이해가 가 알았다고 대답하고는 전화를 끊었다.

"그래, 내 일도 아니고 남의 일에…… 상관 말자."

또다시 쓸데없는 오지랖이 발동하게 될까 봐 지레 경계하고는 병실로 다시 들어가자 마침 석현이 밖으로 나왔다.

"왜 나오세요?"

석현은 어깨에 힘이 쭉 빠져 대답했다. 표정이 죽으러 가는 사람 같아 측은지심이 절로 우러난다.

"기자들한테 시달리러 가야죠. 마네 씬 병실에 있어요. 조용해지면 나오는 게 좋겠어요."

"네. 고생하세요, 대표님."

마네가 안쓰럽게 위로하고는 휴대전화를 건넸다.

석현이 나간 후 침대로 다가가니 라온은 시무룩해서 창밖을 바라보고 있었다. 무슨 말을 해야 할지 몰라 머뭇대던 그녀는 의자를 끌어다가 침대 옆에 앉았다.

한참 동안 정적이 흘렀고, 라온이 불쑥 물 먹은 음성으로 혼잣말처럼 중얼거렸다.

"어떻게 하면…… 형한테 용서를 받을 수 있을까?"

"……."

마네가 생각하기에도 쉽게 용서할 수 있는 문제는 아니었다. 그렇다고 해서 선뜻 라온에게 위로의 말을 해줄 수도 없었다. 자신 또한 슬우의 입장이라면 라온이 아무리 착하고 좋은 동생이라 해도 받아주지 못하리라는 것을 알기에.

"라온."

"……예?"

"형한테 꼭…… 용서를 받아야겠어?"

라온이 슬픈 눈빛으로 그녀를 바라보았다.

"무슨…… 말이에요?"

"내가 상관할 일은 아니지만, 형이 원치 않으면 그냥 가만히 내버려 두는 게 더 낫지 않을까 해서."

"누나도 내가 이기적이라고 생각해요?"

"그런 뜻으로 한 말은 아냐."

라온이 금방이라도 눈물을 떨굴 듯이 파르르 떨리는 입술을 깨물었다.

"난 그저…… 형한테 미안할 뿐이에요. 내가 태어나지만 않았어도 형 엄마가 그렇게 돌아가시진 않았을 테니까요."

"무슨 말을 그렇게 해?"

라온은 서글프게 울먹였다. 심장이 갈가리 찢기는 느낌인데 어떻게 설명해야 좋을지 알 수 없었다.

"모르겠어요. 내가 왜 누나한테 이런 사생활을 얘기하는지. 누나가 형이랑 친한 거 같아서 그래요. 누나가 날 오해하는 게 싫어요."

"니 마음 어떤 건지 조금 알겠어. 근데 마음이란 건 상대가 받아주지 않으면 나 혼자 생각일 뿐인 거야. 좀 기다려 보는 건 어때? 형 마음이 열릴 때까지."

라온의 고개가 더욱 깊숙이 숙여졌다. 기다리는 거 이제 너무 지친다. 그는 절망감에 가득 찬 얼굴로 고통을 호소했다.

"형은 내가 먼저 다가가지 않으면 죽어도 다가오지 않을 사람이에요. 형한테 잘해주고 싶은데 안 받아주니까 답답하고 괴로워요."

"그래, 채슬우 씨가 똥고집이긴 하더라. 성격도 이상하고, 이상하기만 해? 까칠하고 괴팍하고 자존심만 세서는……. 그러니까 너무 애쓰지 마. 너무 괴로워하지도 말구. 니 잘못 아니야."

"누난 그 심정 알아요? 철모를 때 빼곤 내 생일에 한 번도 기뻐해 본 적이 없어요. 사람들 앞에서 억지로 웃는 게 얼마나 괴로운데요."

"……."

자기 생일에 웃는 게 괴롭다는 라온의 말을 마네는 이해하지 못했다. 그때까진 라온이 태어난 날 슬우의 어머니가 자살했다는 걸 몰랐으니까. 그럼에도 너무나 비통한 표정에 자기도 모르게 동화되어 가슴이 에였다. 세상 누구보다 행복한 줄 알았던 프린스 채라온이 자기 생일에조차 행복하지 않다는 걸 상상이나 했으랴.

☆ ☆ ☆

인터넷은 저녁 내내 라온의 방송사고로 들끓었다. 집에 온 슬우도 인터넷에 올라오는 기사를 읽으며 심각성이 어느 정도인지 파악했다. 그런데 엉뚱하게도 라온의 기사 사이에 이상한 동영상 하나가 급부상했다.

일명, 레오 동영상.

평소 같았으면 관심도 없었을 테지만, '레오' 라는 이름이 신경에 거슬려 슬우는 동영상을 클릭해 보았다.

클럽에서 찍은 듯 장소나 음악 등이 무척 소란스러웠다. 레오 앞에 서 있는 여사는 한눈에 봐도 마네였다. 멀리서 찍은 듯 두 사람의 대화 내용은 알 수 없었지만 분위기가 매우 심각했다.

의자에 푹 기대 있던 슬우의 몸이 점점 앞으로 쏠려 모니터 속의 두 사람에게 집중되었다. 헌데, 언쟁을 벌이는가 싶더니 갑자기 레오가 그녀의 손목을 잡아채 끌고 나가는 게 아닌가!

슬우의 이마에 빠직 힘이 들어갔다. 동영상은 거기서 끝이었다. 아래 댓글을 읽어 보니, '뭐야? 레오랑 다시 사귀는 거야?' 하는 연애관심형에서 '채라온 사고 난 게 그럼 레오 짓?' 이라는 시나리오형, '당장 레오한테서 떨어져. 미친 X' 같은 광팬의 악성 댓글까지 다양했다. 그중에서도 슬우를 화나게 한 댓글은, '레오 새끼, 장마네랑 한 게 제일 좋았나 본데. 야, 나한테 넘겨. 내가 레오 변태보단 낫지. ㅋㅋ' 하는 모욕적인 언어폭력이었다.

"이런 개자식이!"

이를 빠드득 갈던 슬우는 어느새 그 아래 댓글을 다느라 손가락이 보이지 않을 정도였다.

삼청동좀비 — 내가 넌 반드시 잡아낸다.

막 엔터키를 누르려는 순간에 휴대전화가 울렸다. 흘끗 쳐다보니 마네다. 그만 이성을 잃고 자판을 누르려던 손을 멈칫한 슬우는 마네에게 언어폭력을 행사한 '마네는내거'를 당장에라도 모니터에서 끌어낼 듯이 힘껏 노려보았다.

"어."

〈지금 내려갈게.〉

슬우의 시선이 천장으로 향했다.

"집에 왔어?"

〈어. 아까.〉

"알았어."

왔으면 왔다고 말을 해야지.

투덜투덜 휴대전화를 제자리에 내려놓다가 엔터키를 누르는 대신 탁 모니터를 껐다. 저런 덜떨어진 인간들을 상대해서 뭘 하나 자괴감이 든 탓이었다. 하지만 속에서 부글부글 끓는 분노는 좀처럼 가라앉지 않았다.

"대관절 클럽에서 레오와 뭘 한 거야?"

그런데 그를 더욱 당혹스럽게 한 건 자신의 반응이었다. 마네가 레오와 함께 있었다는 게 이토록 분개할 일인가?

"음……."

슬우는 잠시 심각하게 자신의 심리를 조목조목 헤아려 봤다.

왈가닥 장마네와 허무하게 세상을 뜬 장필도 아저씨.

아저씨가 가족을 이 집으로 이사 오게 만들었다고 믿는 슬우이지만, 그것이 마네에게 특별한 호감을 느끼게 한 계기가 될 순 없었다.

그 이전으로 가서 그녀와 잦은 다툼 끝에 '그녀를 길들여야겠다' 고 생각한 시점을 살펴보자. 그의 입장에서 그것은 절대 달콤한 사랑의 의미가 아니었다. 못된 송아지 엉덩이에서 뿔을 뽑아주려는 의도였을 뿐.

그렇다면…….

기억을 더듬어 올라가던 슬우은 찬물을 뒤집어쓴 것처럼 정색했다.

"말도 안 돼!"

설마 뒷모습뿐인 나체를 봤기로 사랑이 싹틀 리가!

그럼에도 부인할 수 없는 것은 그녀가 무진장 신경 쓰이고, 뭔가 알 수 없는 감정이 금방이라도 튀어나올 듯이 가슴속에서 꿈틀대고 있다는 사실이었다.

마네는 의자에 앉아 얼굴에 하얀 분칠을 하고 있는 슬우를 빤히 쳐다보았다. 만난 이후로 그는 계속해서 눈을 마주치지 않았다. 아까 병원에서 한 통화 때문에 기분이 상한 듯했다. 라온의 일로 마음이 안 좋긴 마네도 마찬가지라 두 사람은 누가 먼저 말을 꺼내나 내기라도 하듯이 침묵을 유지했다.

결국, 답답증 걸리기 일보 직전에 달해서야 마네가 입을 열었다.

"라온이 어떤지 안 물어봐?"

"안 궁금해!"

갑자기 버럭 소리를 지르는 바람에 귀청이 떨어질 뻔한 마네는 놀란 가슴을 쓸어내려야 했다.

염병. 걸핏하면 소리를 지르고 지랄.

"묻지도 못하냐, 묻지도 못해!"

슬우보다 더 큰 소리로 바락바락 소리를 지르는 마네 때문에 슬우는 아예 귀를 틀어막아야 했다. 성질이 나 슬우의 귀 막은 손을 홱 잡아당긴 마네가 귀에다 대고 호통을 쳤다.

"남자가 좀! 좀!"

그러더니 씩씩대며 째려본다. 자신의 성질머리보다 조금 더 못돼먹은 마네의 얼굴에 슬우가 퍽퍽 붓칠을 했다.

"아아! 살살 안 하지."

"입에다 칠한다."

슬우가 경고하듯 조용히 뇌까리자 마네가 입을 꾹 다물었다. 하지만 눈이 세모꼴이 되어 계속 슬우를 쏘아보았다.

"눈 감아."

"내 맘이야."

"눈에 분장할 차례야."

"진짜 왜 그래?"

"뭐가?"

붓을 바꿔 들며 슬우가 무덤덤하게 물었다.

"나한테 왜 그러냐구?"

"짜증나게 하잖아, 니가."

"그러면서 비싼 귀고리는 왜 선물하는데? 길거리 제품도 아니면서 거짓말이나 하구."

들켰다는 듯 슬우의 손길이 멈칫했다. 따지고 보면 한우도, 헤어숍에 가서 도와준 것도, 귀고리 선물도 단순한 의미가 아니었던 거다. 그녀와 그녀의 가족에게 미안한 마음도 있었겠지만, 그 저변에는 잘 보이고 싶은 마음이 컸을 터.

그는 속으로 혼란스럽던 마음을 차분히 정리하며 겉으론 아무렇지도 않은 척 붓을 그녀의 눈 가까이 가져갔다. 그런데도 마네는 눈도 깜짝 안 하고 계속 응시했다. 줄곧 그녀의 시선을 피하고 있던 슬우도 이번엔 그녀의 시선과 마주했다.

"눈 안 감을 거야?"

"대답해 주면."

"안 해."

"왜 안 해? 귀고리 선물한 이유가 있을 거 아냐. 누가 이유도 없이 비싼 귀고리를 여자한테 선물해?"

"키스해도 돼?"

"뭐?"

마네의 입이 경악으로 한껏 벌어졌다. 감히 니까짓 게 날 넘봐? 하는 표정에 슬우의 얼굴도 굳어졌다. 그녀의 눈에서 사이렌처럼 불이 번쩍번쩍하는 걸 보니 곧 향로를 코에다 들이댈 기세다.

슬우는 자존심이 상한 듯 시큰둥하게 설명을 덧붙였다.

"그런 이유야. 됐어?"

"기막혀."

상대하기 싫다는 듯 자리에서 일어나려는 그녀를 슬우가 손목을 잡아 주저앉혔다.

"분장 안 해?"

마네가 믿을 수 없다는 표정으로 되물었다.

"농담하는 거지?"

"그게 농담이면 성추행에 해당되겠군."

"언제부터야?"

"모르겠어. 굳이 따지자면 너랑 대판 싸웠을 때부터? 모델 서 달라고 한 날 말이야."

그때가 가장 감정이 격했었으니 그녀를 향한 마음이 변하기 시작한 계기가 아니었을까 슬우는 짐작해 보았다.

'대판 싸우고 정강이까지 걷어차였는데 가슴엔 사랑이 새록새록 싹 텄다구?'

마네는 놀라움을 감출 수 없었다. 변태 성향까지 있을 줄이야!

"정말 성격 이상한 거 맞아. 본인도 알고는 있지?"

"어."

슬우는 순순히 인정하고는 붓을 그녀의 눈으로 가져갔다. 하지만 그녀가 또다시 제지했다. 깐족거리는 게 확실한 투로.

"내가 당신을 무지 싫어하는 것도 알겠네?"

"어."

"근데 어쩌려고 고백을 막 하고 그래? 자존심 빼면 시체인 것처럼 굴더니."

"자존심 상해. 근데 사실이잖아. 없는 말은 안 해, 난."

"지랄."

학을 뗐다는 듯이 입술을 실룩이며 중얼대는 그녀를 보고 슬우가 인상을 찡그렸다.

"그거 말이야. 욕."

'뭐?' 하듯이 마네가 아니꼽게 쳐다보자, 슬우가 진지하게 경고했다.

"앞으로 내 앞에서 욕할 때마다 키스할 거야. 알았어?"

"아니, 당신이 뭔데 남의 언어습관을 지적하고 지……."

……랄이야, 하고 소리쳐 주려던 마네는 그의 머리가 앞으로 확 쏠리자 움찔해서 입술을 앙다물었다. 순식간에 입술이 쏙 사라진 그녀의 얼굴이 귀여워 슬우는 피식 웃고 말았다.

"심한 욕일수록 진한 키스."

"그러니까 그걸 왜 당신이 정하냐구?"

"난 감정을 속이는 데 익숙하지 않아. 그럴 필요도 못 느끼구."

그 말에 마네의 가슴속에서 커다란 바윗덩이 하나가 쿵 하고 떨어졌다. 감정을 속이는 데 익숙하지 않다는 말이 이토록 강하게 다가올 줄은 몰랐다.

'정말 진심인 건가? 하긴, 자기감정에 솔직한 사람이니 사랑 갖고 실없는 농담이나 하진 않겠지.'

'아닌 척하지만 분명 흔들렸다, 이 여자.'

당황한 기색이 역력한 그녀를 보자 슬우는 왠지 통쾌하고 후련한 기분이 들어 씩 웃었다.

"입, 대."

"욕 안 했어!"

마네가 식겁한 듯 항의하자, 슬우가 음흉하다는 눈초리로 그녀를 슬금슬금 흘겼다.

"입에다 분장하려고 그래. 눈을 못 하게 하니까. 너 그렇게 속 보이는 여잔 줄 몰랐다."

"아놔."

말렸다는 듯이 구시렁거리며 턱과 입을 앞으로 내미는 그녀를 빙그레 보고 있다가 슬우는 잽싸게 뽀뽀를 쪽 했다.

"뭐 하……!"

슬우의 손이 그녀의 목을 감싼 건 그때였다. 순식간에 입술을 훔치고 혀까지 입속으로 밀어 넣는 슬우 때문에 마네는 놀라 눈이 튀어나올 것처럼 커졌다. 그의 어깨를 힘껏 밀어내 보았지만 그의 혀가 더 깊숙이 들어와 그녀의 혀를 찾아 거칠게 더듬을 뿐이었다.

"읍! ……으읍!"

작업대 위에 붓을 내려놓고 그녀의 등을 끌어당겨 좀 더 깊이 껴안은 슬우는 그녀의 반항을 잠재우듯 머리를 단단히 잡아 고정시켰다. 동영상 속의 레오와 그녀를 보는 순간부터 거꾸로 끓어오르는 피를 주체하기 어려웠던 탓에 도저히 참을 수 없었다. 아니, 그녀를 향한 감정을 깨닫자 참을 이유가 없었다.

그리고 한참 만에 떨어진 그의 뺨 위로 마네의 날카로운 손바닥이 작렬했음은 물론이다.

화가 난 마네는 고개가 한쪽으로 꺾인 슬우를 노려보다가 벌떡 일어나 작업실을 나가 버렸다.

하지만 문을 나서자마자 떨리는 가슴을 가다듬듯 스르륵 문에 기댔다. 손으로 입술을 더듬었다. 뜨겁고 짜릿한 기운이 아직도 남아 있었다. 그것만큼은 인정하고 싶지 않지만, 그가 갑자기 키스했을 때, 아니, 키스해도 되냐고 묻는 순간부터 가슴이 쿵쿵 뛰기 시작했었다.

그녀는 자신의 심경이 혼란스러웠다. 결코 좋아하는 상대가 아닌데, 도리어 끔찍하게만 여겼던 남자한테 키스받고 이토록 가슴이 떨리다니 믿을 수가 없었다.

“마음이 씨베리아 같아. 어떡해? 미쳤나 봐.”

그 길로 2층으로 올라온 마네는 심란한 마음에 20분이 넘도록 침대 위에서 뒹굴다가 찬바람이나 쐬자고 테라스에 나왔다.

잠시 후 아래층 현관문이 열리는 소리가 들려 살그머니 벽 뒤로 가서 숨었다. 살짝 내다보자 어디를 가는지 슬우가 대문으로 걸어가고 있었다. 그의 뒷모습을 몰래 지켜보다가 멋쩍게 목덜미를 손바닥으로 쓱쓱 문질렀다. 마음이 싱숭생숭해 오늘 밤엔 달빛도 첫 키스로 수줍어하는 처녀 보듯이 설레었다.

이런 감정이 실로 얼마 만인가. 그 요사스런 감정의 대상이 하필 슬우라는 게 문제라면 문제랄까.

“진짜 욕할 때마다 키스하는 거 아냐, 어우.”

어깨를 파르르 떨던 마네는 혼자 쿡쿡 웃다가 고개를 쑥 빼어 그가 사라진 대문 쪽을 바라보았다.

"다 늦게 어디 가는 거지?"

☆ ☆ ☆

병원 주차장에 차를 세우고 어두운 하늘 아래 우뚝 솟은 병동을 바라보았다. 병원 입구에는 아직도 기자로 보이는 이들이 카메라를 들고 저희끼리 이야기를 나누고 있었다. 기자들 한 떼거리가 계단으로 몰려 내려오기에 슬우는 눈에 띌까 재빨리 차에 올라탔다. 무엇 때문에 그러나 했더니 이제 막 도착한 차에서 이재희가 내려선다. 슬우의 이마에 불쾌감이 아로새겨졌다.

이재희는 기자들의 질문에 대답하지 않은 채 경호원과 함께 부지런히 계단을 올라갔다. 그리고 이내 병동 안으로 들어가 버렸다.

그 모습을 지켜보던 슬우는 천천히 차를 돌려 그곳을 빠져나왔다. 리시버를 귀에 꽂고 석현에게 전화를 거니 곧 경쾌한 음성이 들렸다.

〈어, 슬우야.〉

"어디야?"

〈술 마셔. 너도 올래? 혼자 있어.〉

"혼자?"

〈그래. 나 외로워.〉

석현이 콧소리까지 내며 아양(?)을 부리자, 슬우가 대번에 질색했다.

"끊어."

〈크큭. 얼른 와라. 기자들한테 시달렸더니 아주 죽을 맛이다.〉

석현은 병원에서 그리 멀지 않은 번화가의 한 술집에 있었다. 슬우가 찾아 들어갔을 때 바Bar에 앉아 혼자 양주를 기울이는 중이었다. 옆에 와서 앉는 슬우를 보더니 석현이 화사한 미모(?)에 걸맞은 미소로 반색했다.

"나 보고 싶어 막 밟았구나. 그치?"

"신소리 하지 말고 술이나 마셔."

바텐더가 슬우 앞으로 석현과 같은 술잔을 놓아주었다. 석현이 그 잔에 술을 가득 따르고는 건배했다. 석현의 잔에 챙 술잔을 부딪친 슬우가 단숨에 잔을 비웠다. 가슴에 꽉 막힌 게 내려가지 않아 연달아 두 번째 잔을 비웠다.

슬우를 흘끗 보고 난 석현은 또다시 잔을 채워주며 말을 걸었다.

"넌 또 왜 그래? 라온이 때문에 그래?"

"아닌 줄 알잖아."

"그럼 왜 침울한 표정이야?"

슬우는 작업실에서 마네에게 키스하다가 뺨 맞은 게 씁쓸해 땅콩만 하나 입안에 톡 넣었다. 하지만 눈치 왕, 석현을 피해 갈

순 없었다.

“마네 씨랑 또 싸운 건 아니지?”

“싸운 건 아니고…….”

“아니고?”

“안 넘어온다, 그 욕쟁이가.”

석현은 이게 다 무슨 소리인가 하는 얼굴로 슬우를 멍하니 쳐다봤다.

“안 넘어오다니? 너 마네 씨한테 작업 걸었냐?”

“어.”

“헉! 진짜?”

또 술잔을 단번에 비운 슬우는 흘리듯 핀잔을 주었다.

“내가 뭐 헛소리하는 사람인가.”

“우와. 이 자식 완전 엽기네.”

기막혀 하는 석현에게 슬우는 곁눈으로 기분 나쁘게 쳐다보며 뚱하니 물었다.

“내가 왜 엽기야?”

“마네 씨 너 싫어해.”

“알아.”

“근데 왜 그래, 인마? 잘못 덤볐다간 맞아 죽어.”

석현의 너스레에 피식 웃음이 나왔다.

“안 그래도 맞았다, 그 욕쟁이한테 내가.”

“엉? 벌써 고백했어? 그러니까 막 때려?”

"키스하니까 빰 때리더라구. 아, 막을 수 있었는데 역시 빨라. 틈을 안 줘, 무슨 여자가. 합기도 배웠나?"

"합기도 배웠으면 인마, 니가 여기 멀쩡히 앉아 있겠냐? 벌써 관 주문 들어갔지. 이 자식, 진짜 음흉하네. 혼자 뒤로 호박씨 다 까구. 촉이 다 됐나 봐, 그걸 눈치 못 채다니."

석현이 목이 타는지 술을 물 마시듯 벌컥벌컥 들이켰다. 슬우가 빤히 석현을 보더니 의미심장하게 웃었다.

"형, 마네 좋아해?"

"컥!"

입안에 머금었던 술을 도로 내뿜을 뻔한 석현이 턱으로 흘러내린 술을 냅킨으로 싹싹 닦았다.

"그래, 좋아한다. 난 전부터 마네 씨 괜찮게 생각했었어."

그렇다. 성격도 화끈하고 일도 잘하고 얼굴도 그만하면 빠지지 않고 가족도 전부 좋아서 딱히 나무랄 데가 없었다. 잠깐, 언니인 샤갈이 좀 더 예쁘다고 생각하긴 했지만. 싹싹하고 서글서글한 성격도 마음에 들고.

"어떡해? 남자 대 남자로 붙을까?"

까르륵 웃음소리조차 경쾌한 샤갈을 떠올리다가 슬우의 도발에 석현은 질겁했다.

"이 자식이 미쳤나. 내가 주먹 쓰는 거 봤어? 입씨름이면 몰라두. 됐어, 인마. 너나 성공해서 잘 먹고 잘살아. 쳇!"

심술궂은 얼굴로 투덜대는 석현의 잔에 슬우는 위로하듯 쪼르르 술을 따랐다.

"우리끼린 유치하게 여자 하나 두고 싸우고 그러지 말자구."

석현이 좋아하는 여자를 빼앗겼다는 듯 오버하고 있지만, 실상 슬우는 알고 있다. 석현이 정말로 마네를 여자로 좋아했다면 이제껏 가만둘 리 없다는 것을. 그는 다만, 석현에게 제일 먼저 알려주고 싶었을 뿐이다. 그리고 석현도 내심은 사랑에 빠진 슬우가 부럽고 다행이라 여길 터이고.

"야, 씨! 그거 통보하려고 왔지, 너."

"빨리 말해둬야 형이 딴짓을 안 하지. 후후."

"에라이!"

"형이 양보해라."

"지랄을 해."

"하하하하!"

갑자기 슬우가 큰소리로 웃어 젖히는 통에 술을 마시려다가 화들짝 놀란 석현이 어이없다는 듯 쳐다봤다.

"좋아 죽네, 좋아 죽어. 마네 씨 만만치 않을걸. 만나면 아주 피를 말려 버리라고 해야지."

"그게 아니라……. 아하하하."

슬우는 오랫동안 웃음을 입가에 달았고, 석현은 술안주로 나온 오징어를 질겅질겅 씹으며 온갖 시름과 한탄을 담아 한숨을 푹 내쉬었다.

"도대체 내 님은 어디 틀어박혀 계시나 그래."

"아유, 귀가 왜 이렇게 간지러워?"

마지막 정리를 하다 말고 샤갈이 별안간 손가락으로 귓구멍을 후벼 팠다. 먼지 때문인가 싶기도 한데 간지러운 게 멈추지 않아 고역스러웠다.

옷을 갈아입고 나오던 새복이 면봉을 찾아 건넸다.

"누가 니 말 하나 보다, 얘."

"그러게. 아주 오징어 씹듯 씹는구만. 그나저나 라온인 괜찮은지 몰라."

샤갈과 새복도 헤어숍에서 사고 소식을 접했던 터라 걱정이 이만저만한 게 아니었다. 정신없을 게 뻔해 마네에게 확인 전화도 못 했으니 더욱 그랬다.

"진짜 누가 일부러 그런 거 아냐?"

미심쩍어하는 샤갈의 말에 새복도 낮게 한숨을 내쉬었다.

"아니길 바라야지. 만약에 누가 일부러 해코지하려고 그런 거면 천벌을 받아도 싸. 그 착한 애한테 무슨 억하심정이 있어서."

분기탱천하는 새복을 보더니 샤갈이 핀잔을 주었다.

"엄만 라온이가 그렇게 좋수? 라온이 부모한테는 하루가 멀다 하고 욕하면서."

"그런 부모 만난 게 뭐 라온이 죄냐?"

"하여간 우리 엄마, 쿨해."

"언제 불러다 삼겹살이라도 먹이면 좋겠구만. 라온이가 삼겹살 마니아라잖어."

점입가경이라 라온의 식성까지 꿰뚫고 있는 새복을 보자 샤갈은 어이없다는 듯 웃었다.

"내가 뭐 좋아하는지는 아슈?"

"시샘하지 마, 이것아. 채 화백이랑 라온이 보니까 가엾어서 그래."

말은 팍팍하게 해도 잔정이 많다는 걸 알기에 샤갈은 다정히 새복의 어깨를 끌어안았다.

"한우도 얻어먹었겠다, 언제 날 한번 잡아보지 뭐. 얼른 가. 애들 기다리겠다."

두 사람은 헤어숍의 불을 끄고 밖으로 나와 문을 잠갔다. 나란히 버스정류장으로 향하는 두 사람을 '샤갈 헤어숍'의 조명이 살갑게 반짝이며 배웅했다.

"언니도 봤어, 채라온이 조명 맞고 쓰러지는 거?"

밀레도 기사를 봤는지 집에 오자마자 큰 눈이 더 커져서는 걱정이 가득한 얼굴로 물었다. 소파에 앉아 손톱에 매니큐어를 바르다가 마네가 고개를 주억거렸다.

"어두워서 그것까진 못 봤어. 나중에 올라갔더니 머리에서 피가……."

"피가! 마, 많이 다친 거잖아, 그럼!"

마네는 매니큐어를 바르다 말고 옆에 앉은 밀레에게 고개를 돌렸다.

“이보세요, 안티님. 방금 그거 채라온 걱정하는 거 맞아요?”

마네가 놀리자 흥분하여 높아졌던 밀레의 목소리가 별안간 푹 기어들어 갔다.

“아무리 안티라도 사람이 다쳤는데 걱정이 되지…….”

“인간적인 안티로군요, 장밀레 씨는.”

손톱을 호호 불며 마네가 계속 말장난이었다. 밀레가 커다란 곰인형을 끌어안으며 시무룩하게 소파에 기댔다.

“안티는 뭐 사람 아니야? 병원에 또 갈 거야, 언니?”

“가 봐야지. 왜?”

“내 친구 중에 채라온 광팬 있걸랑.”

광팬이란 소리에 머리칼이 쭈뼛해진 마네는 듣기도 전에 냉정히 거절부터 했다.

“부탁 안 받으니 그리 알아.”

“그래도 팬들은 병원으로 벌써 선물 다 보냈을 걸. 다만, 난 내 친구 것만 채라온이 병실에서 특별하게 받아보길 원할 뿐이야.”

마네는 귀찮은 표정으로 심드렁하게 말했다.

“내가 집배원이야? 니들 선물 심부름이나 할 군번이냐구. 다들 정신 차렸다며?”

“채라온이 갑자기 다치는 바람에 그만 정신줄 놔버렸다지 뭐야. 선물은 방에 있어.”

그리하여 다음날 마네는 밀레가 챙겨준 선물바구니를 들고 병원으로 향했다. 동생 부탁인데 옹졸하게 안 들어줄 수도 없고, 이게 마지막이라고 으름장을 놓고는 들고 나왔던 것이다.

아침 일찍 갔는데도 병원 앞에는 기자들이 밤을 새웠는지 부석부석한 몰골로 하이에나처럼 어슬렁대고 있었다. 그녀를 알아본 기자들이 옆을 따라오며 말을 걸었지만, 마네는 아무 대꾸 없이 곧장 병원 안으로 들어가 버렸다.

가까스로 기자들을 피해 라온의 병실로 들어오자, 안에는 라온 혼자 침대에 앉아 있었다.

"누나."

"좀 어때? 괜찮아?"

"예. 어쩐 일이에요, 아침 일찍?"

"사무실 가다가 잠깐 들렀어. 줄 거 있어서."

마네는 들고 온 선물 바구니를 그의 앞에 놔주었다.

"뭔데요, 이게?"

"니 광팬이 주라고 특별 부탁해서 갖고 온 거야."

"누군데요, 그 사람이?"

"내 동생 친구."

헌데 웬일로 라온은 살짝 실망한 얼굴이다.

"누나 동생이 줬다는 줄 알았네. 뭘까?"

포장이 된 선물을 부스럭부스럭 열어본 라온은 뜻밖이라는 듯 눈가에 웃음을 담았다. 꼼꼼하게 스크랩한 자료집과 초콜릿과 사탕이 가득 담긴 바구니였다. 직접 오리고 붙여서 정성스럽게 글귀까지 쓴 자료집을 한 장 한 장 넘겨보는 라온의 표정 속엔 진한 감동이 어려 있었다. 마네가 보기에도 저걸 다 어떻게 했을까 감탄할 정도인데, 선물로 받은 라온은 어떻겠는가. 그동안 받은 선물들이 엄청 많겠지만, 선물이란 어떤 것이든 감동적일 수밖에 없는 모양이다.

"내가 어렸을 때 데뷔했던 기사도 있어요. 이건 좀 구하기 어려웠겠는데요."

그의 데뷔 시절부터 현재까지의 모습이 역사처럼 담겨 있는 자료집 맨 끝장을 펼친 라온이 '어!' 하며 자세히 들여다봤다.

"여기 누나 동생 아니에요?"

자료집을 본 마네는 황당해서 웃고 말았다. 밀레의 친구인 정선이 틀림없는 사진 옆에 V 자를 한 밀레가 끼어 있었기 때문이다. 정선이라면 고양이 '까망이'의 주인이었다.

"지금 그대는 광팬과 안티가 하나 된 장면을 보고 계십니다."

마네의 농담에 라온이 키득거리며 웃었다.

"와, 이 젖살 봐."

라온이 손가락으로 밀레의 통통한 볼을 콕콕 찔렀다. 마네 눈엔 찐 살로 보이는 게 라온 눈에는 젖살로 보이니 희한할 노릇이었다. 언젠가 라온의 기사를 읽다가 이상형이 통통한 여자라는 걸 알았는데 주변에서 비쩍 곯은 애들만 봐서일 거라 혼자 생각했었다.

"참. 어제 형 봤어요?"

"어? 어……. 봤어. 왜?"

"형이 아무 말도 안 해요?"

라온은 이럴 땐 영락없는 '형바라기' 같았다. 혹시라도 안부를 물었을까 하는 눈치라 마네는 뭐라고 대답해야 할지 곤란했다.

"오래 안 있었어."

"그랬구나. 어쨌든 고마워요, 누나. 일부러 선물도 갖다주고. 나중에 우리 맛있는 거 먹으러 가요. 동생이랑 친구도."

"그래. 갈게. 몸조리 잘해."

"예. 조심해서 가세요."

마네가 병실을 나가고 난 후 다시 혼자가 된 라온은 자료집을 베개 옆에다 놓고 침대에 누웠다. 창밖을 바라보니 눈이라도 내릴 듯이 을씨년스럽다. 빵빵하게 난방이 되는데도 으슬으슬 추웠다.

'누구 짓이었을까?'

리허설 할 때만 해도 벽은 끄떡없었다. 그런데 전기가 끊긴 틈을 타 쓰러진 걸 보면 누군가 세트를 일부러 밀었다는 것밖에 되지 않았다.

라온은 누군가에게 미움을 받는다는 게 어떤 심정인지 잘 알기에 가슴이 미어졌다. 자신이 국민남동생이라 해도 불륜으로 인해 태어난 아이라는 오명에서 벗어나지 못하리란 사실도 알고 있었다. 그래서 더 잘하고 싶었고, 잘하기 위해 노력했다. 하지만 그마저도 가식과 위선으로 보는 형 때문에 언제나 무참함을 느껴야 했다.

세상에서 다가가지 못할 단 한 사람.

그는 라온이 제일 좋아하는 형, 슬우였다.

그 사실이 너무나 슬퍼서 라온의 눈가로 눈물이 주르륵 흘러내렸다.

"라온. 엄마 왔어."

딴생각에 빠져 있다가 엄마가 들어온 줄도 몰랐던 라온은 얼른 눈물을 훔쳐 내고 일어나 앉았다.

"일어나지 마. 가만 누워 있어."

보온병과 도시락에 잔뜩 음식을 싸온 이재희가 침대에 걸터앉았다. 라온의 안색을 살피더니 금방 근심 띤 얼굴이 된다.

"울었어? 왜? 어디가 아파서?"

"아냐."

"말을 해봐. 의사선생님 오시라 그럴까?"

"아니래두."

"근데 왜 울었어? 다친 게 속상해서 그래?"

꼬치꼬치 캐묻는 이재희를 물끄러미 바라보다가 라온이 그녀의 손을 잡았다.

"엄마."

"응?"

"나…… 슬우 형이랑 살면 안 돼?"

곧바로 얼굴이 흙빛이 되는 이재희다. 청천벽력 같은 소리에 그녀는 그만 정신이 멍해졌다.

"뭐?"

"형이랑 살고 싶어, 엄마."

"왜 갑자기? 걔가 너한테 뭐라고 하디?"

"내가 그러고 싶어."

안색이 창백해진 이재희가 급히 그의 손을 다독였다.

"싫어할 거 뻔히 알면서 왜 그래? 가서 무슨 소리를 들으려구? 어떤 대접을 받으려구?"

"대접받으려고 가는 거 아냐. 엄마도 알잖아. 내가 형 좋아하는 거. 많이 아끼는 거."

"라온아, 제발 부탁이야. 내 앞에서 걔 얘기 꺼내지 마. 난 걔 싫어. 걔가 우릴 어떻게 생각하는지, 우리한테 어떻게 했는지 너도 겪어봐서 알잖아."

이재희는 진저리를 쳤지만, 그 모습이 되레 라온에겐 자극을 주는 꼴이었다.

"그래서 가겠다는 거야. 언제까지 이렇게 살 수 없으니까. 형이랑 풀지 않으면 마음이 무겁고 아파서 견딜 수가 없다구."

"니가 왜? 넌 모른 척하면 돼. 아무 사이 아닌 듯이 살았잖아. 걔는 우릴 용서 안 해. 나도 걔한테 용서받고 싶은 마음 추호도 없구!"

라온은 골이 울려 잠시 눈을 감았다가 천천히 떴다. 흐릿한 시선 속에 두려움과 원망이 뒤섞인 채 전전긍긍하는 엄마가 보였다.

"엄마와 난 달라."

"뭐가 달라?"

"엄만 형과 피 한 방울 안 섞였지만, 난 반이 섞였어. 우린 형제야. 엄마와 형이 부정하고 싶어도 우린 형제라구."

"그만해! 난 걔를 니 형이라고 생각해 본 적 없어. 그건 걔도 마찬가질 걸. 근데 뭐하러? 뭣 땜에 니가!"

"엄마가 안 하니까! 나라도…… 용서를 빌겠다는 거야."

이재희가 침대에서 벌떡 일어나 뒷걸음질을 쳤다. 도저히 라온의 마음을 이해할 수 없다는 듯이 거세게 도리질을 치며,

"그 집에 가기만 해. 가서 용서 빌 생각도 하지 마! 난 걔 엄마한테 용서 안 빈 줄 알아? 빌었어. 머리채 잡히고 뺨도 맞고……. 갖은 모욕 다 당하면서도 손이 발이 되도록 빌었다구. 내 뱃속에 있는 아이만 살게 해달라구. 그런 나한테 어떻게 했는지 알아, 그 여자가! 널 죽이려 했어. 널 죽이면 용서해 주겠다고 했어. 어떻게 그래? 어떻게 널 죽이고 내가 살아!"

라온의 가슴에 해일과 같은 충격의 파도가 휩쓸고 지나갔다. 자신은 모르던 어머니들 간의 싸움. 하지만 결국 자살로 생을 마감한 건 형의 어머니였다.

"그 일…… 형도 알아?"

이재희는 끔찍한 듯 몸서리를 치며 고개를 저었다.

"아니. 얘기 안 했어. 그런 얘기한다고 과연 용서해 줄까? 절대. 나만 더 구차해질 뿐이야. 그러니까 상관하지 마. 걔한테 너까지 죄인 취급 받는 거 난 싫어."

이재희는 서둘러 다가와 떨리는 라온의 두 손을 부여잡았다. 그리고 사정하듯 간곡히 말했다.

"라온아, 그 죄는 엄마가 받으면 돼. 넌 그저 사람들한테 사랑받으면서 지금처럼 살면 되는 거야. 엄마가 이렇게 부탁할게. 제발."

"……."

엄마의 손에서 스르르 자신의 손을 빼낸 라온은 혼란스러운 얼굴로 침대에 누워버렸다. 천장이 빙글빙글 어지럽게 돌아갔다. 아울러 그의 주변과 주변 사람들까지도 빙글빙글 어지럼 속에 갇혀 버렸다.

☆ ☆ ☆

사무실에 도착하자마자 방송국에서 연락이 왔다. 휴대전화를 잃어버려 찾아달라 부탁했었는데 무대를 치우다 발견한 모양이었다.

인경을 심부름 보낸 후에 마네는 빈 사무실에서 원두커피를 만들어 소파에 기대앉았다. 뜨거운 커피를 한 모금 입에 물고 깊이 음미했다. 실내에 가득한 커피내음과 더불어 고소한 커피맛이 그녀의 기분을 상쾌하게 했다.

"음. 바로 이 맛이야."

그때 똑똑 노크 소리가 들렸고, 마네는 커피잔을 테이블에 내려놓았다.

"네! 들어오세요."

문이 열리는 걸 보며 마네도 몸을 일으켰다. 앉았다가 일어서느라 흐트러진 옷매무시를 가다듬던 그녀의 손이 우뚝 멈췄다. 안으로 들어선 사람이 다름 아닌 슬우였기 때문이다.

어제 작업실에서 한 키스 때문에 가슴이 작게 두근거렸지만 짐짓 아무렇지도 않은 척 물었다.

"어쩐 일이야?"

들어와 문을 닫은 슬우가 중간에 놓인 진열대로 걸어오며 고저 없는 목소리로 대답했다.

"갤러리 가는 길에 들렀어."

"그러니까 왜 들렀냐구?"

슬우는 화장품들을 신기하게 들여다보더니 뒷짐을 지고 사무실 내부를 쫙 훑었다.

"사무실이 생각보다 작군."

부동산에서 나온 듯한 포즈와 어투에 마네의 눈빛에 작은 불꽃들이 자잘하게 일었다. 어슬렁어슬렁 소파로 와서 앉은 슬우가 테이블 위에 놓인 커피잔을 보더니 턱짓으로 가리켰다.

"커피."

마네는 황당해서 입을 벌렸다.

"여기가 다방이야?"

갑자기 찾아온 게 머쓱해 장난쳤다가 그제야 쿡 웃음을 터뜨린 슬우는 다시 한 번 말했다.

"커피 줄래, 키스할래?"

저 남자가 장난이 심한 사람이었던가 싶어 마네는 내심 당황했다.

갑자기 쳐들어와서는 어울리지도 않게 소간지 흉내는 내고 지랄.

구시렁거리며 일어난 마네는 이내 색만 다른 커피잔을 들고 돌아왔다. 그의 앞에 커피잔을 밀어놔 주고 자리에 앉았다.

떨떠름하게 쳐다보는 그녀를 외면한 채 슬우는 커피잔을 들어 좀 전 마네가 그랬듯이 음미하듯 마셨다. 태평스레 커피를 마시고 있는 그를 보노라니 마네는 문득 그런 생각이 들었다.

몸이 먼저냐, 사랑이 먼저냐.

달걀이 먼저냐, 닭이 먼저냐.

솔직히 뭐가 선이고 후이고가 문제는 아니다. 둘 다 필요하고 가치가 있다 생각하니까. 에로스든 플라토닉이든 핵심은 사랑이고, 달걀이든 닭이든 유전자는 같은 거다.

고로 이걸 확 사귀어서 인간 개조를 시켜 버려?

"언제 시간 나면 갤러리에 와."

"얼마나 넓고 근사한가 비교해 보라구?"

"쯧. 말 참 밉게 한다."

적반하장도 유분수.

"오자마자 사무실이 넓니 좁니 한 사람이 누군데? 예의 버린 건 당신이 먼저거든."

"안타까운 마음에서 한 얘기야."

그 말이 더 얄미워 마네는 소리나게 커피잔을 내려놓았다.

"잘난 척하러 왔어?"

"보고 싶어 왔지."

"아, 왜 그래 진짜!"

마네는 닭살 돋은 팔뚝을 싹싹 비볐다. 그런데도 슬우는 능청스레 어깨를 으쓱했다.

"난 없는 말은 안 한다니까."

"됐고. 가, 빨랑. 일해야 해."

"왜? 심란해?"

정곡을 찔린 마네는 버럭 화를 냈다.

"심란할 일도 많네! 아침부터 남의 사무실에 쳐들어와서 헛소리나 늘어놓고 말이야. 그렇게 안 봤는데, 능구렁이과더라."

어제 생각에 매우 억울하다는 듯이 마네가 그를 흘겼다. 슬우는 싱긋 웃으며 딴 사람 얘기하듯 중얼거렸다.

"그런가? 덕분에 내가 모르는 나도 발견하고 괜찮다. 사랑이 좋긴 좋구나."

마네는 이제 머리에 쥐가 나려고 해 두 손으로 양미간을 짚었다. 무뚝뚝할 줄로만 알았던 사람이 낯간지러운 이야기를 아무렇지도 않게 하니 일일이 받아치기도 난감했다.

맞다. 그러고 보니 연못에서도 달이 어쩌고 화폭이 어쩌고 하긴 했었다. 그때 알아봤어야 하는 건데. 연애하면 로맨티스트로 돌변하는 타입인가? 근데 왜 자꾸 놀리는 기분이 들지?

딸각.

커피잔을 내려놓고 두 손으로 무릎을 짚고 일어난 슬우가 껄끄럽게 올려다보는 마네에게 인사를 건넸다.

"간다."

그러더니 뒤도 안 돌아보고 사무실을 나간다. 멍하게 보고 있다가 마네는 천천히 양미간에서 손을 뗐다.

"뭐야? 낮도깨비처럼."

갑자기 나타났다 또 그렇게 사라진 슬우 때문에 마네는 종일 마음이 어수선했다. 인경이 찾아온 휴대전화는 다행히 깨지거나 부서지지 않아서 그대로 쓸 수 있었는데, 자기도 모르게 계속 힐끔거리는 자신을 발견하고 그녀의 고뇌는 더욱 깊어갔다. 슬우의 문자나 전화를 기다리고 있음을 인지한 탓이다.

"쌤, 이거 보세요."

컴퓨터를 보고 있던 인경이 다급한 음성으로 마네를 불렀다. 마네가 작업대에서 일어나 그녀 곁으로 다가갔다.

"뭔데?"

"채라온 기사예요. 범인이 레오가 아닐까 하는 추측성 기사가 떴어요. 뭐 직접적으로 레오라고 한 건 아닌데 누가 봐도 알 것 같은데요."

저질 인터넷 기사로 소문난 한 매체에서 올린 내용은 인경의 말대로 레오라고 직접적으로 표기하지 않았을 뿐, 그럴싸하게 추리소설 하나를 지어 올렸다. 그 아래 댓글들은 더 가관이었다. 기사에서 언급하지 않은 레오라는 이름을 댓글에서는 쉽게 볼 수 있었으니 말이다. 처음엔 맞다, 아니다로 시작한 댓글은 라온과 레오의 팬들이 맞붙어 감정싸움으로 번져 가는 형국이었다.

게다가 그토록 경고했건만 클럽에서 찍은 레오와의 동영상까지 때를 맞춰 나왔으니 영락없이 레오가 뒤집어쓸 판이었다.

마네는 소파로 가서 주저앉으며 지끈거리는 머리를 등받이에 기댔다. 자세히 댓글을 읽어보진 않았지만, 분명 어딘가에는 자신에 대한 이야기도 있으리라. 레오 이야기만 나오면 빠지지 않는 게 자신이었으므로.

레오가 그녀를 라온에게 빼앗기고 질투로 그런 일을 벌였다.

대충 그런 내용일 게 뻔해 가슴이 이루 말할 수 없이 답답했다.

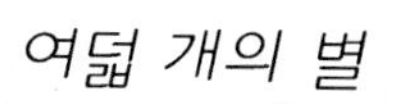

여덟 개의 별

마네가 보던 기사를 똑같이 읽고 있는 사람이 있었으니 바로 슬우였다. 레오 동영상을 본 후로 부쩍 인터넷에 관심을 가지게 된 그는 잔뜩 얼굴이 일그러져 댓글들을 꼼꼼히 읽어보았다. 애먼 마네까지 욕하는 인간들을 일일이 댓글로 응징해 주고픈 욕구를 이기느라 손이 부들부들 떨렸으나, 지난번처럼 '에잇!' 하며 모니터만 껐을 뿐이었다.

그나저나 휴대전화는 찾은 건가?

화를 삭이느라 애꿎은 휴대전화를 손에 쥐고 휙휙 돌리던 슬우는 마네에게 전화를 걸어보았다.

몇 번의 신호음. 그리고 마네의 축 처진 음성…….

〈왜?〉

혹시나 하고 걸었다가 슬우는 통화가 연결되자 다소 당황했다. 게다가 축 처진 음성이 그녀 역시 기사를 읽은 게 아닐까 싶어 안쓰러운 마음이 들었다.

"뭐 해?"

〈일해.〉

"밥 먹자."

〈뜬금없이 밥은.〉

"내가 그리로 갈까, 니가 올래?"

한 시간 후, 슬우는 갤러리에서 가까운 패밀리 레스토랑에서 잔뜩 음식을 갖다놓고 사생결단 내듯 먹어치우는 마네를 물끄러미 바라보았다. 아무래도 스트레스를 먹는 걸로 푸는 모양이라 말도 못 걸 지경이었다.

음료수나 물은 쳐다보지도 않는 그녀 앞으로 슬쩍 음료수잔을 놓아주었다. 잠깐 손길을 멈춘 마네가 음료를 벌컥벌컥 들이켜더니 소화가 안 되는지 인상을 썼다. 그곳에 앉아서도 마네를 알아본 사람들이 자기들끼리 수군거렸고, 무시하려 해도 신경이 쓰이는 건 슬우도 마찬가지였다.

이러고 살았던가, 저 여자가?

보다 못한 슬우는 자리를 옮겨 그녀 옆으로 가서 앉았다. 소화가 안 돼 끅끅거리며 앉았다가 마네는 어리둥절하게 그를 쳐다보았다.

"왜……?"

슬우는 그녀를 폭 끌어안았다. 순간, 놀란 건 그녀뿐만이 아니었다. 주변 사람들의 '어~!' 하는 소리가 가감 없이 들려왔다.

"뭐, 뭐 하는 거야?"

당황한 기색이 역력한 그녀를 끌어안은 채 슬우는 그녀의 귀에 나직이 속삭였다.

"키스하려다가 포옹하는 거니까 가만있어."

"놔. 사람들 보잖아."

"보라고 이러는 거야."

"뭐라구?"

아니나 다를까, 여기저기서 휴대전화 플래시 터지는 소리가 들렸다. 다급해진 마네가 몸을 떼려 하자 슬우가 좀 더 세게 그녀를 껴안았다.

"레오 때문에 번번이 시달리는 것보단 이편이 너한테 나을 거야. 내가 니 마음에 안 차는 거 알아. 좋아해 줄 마음조차 없는 것도 알아. 근데…… 지금은 가만있어. 적어도 난 레오처럼 사람 농간하는 짓은 안 해."

그의 말이 왜 그토록 위안이 되었는지 모르겠다. 마네는 울컥한 마음에 두 눈에 스르르 눈물이 고였다. 화가 나서, 아무런 대응도 하지 못하는 자신이 답답해서 돌아버릴 것 같은데 이 남자까지 사람을 미치게 한다.

그래, 그의 말대로 지금은 이편이 더 나을지도 모르겠다. 이 남자 뒤에 잠시만이라도 숨어버리고 싶은 마음이 들어 마네는 얼굴을 툭 그의 어깨에 기댔다.

"이 사진 보면 사람들이 또 뭐라고 할지 무섭다."

"장마네가 무서운 것도 있었어?"

"나도 인간이야."

"내가 막아줄게."

"같이 진탕에 구를 수도 있어."

따끔한 경고에 슬우가 후후 웃었다.

"그것도 나쁘진 않아. 더한 진탕도 보면서 살았는걸 뭐."

가슴이 아련하게 아파와 마네는 부러 퉁명스레 대꾸했다.

"이런다고 예뻐해 줄 줄 알구?"

"그런 거 기대 안 해. 그냥 뭘 하든 너랑 같이 하면 괜찮겠다는 생각이 들었을 뿐이야. 그게 진탕이든 맨땅이든."

그의 어깨에서 얼굴을 뗀 마네는 말간 눈으로 그를 바라보았다. 따뜻한 미소가 담긴 슬우의 눈이 그녀를 향해 있었다. 그때야 마네의 가슴속에 거짓말처럼 그의 미소가, 그의 눈빛이 오롯이 담겼다. 달이 담긴 연못처럼.

이 남자라면 믿을 수도 있겠구나.

문득 마음속을 파고드는 생각에 마네는 비로소 생긋 입가에 미소를 담았다.

"그만 나가. 바람 쐬고 싶어."

그녀의 가방을 챙겨 든 슬우는 그녀의 손을 잡고 일어섰다.

마네도 이곳에 들어올 때와 달리 한결 가벼워진 마음으로 그를 따라 나갔다.

다정히 나가는 두 사람을, 사진을 찍어대던 사람들이 부러움 반, 시기 반으로 쳐다보았다.

"여기 처음 올 때 생각난다."

집으로 올라가는 고가도로에 나란히 차를 세우고 슬우의 차에 앉아 마네는 야경을 바라보았다. 높은 곳에서 야경을 보고 있노라니 답답하던 가슴이 다소 후련해지는 기분이었다.

이사 오던 첫날, 접촉사고로 덜컹거리는 앞범퍼를 하고서 이 길을 찾아 오르던 때가 엊그제 같은데 어느덧 두 달 가까이 되어간다.

연말이라 눈코 뜰 새 없는데다 라온이 입원까지 하는 바람에 스케줄은 전부 취소되거나 뒤로 밀려 버렸다. 조금은 한가한 기분이 들기도 해 마네는 잠시나마 스트레스를 받았던 것도 잊을 수 있었다.

패밀리 레스토랑에서 슬우와의 포옹은 지금 생각해 보니 단순히 충동적이라고만 할 수 없었다. 그녀도 종일 그의 전화나 문자를 기다렸던 게 사실이니까.

연애…….

요즘 같아선 살 떨리게 하고 싶었지만, 상대가 슬우일 거라곤 상상도 하지 못했다. 석현이라면 모를까.

그녀는 새삼 슬우의 옆얼굴을 가만히 응시했다. 성격이 괴팍하긴 해도 다른 면면이 살짝살짝 보여 흥미가 당겼다. 오늘만 해도 그 많은 사람 앞에서 포옹하리라고 생각 못했다. 소심한 것 같다가도 대범한 면이 있고, 깐깐한 것 같다가도 포용력이 있는 사람이었다. 그 포용력이 아무에게나 해당되는 건 아닌 듯하지만 말이다.

"솔직히 말해봐."

"뭘?"

"내가 좋은 이유."

슬우의 입가가 싱긋 호선을 그렸다.

"오죽 별나야지. 눈에 안 띌 수가 없지 않겠어?"

좋아하는 이유가 애매해 마네는 실망한 듯 실눈을 뜨고 그를 째려봤다.

"그게 다야?"

그녀의 적나라한 뒤태를 본 기억에 슬우는 그예 웃음이 터지고 말았다.

"하하하하!"

큰소리로 웃어 젖히는 슬우에게 뭔가 수상한 낌새를 감지한 마네가 그의 팔을 잡아 흔들었다.

"다른 이유 또 있지? 뭔데? 얘기해 봐."

하지만 슬우는 그녀의 마음을 얻기도 전에 초 치는 짓은 할 수 없었다. 어쩌면 영원히 혼자만의 비밀로 묻어둬야 할지도 모를 위험한 고백이 될 터였다. 웃음이 가시지 않은 얼굴로 그녀의 볼을 손끝으로 툭 쳤다.

"오늘은 욕 안 해?"

그 소리에 괜스레 가슴이 쿵 떨어진 마네는 새침하게 몸을 바로 했다.

"그만 집에 가봐야겠다."

차에서 내리려는 그녀의 팔을 잡아챈 슬우가 물었다.

"오늘 좋은 일 했잖아. 의리 없게 입 싹 닦을 거야?"

"뻔뻔해라. 키스도 자기 마음대로, 포옹도 자기 마음대로 다 해놓고 매너 좋은 척 묻는 거 좀 봐."

음흉스레 씩 웃는 슬우를 흘기던 마네는 잽싸게 문을 열고 내렸다. 하지만 몸이 차 밖으로 빠져나가기도 전에 슬우의 손에 등을 붙잡혀 도로 끌려들어 왔다.

소파에 다시 몸이 파묻힌 마네에게 슬우는 약간 애가 닳아 부탁했다.

"한 번만 해라, 욕."

"욕 끊으려구, 이제."

태연히 대꾸하는 마네를 얄밉게 내려다보며 슬우는 아쉬운 입맛만 쩝 다셨다. 그녀의 입술을 보니 키스뿐 아니라 다른 곳도 욕구불만으로 배배 비틀리고 있었는데, 그로서는 참으로 견디기가 어려웠다.

이럴 땐…….

"선 키스, 후 욕."

무슨 말인지 이해를 못 해 어리둥절한 마네의 입술에 재빨리 입술을 들이댔다. 촉촉한 입술의 감촉을 느끼는 순간, 슬우의 온몸에 짜릿한 기운이 화한 박하향처럼 빠르게 퍼져 나갔다. 그녀의 따뜻한 볼을 한 손으로 감싸고 다른 한 손으로는 좀 더 가까이 품으로 끌어당겨 안았다. 반항할 줄 알았던 그녀는 웬일로 얌전하게 굴었다. 아니, 이번엔 제대로 호응까지.

슬우의 입술이 움직이는 대로 자연스럽게 따라 움직이며 그의 심장에 불을 댕기더니, 어느새 차 안에는 달뜬 신음이 은밀하게 맴돌았다. 점점 진해지는 키스에 머릿속이 온통 하얗게 변해갔다. 혀와 혀를 마주 섞는 일이 이토록 감미롭고 사랑스럽게 느껴질 수 있다니. 가슴 깊은 곳에서부터 올라오는 기쁨이 모처럼 슬우의 가슴을 가득 채웠다.

뜨거운 입김이 두 사람의 입술을 더욱 촉촉하게 만들었다. 그 입술을 살짝 깨물던 슬우는 작게 속삭였다.

"반짝반짝 빛이 나, 너한테."

마네는 왠지 아무 말도 해줄 수가 없어 그를 물끄러미 바라보기만 했다. 상처투성이의 이 남자를 어떻게 하면 좋을까 하는 시선으로. 냉정하게 내치고 거절하면 더 큰 상처를 받을 것만 같아서 마음이 아프고 두렵다.

낯이 뜨겁도록 진한 키스를 하고도 그는 그녀에게서 시선을 떼지 못했다. 별처럼 반짝이는 그녀의 눈동자에 매료되고, 진심을 알아준 것 같아 고마웠다. 오히려 오늘, 위로를 받은 건 자신이란 생각이 들어 그녀의 뺨을 엄지로 길게 쓱 쓰다듬었다.

"이제 욕해도 돼."

"쿡."

마네가 웃고는 주먹으로 장난스레 그의 복부를 툭 쳤다.

"이게 욕으로 돼?"

"윽! 폭력은 키스로 안 돼."

"그럼?"

슬우의 까만 눈동자가 문득 먹잇감을 눈앞에 둔 늑대처럼 맹렬히 빛났다.

"아직은 말 못 해. 알면 날 죽이려 들 거야."

하지만 그 말뜻을 이미 알아차린 마네는 그의 어깨를 세게 퍽퍽 내리쳤다.

"어우, 짐승, 짐승!"

"아아! 이럼 곤란해지는 건 너야."

"하여간 남자들은 똑같아."

그 말에 슬우가 동작을 멈췄다. 그러고는 정색하는 얼굴로 물었다.

"누구야, 너한테 또 이런 말 한 그놈이?"

어이가 없어 눈만 깜박이던 마네는 그의 어깨를 한 번 더 세게 퍽, 치고는 차에서 내렸다. 맞은 어깨가 아파 손으로 문지르면서도 슬우는 창문을 열고 자기 차로 걸어가는 그녀를 향해 외쳤다.

"오늘 맞은 거 꼭 기억하고 있을게!"

"쟤가 왜 저래?"

새복은 아까부터 혼자 히죽히죽 웃고 있는 마네를 걱정스럽게 쳐다보았다. 손님들 말로 라온의 사고 진위를 놓고 인터넷에서 또 한바탕 설전이 벌어졌음을 알았는데, 스트레스를 못 이겨 실성이라도 한 게 아닐까 싶을 정도라 샤갈이 마네의 어깨를 가만히 흔들었다.

"괜찮아?"

마네가 만면에 웃음을 띠고는 설렁설렁 고개를 끄덕였다. 그 모습조차 어딘지 나사 하나가 빠진 것 같아 식구대로 아연실색하고 말았다.

"언니! 정신 차려. 언니답지 않아, 이건!"

밀레가 눈물을 글썽이며 외쳤고, 새복도 가슴이 무너지는 듯 말을 흘렸다.

"세상에. 사람을 잡는구나, 사람을 잡어."

초 긍정 여인 샤갈마저도 이번엔 근심 어린 얼굴을 떨쳐 버리지 못했다.

"너 이상한 맘 먹고 그러는 거 아니지?"

"이상한 맘이라니?"

"연예인들 종종 그러잖아. 너무 스트레스 받으면 못 견디고……."

말이 끝나기도 전에 새복이 샤갈의 어깻죽지를 퍽 소리가 나도록 내리쳤다.

"미쳤어, 미쳤어. 어디서 입에다가 담지도 못할 흉한 말을……. 마네 너도 스트레스 받지 말어. 다 할 짓 없는 것들이 맨날 악성댓글이나 달고 그러는 거야. 거기 괜히 휘말려서 맘 상하지 마, 알았어?"

마네가 가족을 빙 둘러보더니 밝게 말했다.

"스트레스 다 떨쳐 버렸어, 오늘. 그러니까 신경 안 써도 돼. 내가 미쳤어? 죽게. 난 절대 그깟 일로 안 죽어. 그런 것들 잡아서 아작을 내버리면 모를까."

순식간에 살벌하게 눈빛을 번뜩이는 마네를 보자 샤갈이 안심한 얼굴로 그녀의 등을 토닥였다.

"그래, 그래. 그래야 장마네지. 아유, 우리가 괜한 걱정을 했네. 엄마, 들었지?"

"암! 누구 딸인데 그깟 것들 때문에 아까운 목숨을 스스로 끊어? 그럴 가치도 없는 것들이야, 그런 인간들은. 근데 뭐가 그렇게 기분이 좋아? 뭐 좋은 일이라도 있었어?"

마네가 흐흐, 음흉하게 웃음소리를 냈다.

"그런 일이 좀 있었어. 참. 밀레야."

"어?"

"라온이가 같이 밥 먹자고 하더라. 정선이랑 너랑."

"헉! 지, 진짜? 채, 채라온이 그랬어? 나랑 밥 먹겠다구?"

"선물 고맙다구. 완전 감동받은 눈치야. 정선이도 대단해. 그걸 어떻게 일일이 스크랩했다니?"

밀레가 후다닥 방으로 뛰어들어 가며 만세를 부르듯 외쳤다.

"전화해 줘야지!"

그 모습에 마네가 깔깔 웃었다.

"저거 안티 맞아?"

"안녕하세요?"

라온이 환하게 웃으며 맞은편 의자에 앉자 밀레는 잔뜩 얼어붙어 마른침만 꼴깍 삼켰다. 광채가 번쩍거려 눈이 부실 지경이다. 귀에서는 천사가 지상에 내려올 때의 거룩한 BGM이 웅장하게 들렸다.

"아웅, 오빠. 너무 멋있어용."

밀레의 옆에 앉은 정선이 황홀한 눈빛으로 두 손을 꼭 맞잡았다.

"정선 씨 맞죠? 선물 정말 고마웠어요. 그리고 안티 친구두."

밀레가 멍 때리고 앉았다가 친구가 툭 치자 앞에 있던 물을 벌컥벌컥 들이켰다. 밀레의 맞은편, 즉 라온의 옆에 앉은 마네는 밀레의 얼빠진 모습을 보며 웃음을 참지 못했다.

어제 퇴원한 라온은 미뤄둔 스케줄 해치우려면 시간이 없을 것 같다며 밀레와 정선에게 밥을 사는 것부터 하고 싶다고 했다.

레오의 소속사 큰Keun에서는 해당 인터넷 매체에 라온 무대 사건의 주범이 레오인 양 왜곡된 기사를 낸 것에 관해 소송을 불사하겠다는 입장을 냈고, 해당 매체는 사과문을 띄우며 사건은 그렇게 일단락됐다. 그야말로 피해자만 있고 피의자가 없는 사건이 되어버린 것이다.

뺑소니사고처럼 억울하고 답답하지만, 증거가 없으니 어찌할 도리가 없었다. 전기가 나간 원인조차 밝혀내지 못한 상황에서 계획적인 일이었는지, 아니면 정전 기회를 노린 우발적인 사고였는지도 모호했다.

옆에서 정선이 재불재불 얘기하는 동안 꿀 먹은 벙어리마냥 앉아 있던 밀레는 음식이 코로 들어가는지 입으로 들어가는지 모를 지경이었다. 안티가 왜 안티인가. 그 연예인 앞에서도 안티임이 정당해야 올바른 안티인 것이다. 하지만 짝퉁 안티 밀레는 자기가 이곳에 팬으로 와 있는지 안티로 와 있는지 정체성에 혼란을 겪고 있었다.

정선과 달리 굳어진 얼굴로 음식만 집어삼키고 있는 밀레를 보자 라온의 마음도 무겁긴 마찬가지였다. 오기 싫은 자리에 온 것처럼 불편해 보였기 때문이다. 라온은 부러 밀레에게 다정히 말을 붙였다.

"밀레 씬 원래 말이 없어요?"

"예?"

화들짝 놀란 밀레가 고개를 들었다. 그러자 정선이 대신 대답해 주었다.

"아뇨. 말 엄청 잘해요."

"근데 왜 한마디도 안 하지? 나랑 있어서 그런가."

마네는 밀레가 무슨 대답을 할지 모른 척 앉아 있었다. 마네와 라온을 번갈아 쳐다보던 밀레가 끙, 소리를 내며 말했다.

"으, 음식이 맛있어서요. 입은 하나잖아요."

"쿡쿡쿡."

마네는 웃음을 참지 못해 고역이었고, 밀레는 자기가 무슨 말을 한 건가 하는 얼굴로 음식만 입안으로 처연하게 밀어 넣었다.

"하하. 밀레 씨가 얼굴만 귀여운 줄 알았더니 되게 재밌는 사람이었구나."

"귀엽대, 어떡해?"

옆에서 정선이 더 난리였다. 정작 귀엽고 재미까지 있는 밀레는 세상을 초탈한 표정이었다.

그때 마네의 휴대전화로 슬우에게 전화가 걸려 왔다. 양해를 구한 마네가 자리에서 일어났고, 정선도 화장실에 간다며 자리를 비웠다.

가뜩이나 어색해서 죽을 판인 밀레는 라온과 단둘이 방에 남게 되자 어쩔 줄 몰랐다. 이마와 손바닥에 진땀이 나고 시선은 어디다 둬야 할지 허둥거렸다.

그 모습이 더 순수해 보여 라온은 빙그레 웃으며 말을 걸었다.

"음. 내 안티인 이유 세 가지만 말해볼래요?"

"이유요?"

"알고 싶어요. 그래야 고치죠. 뭐예요, 이유가?"

밀레의 커다랗고 까만 눈동자가 또다시 허공을 맴돌았다. 대놓고 이유를 물으니 뭐라고 대답해야 좋을지 머릿속이 탈색된 것처럼 아무 생각도 떠오르지 않았다. 그렇다고 레오의 라이벌이라 무조건 싫어요, 할 수는 없잖은가. 지나간 일이기도 하거니와 만일 그렇게 대답한다면 뇌세포가 아메바 수준이라고 생각할 것이 분명하다.

이유, 이유.

마음속으로 이유를 떠올리던 밀레는 이윽고 선생님 앞에 초등학생처럼 또박또박 대답했다.

"첫째, 너무 잘생겨서. 둘째, 뭐든 너무 잘해서. 셋째, 너무 착해서."

"잘생기고, 뭐든 잘하고, 착한 게 이유예요?"

어폐가 있는 이유라 라온은 납득하기 어려운 표정이었다.

"너무 완벽하잖아요."

"그게 나쁜가?"

"나쁜 게 아니라 싫은 거죠. 왠지……."

"왠지?"

"설정 같아 보이거든요."

그 말은 곧 가식적으로 보인다는 것과도 상통할 터.

라온의 얼굴이 급격히 어두워졌다. 모멸감이라도 느낀 듯이 얼굴이 빨개져 고개를 돌리는 그를 보자 밀레의 가슴도 덜컥 내려앉았다.

그러게 왜 그런 건 물어봐 가지구.

'나 또 상처 준 거야? 난 몰라. 히잉.'

"형이 나한테 가식적이라 했던 말, 맞아. 그래, 짜인 이미지 속에서 살았다는 거 나도 인정해. 하지만 이젠 아냐."

갑자기 집으로 쳐들어와 라온은 비장한 얼굴로 뇌까렸다.

어디서 무슨 말을 들었기에 저러는 걸까?

라온이 평소와 다르다는 걸 느끼면서도 슬우는 여느 때와 마찬가지로 냉정하기 이를 데 없었다.

"무슨 말이 하고 싶은지 몰라도 니 어리광 받아줄 마음 조금도 없어."

"어리광이 아냐! 한 번이라도 내가 원하는 삶을 살고 싶을 뿐이야."

"원하는 삶? 뭐든 다 가진 니가 내 앞에서 할 소린 아닌 것 같은데."

비꼬는 투의 슬우 때문에 라온은 가슴이 갈가리 찢어질 듯 아팠다.

"나도 내 삶을 선택할 권리가 있어. 태어난 게 내 선택이 아니었고, 연예인이 된 것도 내 선택은 아니었어. 그래도 내게 주어진 삶이었기 때문에 사랑하며 살려고 노력했어. 그게 뭐가 나빠? 형한테 속죄하는 마음. 물론, 있었어. 형만 생각하면 태어난 것조차 저주스러운 난! 나보다 아픈 형 때문에 마음 놓고 울지도 못해. 나 때문에 다 잃은 형 때문에! 다 가지고도 징징거린다고 할까 봐 마냥 웃기만 했어. 이젠 그렇게 살지 않을 거야."

"……."

팔짱을 끼고 벽에 기댄 슬우는 매우 절박해 보이는 라온을 물끄러미 보기만 했다.

"여기서 형이랑 살 거야."

"뭐?"

"형이 날 미워하든 말든 살 거야, 여기서. 형이 날 죽이든 말든 살 거라구, 여기서 형이랑 같이."

"채라온."

"바빠서 자주는 못 들어올 거야. 그래도 내쫓지는 마. 난 형을 포기 못 하겠어."

난 형을 포기 못 하겠어.

라온의 그 말이 슬우의 심금을 울렸다. 어릴 때도 그리 싫다 하는데 졸졸 따라다니던 녀석은 스물다섯 살이나 되고서도 여전히 그를 쫓아다니며 괴롭게 했다.

"니 마음 편하자고 날 괴롭힐 셈이야?"

"이렇게라도 하지 않으면 미쳐 버릴 것 같아서 그래. 세상 모든 사람들이 날 원해도 피붙이인 형이 날 원하지 않는데 행복할

리 없잖아. 다 가졌다고 느껴질 리가 없잖아. 나도 내가 좋아하고 싶은 사람 좋아하고, 하고 싶은 일 하면서 살 거야."

"꺼져. 좋은 말로 할 때."

"싫어!"

"꺼지라고 했어!"

다른 때 같으면 두말하지 않고 나갔을 라온이었다. 하지만 오늘은 단단히 결심하고 왔는지 그에게 등을 돌리고 방들이 있는 복도 쪽으로 걸어갔다.

화가 머리끝까지 난 슬우는 빠른 걸음으로 다가가 라온의 어깨를 잡아챘다. 휘청, 몸이 돌아간 라온의 멱살을 잡아 벽에다 세게 밀어붙였다.

"내 집에서 꺼지라는 말, 안 들려?"

숨이 막혀 얼굴이 시뻘게진 라온은 이를 악물었다. 죽어도 못 나가겠다는 듯. 이를 갈며 주먹을 번쩍 치켜든 슬우의 핏발 선 눈을 보고도 움찔 떨지 않았다. 맞을 각오가 되어 있는 듯 똑바로 형의 눈을 응시했다.

"그렇게 밉다 하면서도 형은 한 번도 날 때린 적 없었어. 그렇지?"

"……."

"엄마가 준 건 먹지도 입지도 않으면서 내가 주는 건 곧잘 입고 먹었어. 그렇지?"

"입 닥쳐."

"왜 그랬는지 난 알아."

라온의 두 눈에서 참았던 눈물이 주르륵 흘러내렸다.

"형도 알고 있었던 거야. 내 잘못이 아니라는 거. 나도 형과 똑같이 불행한 아이일 뿐이라는 걸. 마음속으로는 저주했을지 몰라도 날 동정했던 거야, 형은."

"그 입 닥치라구!"

쿵!

허공을 가르며 라온의 얼굴 옆에 가서 꽂힌 주먹으로 온 집안이 긴 파열음을 늘이며 울렸다. 슬우의 얼굴이 고통스럽게 일그러졌다. 조금만 충격이 가해도 바스러질 것처럼 아픈 손이었다.

라온은 그대로 슬우를 끌어안았다.

"제발, 형. 제발……."

울음을 터뜨리는 라온 때문에 슬우의 눈빛이 크게 흔들렸다. 자신을 붙들고 떨리는 몸을 주체하지 못하는 라온을 보자 가슴 한 구석이 와르르 무너져 내리는 것 같았다.

'망할 자식.'

곧 그의 팔이 아래로 힘없이 늘어졌다.

라온이 집까지 같이 오겠다고 해서 오긴 했는데 내내 걱정이었다. 그런데 작업실로 내려가자 슬우가 혼자 우두커니 앉아 있었다. 전화하지 않은 걸 보면 그림 그릴 생각도 없었던 듯하다.

살며시 다가간 마네는 허리를 굽혀 그의 얼굴을 들여다봤다.

"나 왔어."

생각에 잠겨 있다가 불쑥 나타난 마네 때문에 슬우는 홀연히 생각에서 빠져나왔다. 깊은 늪 속에 빠져 있는 듯 머리가 무겁다가 그녀의 해사한 얼굴을 보자 마음이 조금 밝아졌다.

"오늘은 좀 쉴까 했는데."

마네는 의자를 끌어다가 그의 앞에 앉았다. 라온과 싸운 것 같아 연신 그의 안색을 살피며 물었다.

"혹시 내 위로 필요해?"

슬우가 피식 웃었다.

"필요하다고 하면 해줄 거야?"

"까짓 거……."

마네는 스스럼없이 두 팔을 활짝 벌렸다. 그러고는 씩씩하게 읊조렸다.

"안겨."

"후회할지도 몰라."

"지금 안 안기면 당신이 후회할걸."

그 말이 끝나기가 무섭게 슬우가 그녀를 마주 안았다. 따뜻한 기운이 감돌다 슬우의 가슴에 콕콕 파고들었다. 강한 전율에 그는 잠시 눈을 감았다가 떴다.

"욕쟁이가 기특한 생각을 다 했군."

마네는 그의 커다란 등을 위로하듯 쓱쓱 쓰다듬었다. 일전에 패밀리 레스토랑에서 그가 해주었던 방식대로 돌려주는 것뿐.

"이 정도는 얼마든지 해줌세."

"키스는 안 되나?"

"위로받다가 죽을 수도 있으니 입 조심하게나."

그녀의 살벌한 농담에 큭큭 웃던 슬우는 문득 진지하게 말을 꺼냈다.

"라온이 여기서 살겠대, 나랑."

"그래서 같이 살게?"

"보기보다 고집이 센 놈이야."

누구 동생이겠어, 하는 소리가 입 끝에서 맴돌았으나 마네는 짐짓 모른 척했다.

"라온이 보는 거 많이 괴로운가?"

"어. 왜 안 그렇겠어? 라온이가 태어나던 날, 엄마가 그렇게 돌아가셨는데."

"……."

라온이가 태어나던 날, 엄마가 자살하셨다구?

마네의 가슴이 연달아 쿠쿠쿵 주저앉았다. 그녀는 놀라서 자기도 모르게 슬우의 몸을 꽉 끌어안았다.

얼마나 아팠을까, 이 남자는.

눈물이 핑 돌고 가슴이 먹먹했다.

"많이 힘들었겠다……."

"그림이 아니었으면 버티기 어려웠을 거야."

"알 것 같아, 그 심정. 내가 같이 몰아내 줄까? 라온이 이 집에서 당신이랑 살지 못하게."

"내 편들어주니 고맙군. 막상 그렇게 하라고 하면 못할 거면서."

찔끔한 표정이던 마네는 슬쩍 그의 가슴을 밀어내고 똑바로 의자에 앉았다.

"솔직히 말하면 이건 내가 이래라저래라 할 문제는 아닌 것 같아. 근데 그런 건 있더라. 용서란 받는 쪽보다 해주는 쪽이 속 편하다는 거. 용서와 사랑이 같아서 그런가 봐. 사랑도 받는 것보다 주는 게 행복하다잖아."

"결론은, 나더러 용서해 주라?"

마네가 재빨리 두 손을 내저었다.

"어떤 결정을 하든 난 당신 편이야. 왜냐? 당신 인생이니까."

슬우는 맥 빠지듯 웃고 말았다. 정말 마녀가 따로 없었다. 사람을 단시간이 홀려놓더니 이젠 마음을 쥐락펴락하기까지. 그러고도 그는 마네가 집으로 올라가고 새벽녘이 되도록 작업실에서 나오지 않았다.

아버지에게 버려진 채 엄마와 단둘이 살던 집. 엄마가 한을 품고 돌아가신 집. 이곳에서 살겠다는 라온을 도무지 이해할 수 없었다.

찬 서리가 내린 새벽. 정원에서는 창문을 통해 그 모습을 라온이 지켜보았다. 그 역시 잠을 못 이루긴 매한가지였던 것이다.

☆ ☆ ☆

"당신이 라온이 설득해 봐요. 라온이가 그 집에서 슬우랑 산다는 게 말이 돼요?"

아침 출근 준비 중인 채명국에게 이재희가 넥타이를 골라주며 불안감을 떨치지 못했다. 라온이 슬우와 함께 살겠노라 선언한 것 때문에 그녀는 몹시 마음이 상해 있었다.

그런데 당연히 반대할 줄 알았던 채명국의 입에서 뜻밖에 덤덤한 대답이 돌아왔다.

"형제끼리 사는 게 뭐 어때서? 내버려 둬."

넥타이가 구겨지는 줄도 모르고 꽉 움켜잡은 이재희는 경악한 얼굴로 채명국을 바라봤다.

"뭐라구요? 거기가 누구 집인데……. 라온일 어떻게 그 집에서 살게 해요?"

생각만 해도 끔찍해 이재희는 몸서리를 쳤다. 채명국은 아침부터 히스테리를 부리는 이재희 때문에 짜증스러운 듯 그녀의 손에서 넥타이를 확 낚아채어 직접 맸다.

"라온이 일에 참견하지 말라고 몇 번이나 얘기했어? 라온이 연예인 시키겠다고 했을 때도 당신이 하도 졸라서 하게 내버려 뒀어. 애한테 당신 대리만족하는 거 나도 물리고 지쳐."

"……."

"그리고 슬우랑 잘 지내는 게 뭐가 잘못이야? 라온이 노력하는 거 당신이 백분의 일만 해도 남남처럼 살 일 없어."

"그래서 이렇게 사는 게 다 내 잘못이라는 거예요? 기가 막혀서! 그런 당신은 뭘 했는데요? 허구한 날 바쁘다는 핑계 대고 신경 안 쓴 건 당신도 마찬가지잖아요."

눈에 핏발을 세우며 따지고 드는 이재희에게 채명국은 노여운 얼굴로 윽박질렀다.

"아침부터 뭐 하는 짓이야? 집안이 평안하려면 여자 하기 나름이랬어. 대체 당신이 하는 일이 뭐야? 당신 해달라는 대로 다 해준 걸로도 부족해?"

"부족하냐구? 그럼 난 뭐 맨날 만족하며 사는 줄 알았어요? 그 많은 손가락질, 수모 다 감수하면서 당신 택한 사람, 나예요. 라온이, 내 아들 하나 지키려고 죽을힘을 다해 버텼다구요, 이때까지. 여기서 더 어떻게 해요? 당신도 두 눈으로 똑똑히 봤잖아요, 슬우랑 같이 살 때 걔가 나와 라온이한테 어떻게 했는지. 그 어린것한테 온갖 굴욕 다 당하는 게 세상사람 손가락질하는 것보다 더 무섭고 비참했다구요. 그러고도 이 가정 지켰잖아요. 근데 뭐? 내가 아무것도 하는 일이 없어?"

슬우 엄마가 죽고 함께 사는 동안 슬우는 단 한마디도 이재희에게 말을 붙이지 않았다. 거의 유령 취급이나 마찬가지였고, 행여 눈길을 준다 싶으면 섬뜩하리만치 증오의 눈빛으로 바라보곤 했었다. 라온에게도 얼음장처럼 냉랭하긴 마찬가지였다.

그렇게 5년을 함께 살았다.

중학교는 아예 프랑스로 보내 버렸고, 그 후로 청년이 된 슬우와는 더 이상 같이 살지 않았다.

이재희가 라온이 때문에 최고 여배우의 자리를 포기했듯이 채명국도 슬우와 슬우 엄마를 버린 것이나 같았다. 서로 잃은 것이 있을진대 이재희는 혼자서만 희생한 양 늘 푸념을 늘어놓았다. 채명국도 이재희의 이기적이고 집착 강한 모성애에 기가 질릴 대로 질려 있던 참이어서 그예 버럭 고함을 치고 말았다.

"그만해! 이제라도 슬우 마음이 풀어져서 라온이와 잘 지내면 당신한테도 나쁠 거 없지 뭘 그래. 가뜩이나 회사 이미지 쇄신하느라 머리가 빠개져. 당신까지 소란 안 떨어도 충분히 시끄럽고 성가신 일 천지야. 자꾸 분란 일으킬 생각하지 말고 조용히 있어."

채명국의 호된 꾸지람에 이재희는 어처구니가 없어 입이 벌어졌다. 가뜩이나 슬우에게 라온을 빼앗긴 것 같아 분하고 억울한 마당에 남편이란 사람이 편은 못 들어줄망정 분란의 씨앗이라는 투로 말하다니.

넥다이를 매는 둥 마는 둥 드레스룸을 확 나가 버리는 채명국을 바라보며 이재희는 분노를 참을 길 없어 부들부들 떨리는 주먹을 세게 말아 쥐었다.

☆ ☆ ☆

침입하듯 살금살금 복층계단을 올라 침대에 엎어져 자고 있는 슬우의 등을 확인한 라온은 발소리를 죽여 다시 아래층으로 내려왔다. 그리곤 주방으로 가 최대한 소리나지 않게 토스트를 굽고 계란프라이를 하고 우유를 꺼내 식탁에 앉아 신문을 보며 혼자 아침 식사를 했다. 새벽에 슬우가 들어오는 소리를 듣고서야 잠이 들었던지라 토스트를 먹기엔 몹시 목이 멨다. 휴대전화로 문자가 또르릉 온 것은 그가 토스트를 도로 접시에 내려놨을 때였다.

〈밥 먹고 싶으면 올라와.〉

듣던 중 반가운 소식을 전해 온 사람은 다름 아닌 마네였다. 좋아서 폴짝 의자에서 일어선 라온은 그대로 주방을 뛰어나갔다. 그러다 잠귀 밝은 슬우 생각에 까치발을 들고 현관으로 달려가 조심스레 문을 닫았다.

2층으로 올라가 노크하자 잠시 후, 문이 열리며 밀레가 내다봤다. 그녀는 겸연쩍게 목례만 하고는 총총 주방으로 사라졌다.

신발을 벗고 거실로 올라선 라온이 '누나' 하며 마네를 찾았다. 방에서 나오던 마네가 환히 웃으며 그를 맞았다.

"들어와."

"다른 가족분들은 안 계세요?"

"나가셨어. 밀레도 오늘 아르바이트 없다고 그래서. 근데 찬이 별로 없다. 넌 몇 시까지 나가봐야 해?"

"오늘까지 쉬기로 했어요."

"그래? 잘 됐다. 우리 오늘, 넷이서 놀러 갈까?"

갑작스러운 제안에 라온이 마네를 따라 주방으로 들어서다 짐짓 놀란 표정을 지었다.

"형이 가려고 할지 모르겠네요."

자신 없게 말하며 라온이 의자에 앉았고, 밀레가 그의 앞으로 가지런히 수저를 놓아주었다. 그녀의 오동통한 손이 참 복스럽고 귀엽다 생각하며 라온은 싱긋 미소를 지어 보였다.

"고마워요."

"뭘요."

밀레는 어제 라온에게 한 말이 내내 마음에 걸렸던지라 어색하게 웃었다.

집에서 보통 먹는 밥과 반찬임에도 그는 정말 맛있게 식사했다. 먹을 때마다 '음, 맛있어요'를 연발해서 보는 사람도 덩달아 밥맛이 났다. 그냥 보고만 있어도 빛이 반짝반짝 나는 라온을 보자 마네는 오히려 알싸하게 가슴 한켠이 아려왔다. 이 형제의 가장 큰 비극은 라온이 너무나 착하고 순수하다는 게 아닐까 싶을 정도로 안타까운 상황이었다.

식사가 끝나고 거실로 나온 마네와 라온 앞으로 밀레가 커피잔을 놓아주었다. 라온은 또 '고마워요' 하며 해맑게 웃었다. 웃음도 많고 또 웃는 게 예쁘기도 하여 밀레도 경직된 마음이 풀어지듯 배시시 웃음이 나왔다.

"넌 안 마셔?"

마네가 물으니 밀레가 쭈뼛쭈뼛 라온의 눈치를 봤다.

"난 방에 들어가 있을게."

"괜찮아요."

라온이 오히려 미안한 듯 말하자, 마네가 귀여운 것들 하는 눈초리로 피식 웃었다.

"같이 마시게 커피 갖고 와."

밀레는 커피를 갖고 와서도 멀찌감치 꿔다 놓은 보릿자루처럼 앉아 있었다. 프린스 채라온이 평민의 집에 납시어 황공무지로소이다, 하는 얼굴로. 이렇게 보고 있어도 실감이 안 나니 참.

"형은 아직 자?"

"예. 새벽에 들어왔어요."

"지금 깨워야 준비하고 갈 텐데. 내가 가서 깨울까?"

넷이 놀러 갈 수 있을지 미지수이지만, 마네는 슬우에게 기회를 마련해 주고 싶었다. 라온에 대해 순수한 마음으로 바라볼 기회.

"그러세요. 내가 깨우면 안 일어나요."

마네가 일어나자 밀레가 불안한 듯 그녀를 올려다봤다.

하지만 미처 밀레의 표정을 읽지 못한 마네는 다다다 현관으로 달려간 후였고, 덩그러니 라온과 단둘이 남게 된 밀레는 극도의 긴장감을 느껴야 했다. 단둘이 있다가 또 실언하게 될까 봐 가슴이 두근두근 뛰었다.

레스토랑에서와는 다르게 집에 단둘이만 남게 되자 어색했는지 라온도 살짝 얼굴이 상기되었다.

"저기……."

"예, 예?"

밀레가 화들짝 놀라 그를 바라보았다.

"어제 충고 고마웠어요."

"충고……. 아, 그그그거요?"

실언이라 생각한 것을 충고로 받아들여 주니 감사하다만, 밀레는 미안해서 얼굴이 빨개졌다. 다시 한 번 강조하지만 나쁜 뜻으로 한 말은 절대 아니었다. 그렇다고 딱히 도움이 될까 하여 한 말도 아니었다. 자기 주제에 프린스 채라온에게 무슨 도움이 되겠는가. 다만, 가감 없이 100% 있는 그대로를 말한 것뿐이다. 죄라면, 꼼수 따윈 부릴 줄 모르는 솔직함이 문제일 터.

"제제제가 한 말 때문에 상처받은 거 아니에요?"

큰 눈망울을 아래로 내리깔고 소심하게 묻는 밀레를 보자 라온은 자기도 모르게 풋 웃음이 터졌다.

"상처 많이 받았는데."

'많이'에 강조하며 대답하자 밀레의 입이 멍 벌어졌다.

"저저정말요? 어어어떡하지? 죄송해요!"

고개가 푹 아래로 꺾인 그녀를 보고 라온은 크게 웃음이 나오려는 걸 억지로 참아냈다.

"책임져요."

"어떻게 채채책임을……?"

"오늘 재밌게 해줘요. 그럼 상처가 깨끗하게 싹 나을 거 같아요."

어떻게 해야 재밌을까 생각하는 듯 밀레가 까만 눈동자를 동글동글 굴렸다. 하지만 아무리 생각해도 좋은 방법이 떠오르지 않았다. 그것보단 그와 놀러 간다는 생각에 가슴만 떡방아 찧듯 쿵더덕 쿵덕 뛰었다.

문이 잠기지 않아 안으로 들어온 마네는 고요한 실내에 고개를 쭉 빼어 이리저리 둘러보았다. 침실이 어딘지 몰라 난감하게 걸어가다 문득 복층계단 앞에서 걸음을 멈췄다. 고개를 꺾어 위를 올려다봤다. 직감이랄까. 그곳이 침실일 것 같은 느낌이 든다.

마네는 남자가 자는 침실을 본다는 생각에 괜스레 가슴이 설레었다. 계단 끝에 다다라 안쪽에 놓인 침대에 누워 잠이 든 슬우를 바라보았다. 안으로 선뜻 들어가지도 못하고 계단 벽에 기댄 채 조그만 소리로 그를 불렀다.

"채 화백님, 그만 일어나시죠."

그 소리에 슬우가 옆으로 돌아누웠고, 깜짝 놀란 마네가 도로 계단을 내려가다가 눈만 쏙 빼어 상황을 살폈다. 헌데 슬우는 더 이상 움직임이 없다.

"흐음."

다시 계단 위로 올라온 미네는 상체를 숙여 소금 더 큰 소리로 그를 불렀다.

"채 화백, 일어나."

슬우가 베개에 얼굴을 비비며 살며시 미소를 지었다. 꿈결에 마네의 음성을 듣는 듯이. 이불 위로 드러난 그의 맨 어깨에 마네는 민망한 듯 시선을 먼 데다 두었다.

"일어나라구!"

냅다 소리를 지르고는 후다닥 계단 아래로 뛰어내려 가버렸다. 비몽사몽 헤매던 슬우는 소스라치게 놀라 잠에서 깨어났다. 잠이 덜 깬 얼굴로 고개를 들어 계단을 살폈으나 마네는커녕 사람 그림자도 보이지 않았다.

꿈이 확실하다 느끼자 실망감에 머리를 베개에 툭 내려놓았다. 그리고 다시 잠이 들려는데…….

"채 화백, 안 일어나면 쳐들어간다."

어디선가 메아리처럼 마네의 음성이 들렸다. 고개를 홱 든 슬우가 계단을 응시했다. 하지만 여전히 아무도 없다. 환청을 듣나 싶어 멍해진 그는 아무래도 이상한 기분이 들어 이불 안에서 흰 시트를 빼내어 하체에 둘둘 말고는 계단 쪽으로 살금살금 다가갔다. 슬쩍 아래를 내려다보자 계단 벽에 마네가 기대 서 있는 게 아닌가.

"거기서 뭐 해?"

갑자기 머리 위에서 들려오는 소리에 화들짝 놀란 마네는 그를 향해 휙 돌아섰다. 계단 위에서 하체를 둘둘 만 흰 시트를 한 손으로 꾹 쥔 채 서 있는 슬우를 발견한 순간, 가슴만 쿵 떨어진 게 아니라 발까지 미끄러져 그녀의 몸이 휘청 기울어졌다.

"엄마!"

"마네야!"

마네의 비명과 슬우의 고함이 한데 뒤섞였다. 다행히 구르지 않고 계단 두어 개를 미끄러져 모서리에 엉덩방아를 찧고 주저앉은 마네는 꼬리뼈가 욱신거려 한동안 일어나지 못했다. 그 틈에 계단을 뛰어내려 온 슬우가 조심스럽게 그녀를 부축했다.

"괜찮아?"

"어으으! 엉덩이야."

눈물이 쏙 빠지도록 아파 진저리 치며 고개를 든 마네는 코앞에 슬우의 맨살, 정확히 그의 너른 가슴팍을 보고는 자기도 모르게 헉, 숨을 삼켰다. 꼬리뼈가 아픈 것도 까맣게 잊을 지경으로 진한 살내음에 정신이 혼미했다.

"다쳤어?"

"아, 아니. 미, 미안. 난 그냥 깨우러 왔다가……."

말문이 막혔다. 빤히 쳐다보는 그의 시선에 따스한 미소가 담겨 있었기 때문이다. 검은 눈동자에 박힌 별무리가 어지러워 가슴이 미친 듯이 뛰었다. 가슴뿐 아니라 뇌도 같이 펄떡펄떡 뛰는 양 어지럽고, 뱃속의 장기들이 죄다 요동을 치는 것처럼 울렁거렸다.

주춤 뒤로 물러난 마네의 등이 더 이상 도망갈 수도 없게 계단 벽에 턱 기대졌다. 자연스럽게 슬우의 몸도 덩달아 한 걸음 가까이 그녀에게 다가섰다.

"흠! 그, 그럼 난 깨웠으니까 가볼게. 오, 오늘 놀러 갈까 하구. 라온이랑 밀레도 쉬는 날이라기에."

"어디로?"

"모, 모르지. 생각해 봐야지, 이제부터."

"그전에 해야 할 일이 생긴 것 같은데."

"뭐, 뭔데?"

마네에게 은근히 몸을 밀착하며 슬우가 감미롭게 속삭였다.

"모닝 키스."

쪽 하는 가벼운 뽀뽀에 불과했지만, 그의 숨소리는 무척이나 가파른 길을 오르는 것처럼 뜨겁고 거칠었다. 아닌 게 아니라 밀착된 그의 아랫도리의 묵직한 것이 그녀에게도 온전히 느껴질 정도였으니.

마른침을 꿀꺽 삼킨 마네는 잔뜩 경직된 표정으로 그를 쳐다보았다. 뽀뽀에 이어 그녀의 뺨에 짙은 입맞춤을 하며 슬우가 두 손으로 그녀를 끌어안았다. 그녀와 그, 정확히 아랫도리 사이에 낀 시트를 제외한 나머지가 스르륵 바닥으로 흘러내리며 그의 엉덩이가 고스란히 드러났다. 굳이 보지 않더라도 아래 상황을 직감한 마네는 자기도 모르게 질끈 눈을 감아버렸다. 심장이 튀어나올 듯이 뛰고 있었다.

이 남자에게 이토록 과감한 구석이 있었다니!

"라, 라온이 오면 어쩌려구?"

목소리까지 덜덜 떨리는 느낌에 마네는 이를 꾹 악물었다. 이건 정말이지 생각지도 못했던 반전이었다. 그에게 이런 발랑 까진 모습이 있을 거라고는 상상도 하지 못했던 일이었다.

가슴은 왜 이렇게 뛰고 지랄. 쪽팔리게.

잔뜩 긴장한 그녀의 뺨에서 입술을 뗀 슬우는 나른하게 중얼거렸다.

"이제 아침마다 큰일이로군. 니가 깨워줘야 일어날 것 같아."

숫제 마법에 걸린 것 같았다. 이렇게 쉽게, 이토록 빨리 누군가를 마음에 담는 일. 그에겐 있을 수도, 있은 적도 없었으니.

장마네는 진정 마녀인 것인가?

아침마다가 아니라 마네에겐 지금 당장이 큰일이었다. 시트를 주워다가 직접 둘러줄 수도 없고 눈을 내릴 수도 없고 몸을 뗄 수도 없고. 점점 딱딱하게, 혹은 꿈틀거리는 뭔가가 자꾸만 느껴지는 통에 어찌할 바를 모르고 바짝바짝 마르는 입술만 초조하고 불안하게 깨물었다.

"싫어?"

마네는 대답하지 않고 그를 빤히 쳐다보기만 했다.

"불쾌해, 내가 이러는 거?"

불쾌하냐구?

아닌 줄 그는 이미 알고 묻는 것이다. 마네는 약간 약이 올랐다. 그가 일부러 유혹하는 것 같았기 때문이다. 실제로 지독히 매혹적이었지만…….

"아니."

"불쾌하지도 좋지도 않다는 눈빛이군."

좋다기보단 떨린다고 해야 맞는 말이리라.

"당신 참 섹시해. 인정."

"쿡. 칭찬까지 듣고 나쁘지 않군."

"괜찮은 남자야. 그것도 인정."

"후후. 그리고 또?"

"사귀어봐도 좋을 것 같다 생각해. 진심."

그녀에게 인정받은 게 기분 좋았는지 그의 입가가 쭉 늘어났다가 다시 제자리로 돌아왔다.

"오래 버틸 줄 알았더니 의외로군."

"그래서 실망이야? 난 미적거리는 거 질색이야. 꽂히면 바로 집중하는 스타일이거든."

"맘에 들어. 장마네답구."

"그럼 이만 치워줄래. 아침부터 정력 자랑 그만하구."

화끈거리는 얼굴을 주체할 수 없어 마네가 부탁했다. 그는 주섬주섬 흘러내린 시트를 끌어다가 허리에 말고는 그녀에게서 몸을 뗐다. 그가 떨어져 나갈 때 뜨겁고 끈적끈적한 기운이 그녀의 전신을 휘감았다. 익숙지 않은 감각에 그녀는 작게 몸서리를 쳤다.

"근데 놀러 가는 건 안 되겠어. 라온이와 놀러 다닐 기분 아니야."

큰 기대를 하지 않았었으니 마네는 짐짓 쿨하게 받아들였다.

"알아. 우리 셋이 가지, 뭐."

미련 없이 계단을 내려가려는 그녀의 손을 슬우가 부랴부랴 붙잡았다. 그녀와 눈높이를 맞추기 위해 그녀보다 세 칸 아래 내려선 슬우는 그녀의 눈을 깊이 들여다봤다.

"나한테 이러지 마."

그는 간청했다. 사실, 그는 스스로 찔려 하고 있었다. 사정이야 어떻든 좋아하는 여자 앞에서 옹졸한 남자처럼 비친다는 것은 꽤나 싫은 일이었으니 말이다.

"선택은 언제나 당신 몫이야. 난 당신의 선택을 존중해."

그녀의 말은 진심이었겠으나, 슬우는 왠지 그녀에게 휘둘리는 기분이었다. 항상 느끼는 거지만 그녀는 그가 생각하는 그림에서 한참이나 벗어난다.

"마녀 같으니."

"우린 한 시간 후에 출발해. 저녁에 봐."

그녀는 그의 손아귀를 벗어나 계단을 어정쩡하게 걸어 내려갔다. 계단 모서리에 찧은 꼬리뼈가 얼얼하게 아팠기 때문이다. 그 모습을 지켜보던 슬우는 그녀가 계단 아래로 완전히 사라지자 곤란한 듯 그대로 주저앉아 버렸다.

아홉 개의 별

결국, 슬우는 라온과 함께 외출하지 않았다. 맥이 빠진 라온도 가지 않겠다고 하는 바람에 외출은 무산되고 말았다. 대신 슬우는 마네만 데리고 외출했다. 밀레가 두 사람 사이에 끼기에는 무리가 있다 생각했는지 알아서 빠져 줬던 것이다.

하여, 네 명에서 두 명으로 줄어든 외출은 두 사람의 첫 데이트가 된 셈이었다. 그럼에도 슬우는 그다지 즐거워 보이지 않는 마네가 줄곧 신경 쓰였다. 실은 마네가 아닌 자신이 생각이 많아서였지만.

차를 운전하며 슬우는 말없이 창밖만 내다보고 있는 마네를 흘끗 쳐다보았다.

"재미없는 표정이군."

"그건 당신도 마찬가지야."

"첫 데이트야, 이거."

첫 데이트.

처음 맛보는 초콜릿처럼 어감이 감미롭고 설레어 마네는 금방 산뜻한 미소를 머금었다.

"뭐 할까?"

"미리 얘기했으면 계획을 짰을 텐데 아쉽군. 난 드라이브가 좋아. 어디 들어가 박혀 있는 건 작업실로도 충분해."

"겨울 바다 보러 가는 건 어때? 드라이브도 하고, 바다도 보고 일거양득이잖아."

마음이 통했는지 슬우가 활기차게 외쳤다.

"오케이!"

한편, 집에서는 1층엔 라온이, 2층엔 밀레가 똑같이 소파에 길게 누워 TV를 보고 있었다. 그나마도 심심해져 라온은 TV를 끄고 정원으로 나왔다. 때마침 밀레도 지겨운 듯 기지개를 켜며 테라스로 나왔다.

"으아아아. ……합!"

늘어지게 기지개를 켜다가 뒤늦게 정원에 나와 있는 라온을 발견한 밀레는 얼른 차렷 자세를 취했다. 요란한 기지개 소리에 고개를 돌린 라온이 밀레와 눈이 마주치고 해맑게 웃었다.

"재미있게 해준다면서요?"

큰소리로 묻는 라온 때문에 밀레는 고민스러운 얼굴로 작게 고개를 끄덕였다. 연예인은 자기면서 왜 자꾸 일반인한테 재미를 추구하는지 참으로 모를 일이었다. 라온이 무료한 얼굴에서 금방 흥미로운 눈빛으로 바뀌어 그녀를 향해 손을 까닥였다.

"아래층으로 내려와요."

왕자님의 부르심(?)을 듣고 아래층으로 내려온 밀레는 그새 소파에 앉아 신중하게 무언가를 보고 있는 그의 앞으로 다가갔다.

"이거 같이 풀어볼래요?"

"뭔데…… 요?"

"멘사 퀴즈요. 재미있어요."

밀레는 허걱, 하는 얼굴로 그를 쳐다보았다. 멘사 회원인 자기야 재미있겠지만, 대학도 간신히 턱걸이로 들어가 사회복지학과에 다니는 자신과는 우주의 끝과 끝처럼 멀고 먼 이야기였다.

하지만 맑디맑은 라온의 눈동자를 보자 싫어요, 소리가 나오지 않았다. 또 상처받으면 큰일이 아닌가.

그리하여 꼼짝없이 붙잡힌 밀레는 오후 내내 라온과 함께 골치 아픈 멘사 퀴즈를 풀어야 했다. 물론, 거의 라온이 맞혔지만.

정말 모르는 것도 없는 프린스 채라온이었다.

인천에서 바다를 보고 식사하는 것으로 두 사람은 첫 데이트를 했다. 한 횟집에 마주 앉아, 운전해야 하는 슬우 대신 마네는 혼자 소주잔을 기울였다.

"첫 데이트가 시시해서 어떡하지?"

슬우의 염려에 마네가 픽 웃으며 고개를 저었다.

"소박하니 좋은데, 난. 겨울 바다, 소주, 드라이브. 그거면 됐어."

슬우는 마네가 그녀의 아버지와 닮은 점이 많다고 느꼈다. 순박해 보이던 그녀의 아버지를 떠올리자 마음 밑바닥이 뾰족한 무언가에 긁히는 듯 통증이 왔다. 어제 라온이 때문에 벽에다 주먹질을 한 것도 있었지만, 교통사고 때의 기억이 되살아나 손이 또 욱신거리며 아팠다. 하지만 내색 없이 회를 집어 먹었다. 그나마 고소한 회 맛을 느낄 수 있었던 것은 함께한 마네 덕분이다.

"아버님은 어떤 분이셨어?"

"우리 아빠? 음. 천생 예술가. 돈도 명예도 다 필요 없이 오로지 그림 그리는 일에만 매진하셨지. 난 우리 아빠 존경해. 나도 아빠처럼 화가가 되고 싶었어."

"근데 왜 진로를 바꿨지?"

마네의 표정이 금세 울적해졌다.

"두려웠던 거지. 아빠처럼 그 모든 것에서 자유로울 자신이 없었거든. 현실을 이기지 못했다고 할까. 결론적으로 말하면 예술가로서의 자격을 스스로 포기했어."

"비주얼 디렉터로서는 성공했잖아. 그것도 예술의 일종이야."

"하지만 진짜 내가 하고 싶었던 건 그게 아니었으니까. 돈 때문에 선택한 거야, 비주얼 디렉터는. 무명이었던 아빠를 대신해 돈도 벌고 유명해지고 싶었어. 내가 확실히 욕심이 많은가 봐. 난 성공했다는 생각 아직 안 들거든. 솔직히 말하면 당신이 화가라는 거 알았을 때 질투 났었어."

"질투?"

"부끄럽게도. 내가 이루지 못한 걸 당신이란 남자가 하고 있다고 생각하니까 속상했어. 게다가 갤러리까지 가진 남자라니 더 그랬구. 자격지심이었던 거지. 후후."

슬우는 이해한다는 듯 빙그레 웃었다.

"지금은?"

"응원해야지. 내가 이루지 못한 꿈, 당신이 하고 있는 거잖아. 그리고 고마워. 아빠 전시회 열어주겠다는 거. 난 정말 생각지도 못했었어."

"대신 모델 서주잖아."

"난 운명 같은 건 안 믿는 사람인데 말이야. 당신이랑 나랑 인연이 많아서 좀 신기하긴 해."

"누가 그러더군. 인연이 쌓이고 쌓이면 운명이 되는 거라구."

두 사람은 잠시 서로를 깊은 시선으로 바라보았다. 그리고 똑같이 입매를 늘여 웃음 지었다.

술잔을 기울이는 그녀를 보며 슬우는 착잡했다. 운명이라 아니할 수 없는 현실이 그의 앞에 버젓이 놓여 있지 않은가. 어쩌면 장필도 그분이 영원한 길을 떠나며 자신의 딸, 마네를 보내신 것이 아닌가, 하는 생각이 들었다.

하지만…….

그녀에게 자신이 그 자리에 함께 있었던 사람이라고 말을 꺼내기가 주저되었다. 이렇게 설레고 행복한 시간이 물거품처럼 사라져 버릴까 봐. 자신의 아버지 때문에 받은 상처가 아직 아물지 않아서 고스란히 기억하고 있을까 봐. 돌아가신 아버지의 마지막을 함께했던 사람이라는 동정심보다 그 후에 받은 상처가 더 크게 마음에 자리 잡아 차갑게 외면해 버릴까 봐.

슬우는 빨갛게 충혈되는 눈자위를 들어 창 너머 잿빛 바다를 바라보았다.

언제나 현실은 가까이, 진실은 저 멀리에 머문다.

'아저씨 딸 장마네……. 제가 무지 아끼고 사랑하게 될 것 같습니다. 그러니 조금만 시간을 주시겠습니까? 제가 그 빌어먹을 아버지 아들이란 걸 알고도 저한테서 떠나가지 않을 만큼 마네가 절 사랑하게 될 때까지만……. 비밀로 해두겠습니다.'

사랑하는 사람이 곁을 떠나는 것만큼 두려운 게 있을까. 아무도 자신을 지켜주지 않는다는 절망과 겁핍은 서른이 훌쩍 넘어 어른이 되어버린 그의 잠재의식 속에 아직도 또렷하게 박혀 있었다. 그 절망과 결핍은 또다시 한 가지에 몰입하고 집착하게 만들었고, 미술에 대한 재능과 합쳐져 광적인 천재성을 드러낸 것과도 일치했다.

어쩌면 마네에게도 자신의 모든 것을 쏟아붓고 집착하게 될지 모른다. 그게 스스로를 보호하고 이겨낸 방법이었으니까. 자신을 둘러싼 울타리 안으로 들어온 그녀는 더 이상 타인이 아닌 채슬우 자신과 다름없었다.

"저어……. 집에 계속 계실 거예요?"

엄마와 통화한 직후 밀레가 조심스럽게 물었다. 멘사 퀴즈에 푹 빠져 있다가 라온이 고개를 들어 밀레와 눈을 맞췄다. 밀레가 1초 만에 피해 버렸지만.

"왜요? 나가봐야 해요?"

라온도 옆에서 통화한 걸 들은지라 너무 붙잡고 있었나 싶은 마음에 머쓱하게 물었다.

"엄마가 저녁에 삼겹살 먹자 그래서요."

"삼겹살이요?"

밀레는 얼굴이 볼긋해져 고개를 까딱까딱했다.

"오빠 와 있다고 했더니 일찍 들어오겠다며 삼겹살이라도 괜찮거들랑 같이 먹자시네요."

화가 아저씨처럼 한우도 아니고 삼겹살이 웬 말이냐 싶어 밀레는 고기 종류로는 삼겹살 이상은 안중에도 없는 엄마가 원망스러웠다. 그런데 라온은 금방 눈이 얼굴에서 사라지며 환하게 웃는다.

"나 삼겹살 완전 좋아하는데!"

물론, 밀레도 알고 있었다. 라온이 삼겹살 마니아라는 거. 그래도 그렇지 월드스타를 데려다 놓고 연기 풀풀 날리며 삼겹살을 먹인다는 건 왕자님에게 저잣거리 선짓국밥을 먹이는 것처럼 비현실적으로 느껴지니 어쩌란 건가.

"저 지금 장에 다녀와야 하는데……. 엄마가 삼겹살이랑 채소 사다 놓으라고 하셔서요."

"같이 갈까요?"

"헉!"

왕자님, 고정하시옵소서.

밀레의 입에서 그 소리가 절로 나올 판이었다.

채라온과 시장을? 오 마이 갓!

눈이 휘둥그레진 밀레를 보고 라온이 시무룩하게 되물었다.

"안 돼요?"

밀레는 냉큼 안 된다고 거절도 못 하고 끙, 앓는 소리를 냈다. 월드스타를 모시고 시장을 다녀와야 한다는 현실이 막막했다.

가는 것까진 좋다 치자.

사람들이 죄다 알아볼 테고, 괜히 옆에 있다가 사진이라도 찍히면 신상공개되는 건 순식간이다. 그럼 친구들이 가만히 내버려 두지 않으리라. 아르바이트하는 곳에서도 얼마나 시달릴 것인가.

그보다 더 무서운 것은 그의 팬들에게 집중공격 대상이 될 수도 있음이었다. 마네 언니를 보라. 레오와 한 번 잘못 엮이니 두고두고 씹히지 않는가.

"시장에 정말 가보고 싶었어요."

저 천진난만한 왕자님을 어쩌리오.

밀레는 거의 울 것처럼 대꾸했다.

"가, 같이 가세요."

어린애가 놀이동산 간다고 해도 저보다는 더 기뻐할 수 없을 것이다. 방으로 후다닥 들어갔다가 점퍼를 입고 나온 라온은 한껏 신이 나 있었다.

"시장 멀어요?"

"멀진 않은데요. 아랫동네라 차 타고 가야 해요."

"아."

그리하여 헤어숍이 있는 건물 주차장에 파란색 스포츠카를 세운 라온과 밀레는 먼저 헤어숍으로 갔다. 시장 볼 돈이 필요했던 것이다. 실내는 손님들로 정신이 없었는데, 새복이 카운터에 있다가 들어서는 밀레를 보더니 '금방 왔네' 하며 돈을 챙겼다.

그때 와아, 하는 요란한 함성이 들렸고, 얼떨떨하게 고개를 든 새복은 밀레 뒤로 따라 들어오는 라온을 보자마자 반색하며 쪼르르 카운터 바깥으로 나왔다.

"어머머! 어서 와요."

손님이고 헤어스타일리스트고 전부 고개를 빼어 라온을 보느라 소란스러워졌다. 어느새 라온의 주변으로 달려든 사람들 때문에 저만치 밀려난 밀레는 혼이 쏙 빠질 지경이라 시장에 같이 갔다간 깔려 죽지 않으면 다행이라 생각했다.

너도나도 사인을 받느라 혼란스러운 가운데 차분히, 그리고 일일이 정성스레 사인을 해주는 라온의 모습은 경이에 가까웠다. 새복도 기회를 놓칠 수 없다 여기고 슬우와 석현에게 했듯이 함께 사진을 찍는 바람에 또 한바탕 너도나도 사진을 찍겠다고 난리법석을 떨었다.

간신히 풀려난 라온과 시장으로 향한 것은 그로부터 20분 후.

채라온이 시장에 떴다고 여기저기서 악수를 청하고 인사를 하고 휴대전화로 찍고 북새통을 이뤘지만, 연신 웃는 얼굴로 인사를 받아주는 라온을 보자 밀레는 월드스타도 아무나 하는 게 아니로구나, 깨달았다.

보는 것만으로도 피곤한데 당사자는 얼마나 힘들까. 휴우.

정육점에 다다라 삼겹살을 넉넉히 사고, 채소가게에서 여러 가지 채소를 사 집으로 돌아왔을 땐 밀레의 혼이 반쯤은 나가 있었다. 이토록 버라이어티한 시장나들이는 처음이었다.

차에서 삼겹살과 채소가 담긴 비닐봉지를 꺼내며 라온이 다정히 말을 붙였다.

"나 때문에 힘들었죠?"

"뭐 그냥 좀……."

어정쩡하게 대꾸하며 밀레는 자기도 모르게 그의 눈치를 살폈다. 괜찮아요, 라고 씩씩하게 대답하면 될 것을 모호하게 대답하면 그가 또 오해할지도 모르겠다는 생각에.

아니나 다를까 금세 미안한 낯빛이 된 라온이 먼저 차에서 내렸고, 밀레가 저주스러운 자기 입을 손으로 탁 때리고는 따라 내렸다.

정원을 가로질러 2층으로 오르는 계단 아래에서 라온은 뭔가 할 말이 있는 양 미적거렸다.

"도와줄까요?"

밀레의 시선이 그의 하얀 손으로 향했다.

검정 비닐봉지를 든 것도 안 어울릴 지경인데 섬섬옥수가 따로 없는 저 손으로 채소를 씻겠다구?

하지만 역시나 그의 맑은 눈동자는 안 되는 것도 되게 만드는 희한한 마력이 있었다. 아……. 하고 난감하게 비음을 내던 밀레는 하는 수 없다는 듯 어설피 웃었다.

"그, 그러실래요?"

모르는 사람들은 그럴 것이다. 복받은 년이라고. 하지만 함께 있는 사람으로서는 심장이 벌렁거려 견딜 수가 없었다. 채라온과 멘사 퀴즈를 풀고, 시장에 가서 장을 보고, 같이 저녁 준비를 한다는 게 현실적으로 있을 법한 얘기라야 말이지.

"어떻게 하는지 좀 알려줄래요?"

손에 쥔 상추를 들고 싱크대 앞에 서서 라온이 난감하게 물었다. 밀레는 더 난감하게 반문했다.

"뭘요?"

"이거 그냥 물에 씻으면 되는 거예요?"

밀레가 손을 뻗어 싱크대에 달린 수도 손잡이를 툭 쳐서 올렸다. 쏴아, 물이 쏟아졌고 이젠 씻어도 된다는 듯 눈짓을 보냈다. 헌데 어쩐 일인지 라온은 계속 쩔쩔맸다.

"채소 안 씻어보셨어요?"

밀레의 직설적인 물음에 라온의 얼굴이 살짝 붉어졌다.

"예. 한 번도 안 해봐가지구……."

프린스가 괜히 프린스겠나. 하겠다고 할 때 말리는 게 평민의 도리인 것을.

"주세요, 제가 할게요."

밀레가 손을 내밀어 그의 손에 쥔 상추를 잡았다. 순간 손끝이 그의 보드라운 손등에 가서 닿았고, 최하 만 볼트급 전류가 흘러 기절할 듯이 손을 뗐다.

"죄죄죄송……."

"……."

전기에 감전된 것마냥 입술이 순식간에 말라 버린 듯해 밀레는 혀로 살큼 훔치고는 후다닥 주방을 뛰어나갔다. 주방에 혼자 덩그러니 남은 라온은 상추를 양손으로 든 채 어떻게 해야 할지 몰라 울상을 지었다.

화장실로 급히 뛰어들어 온 밀레는 심장이 갈비뼈를 뚫고 튀어나올 듯이 뛰어 손을 가슴에 얹고 심호흡을 했다.

"후아, 후아, 후아. 안티의 존심이 있지. 니가 이럼 되겠어? 후아, 후아, 후아."

가까스로 가슴을 진정한 뒤 다시 주방으로 돌아왔을 때 라온은 재주껏 채소를 씻어 바구니에 담는 중이었다. 밀레가 들어오자 밝게 묻는다.

"이렇게 하는 거 맞죠? 오, 완전 잘해, 나."

혼자 자화자찬하고 있는 그를 보고는 밀레가 허, 웃었다.

'내가 오늘 채라온이 씻은 상추를 먹게 되는 건가?'

왠지 모를 뿌듯함과 신기한 마음을 안고 그의 옆으로 다가간 밀레는 제대로 씻었는지 확인했다. 상추 하나를 들어 뒷면을 보자 검은 흙이 아직 묻어 있었다.

"한 번 더 씻어야겠는데요."

밀레는 여느 때처럼 정말 별생각 없이 한 말이었다. 씻어야 해서 씻어야겠다고 말한 것뿐이다. 그런데 갑자기 머리 위에서 정적이 흐르는 게 아닌가.

등골을 타고 오르는 싸한 느낌에 슬그머니 옆에 서 있는 라온을 올려다봤다. 라온이 당황한 모습이 역력해서는 상추를 요리조리 돌려보고 있었다.

아차, 싶은 밀레는 그의 손에서 홱 상추를 낚아채어 얼른 수돗물 아래 집어넣었다. 나름 은폐하고자 함이었는데, 상추를 빼앗기고 또다시 시무룩해진 라온은 한 발 물러나 뒤로 빠졌다.

상황이 그러하다 보니 밀레는 밀레대로 그가 매우 신경 쓰이지만 돌아볼 용기가 나지 않았다. 자기도 모르게 또 지적해 버린 것이 미안했기 때문이다. 자화자찬까지 한 사람한테 대놓고 지적했으니 얼마나 무안했으랴.

둘 사이엔 길고 긴 정적만이 흘렀고, 왕자와 안티의 갭은 도무지 좁혀질 기미가 보이지 않았다.

"형, 저예요."

〈어, 라온아. 왜?〉

마네의 집, 거실 소파에 앉아 석현에게 전화를 거는 라온의 곁에서 샤갈이 눈을 반짝이며 지켜보았다.

"잠깐만요. 큰누님 바꿔 드릴게요."

〈큰누님?〉

석현이 의아해하는 소리를 들으며 라온은 냉큼 휴대전화를 샤갈에게 건넸다. 석현에게 전화해서 오라고 청한 건 샤갈이었지만, 전화를 바꿔주니 당황스러웠다. 얼결에 전화를 받은 샤갈은 금방 호호호 웃으며 인사했다.

"안녕하세요, 대표님? 저 마네 언니 샤갈이에요."

〈아! 샤갈 씨. 아이구, 안녕하십니까?〉

"다름이 아니고 지금 시간 괜찮으면 저희 집에 오시라구요. 라온 씨도 쉬는 날이고 해서 엄마가 삼겹살 준비했거든요."

〈어머님이 센스가 있으시네요. 당연히 가야죠! 저까지 초대해 주시고 감사합니다. 역시 절 챙겨주시는 건 샤갈 씨뿐이로군요.〉

"아이, 대표님두. 대표님, 된장찌개 좋아하신다면서요. 제가 뽀글뽀글 맛있게 끓여놓고 기다리고 있을게요. 빨리 오세용."

애교 있게 전화하는 샤갈을 보다가 라온은 거실에 상을 펴고 식탁을 차리는 밀레에게 시선을 주었다. 그녀가 놓고 있는 건 씻다가 빼앗긴 상추. 생각하니 또 얼굴이 화끈거린다.

'어휴. 흙 묻은 것도 모르고 잘 씻었다고 자랑했으니. 보이는 이미지랑 하는 거랑 달라서 안티가 된 건가?'

정선이라는 친구와 만났을 때 밀레가 한 말이 다시금 떠올랐다. 뭐든 너무 잘하게만 보이는 건 설정 같아 싫다고 했던 말이 이런 걸 두고 한 말 같았다. 상추 씻는 것 하나도 사람들에게 가식적인 모습으로 보인다는 걸 깨달아 라온은 깊은 자괴감이 들었다.

☆ ☆ ☆

빠른 속도로 집으로 향해 달리며 슬우는 사이드미러로 옆 차선을 살폈다. 라온이 왔다고 가게 문도 일찍 닫고 귀가한다는 새복의 전화를 받고는 부랴부랴 서울로 돌아오는 길이었다. 슬우는 새복의 흥감스러운 환대가 반갑지 않은 듯 무표정했으나, 차마 거절하진 못했다. 유난히 정이 많은 가족이란 걸 알기 때문이다.

그런데 웬걸. 석현까지 전화가 와 집에 오겠단다. 라온과 통화한 모양이라 슬우는 더욱 마음이 불편해졌다. 그 가운데 자신만 쏙 빠지면 라온과 안 좋은 관계라는 것만 여실히 보여주는 꼴이 될 테니 말이다.

서울로 가는 내내 그의 안색이 계속 굳어 있어 마네는 신경이 쓰였다. 왜 그러는지 알 것 같았으니까. 물어보지도 않고 그런 일을 정해 버린 엄마가 원망스러웠다.

"엄마한테 지금이라도 전화할까? 저녁 먹는 거 취소하자구."

"아냐."

"기분 안 좋잖아, 지금. 싫은 거 억지로 해야 해서."

"괜찮아."

집에 도착했을 땐 벌써 모두 모여 있었다. 가게까지 접고 올 정도면 엄마가 라온의 팬이긴 한 모양이었다.

두 사람이 인사하느라 주방에 나란히 들어오자 새복과 샤갈이 놀랍다는 듯 눈이 휘둥그레졌다.

"같이 있었어?"

"어디 좀 다녀오느라."

"어디?"

새복이 호기심 가득한 목소리로 묻자, 샤갈이 눈치채고는 얼른 말을 낚아챘다.

"엄마, 된장찌개 맛 좀 봐봐."

"어, 그래."

새복이 샤갈이 건네는 수저로 맛을 보느라 가스레인지 쪽으로 몸을 돌렸다.

"씻고 올게."

마네가 부리나케 주방을 나갔고, 잠시 후 손을 씻고 거실로 가자 석현이 눈을 초승달로 만들며 반갑게 알은 체를 했다.

"나까지 초대해 주시고 고마워서 어쩌지."

슬우가 소파에 앉았다가 시크하게 물었다.

"초대받은 건 확실해?"

"진짜야. 샤갈 씨한테 물어봐."

"언니가 초대했어요?"

마네가 뜻밖인 양 묻자 주방에서 된장찌개를 갖고 나오던 샤갈이 싹싹하게 대답했다.

"내가 오시라고 했어. 후후. 대표님, 오늘 많이 드시고 가세요. 아셨죠?"

석현과 샤갈이 화기애애한 분위기라면, 라온과 밀레는 서늘한 기운이 감돌았다. 마네는 상 끝과 끝에 자리 잡고 앉은 두 사람을 눈동자를 홱홱 돌려 살폈다. 어쩐지 분위기가 어색해 없는 새 무슨 일이 있었나 싶었다.

하지만 불판 위에 삼겹살이 지글지글 익기 시작하면서 분위기가 바뀌어 석현의 우스갯소리에 연신 웃음이 터졌다. 그 가운데서 유독 웃지 않는 사람은 슬우였다. 그는 묵묵히 식사만 하다가 제일 먼저 상 앞에서 물러났다.

"잘 먹었습니다. 죄송하지만 먼저 가봐야겠습니다. 해야 할 일이 있어서요."

"벌써? 더 먹고 가지 왜?"

새복이 자리에서 일어나며 곰살궂게 그를 챙겼고, 슬우가 미안한 듯 양해를 구했다.

"많이 먹었습니다. 그럼."

급격히 표정이 어두워진 라온을 보다가 마네도 슬그머니 일어났다.

"넌 또 어디 가?"

"잠깐 얘기 좀 하고 올게."

마네가 슬우를 따라 나가자, 새복이 그제야 뭔가 이상한 낌새에 미간을 좁혔다. 샤갈은 뭔가 아나 싶어 고개를 돌려 쳐다보자, 석현 옆에 앉았던 샤갈이 엄마의 눈길을 피해 냉큼 석현에게 말을 걸었다.

"빨리 드세요, 대표님. 고기 다 타겠다. 된장찌개는 입맛에 맞나 모르겠네. 제가 특별히 대표님 생각해서 끓인 거예요. 호호."

석현이 감탄했다는 듯 바로 엄지를 들어 올렸다.

"최고! 와, 지금까지 먹어 본 된장찌개 중에서 제일 맛있어요."

"어머, 정말요?"

"빈말 아닙니다. 진짜 맛있어요. 이런 된장찌개면 365일 먹어도 질리지 않겠네요. 하하하."

"아잉, 제가 매일 끓여 드릴 수도 없고 어떡하나? 안타까워서. 오호호호."

흔하디흔해 빠진 된장찌개에 죽이 맞아 호들갑을 떨어대는 석현과 샤갈을 보자 새복은 어이가 없었다.

생긴 건 뺀질뺀질해서 어쩜 저리 입담이 좋을꼬?

슬우와 마네도 하는 짓이 수상쩍은데 석현과 샤갈도 슬슬 시동을 거는 듯해 새복은 떨떠름하게 두 사람을 바라보았다.

바지 주머니에 두 손을 꽂고 터벅터벅 계단을 내려가는 슬우의 뒤에 따라붙은 마네가 그의 팔을 잡았다. 슬우가 걸음을 멈추고 그녀 쪽으로 돌아섰다.

"미안하다. 어떻게든 버텨보려고 했는데 안 된다. 어머니께는 죄송하다고 전해 드려."

라온을 보면 어색하고 불편해서 도무지 너그러운 마음이 되지 못 한다. 마네에게 옹졸한 남자로 비칠까 우려해 끝까지 앉아 있으려 했지만, 답답하여 참을 수가 없었다. 부러 자리까지 마련해 준 마네 가족에게 미안하고, 마네 보기에도 면목이 없어 슬우는 더욱 스스로에게 화가 났다.

"누가 뭐래? 와인 달라고 온 거야."

"와인?"

"전에 대표님 오셨을 때 마셨었잖아. 맛 좋더라. 또 없나?"

무안해할까 둘러대는 마네 때문에 슬우는 피식 웃고 말았다. 계단을 내려가는 그의 옆에 찰싹 붙은 마네가 괜히 어깨로 그를 툭 쳤다. 그도 그녀의 어깨를 툭 쳤다. 그렇게 주거니 받거니 서로 어깨를 툭툭 치며 계단을 내려와 슬우의 집으로 들어갔다.

곧장 주방 옆 복층 아래에 위치한 바Bar로 간 슬우는 잔 두 개와 와인을 들고 소파로 왔다. 쪼르르 잔 두 개에 나란히 와인을 따르고 한 잔을 옆에 앉은 마네에게 건넸다. 그의 잔에 챙 부딪친 마네는 음미하며 와인을 마셨다.

"으음. 맛있어. 고기 먹고 마셔서 그런가 더 맛있다."

소파에 기대앉아 와인을 홀짝이던 마네가 흘끗 그를 쳐다봤다. 식사하는 내내 어색하고 불편해하는 게 눈에 보여 오히려 미안한 사람은 그녀였다.

"미안해. 곤란하게 해서."

슬우는 몸을 돌려 그녀를 보고 앉았다. 물끄러미 바라보는 시선이 점점 뜨거워지기에 마네는 멋쩍게 와인만 마셨다. 한없이 깊고 뜨거운 시선으로 바라보는 느낌이 싫지 않았다.

들고 있던 잔을 테이블에 내려놓고 그녀의 것까지 그 옆에 놓아둔 슬우는 그녀의 목덜미를 감싸듯 잡았다. 따스한 기운이 손바닥에 전해져 그의 얼굴이 비로소 편안해졌다.

"넌 참 이상해."

"나 사실 외계인이야."

마네의 천연덕스러운 대꾸에 슬우는 하하 시원스러운 웃음을 터뜨렸다. 그의 손이 목덜미에서 그녀의 턱으로 올라왔다. 턱 끝을 살짝 잡고 그녀의 얼굴을 세심히 훑는 눈길이 다정해 마네는 호흡이 흐트러질 만큼 가슴이 뛰었다.

"키스해도 돼?"

"웬일로 묻고 지랄."

허락의 뜻으로 한 욕에 슬우는 또다시 풋 웃고는 재빨리 상체를 숙여 그녀의 입술을 깊이 빨아들였다. 방금 마신 와인 맛이 입안에 감돌아 딱딱하게 굳어 있던 신경이 부드럽게 완화되는 느낌이다. 다리를 벌려 그 안으로 그녀를 끌어당겨 품에 안았다. 흐읍, 다급히 들이마시는 그녀의 호흡이 거칠게 흩어지는 슬우의 호흡과 나른히 뒤섞였다. 그녀의 목과 머리를 두 손으로 고정하고 고개를 옆으로 살짝 꺾은 슬우는 모든 걸 다 삼켜 버릴 듯이 그녀의 입술과 혀를 탐닉했다. 달큰한 향내가 코끝을 자극했다. 참을 수 없는 욕정이 치밀어 올라 으스러뜨릴 듯 그녀를 껴안았다.

어느새 그의 허벅지 위에 올라앉은 형상이 되어버린 마네는 아랫도리에서 강하고 묵직하게 느껴지는 그의 분신에 가벼이 몸을 떨었다. 정열적으로 키스하는 그와 마주하면서 그녀는 조금 주춤했다.

'이건 너무…… 진해.'

미술로 말하자면 수채화가 아닌 유채화. 그것도 강렬한 느낌의 그림이 될 터였다.

입술을 떼려 했지만, 그가 놓아주지 않았다. 몇 번이고 도로 붙잡혀 그의 품에 갇혔고, 키스는 밤이 새도록 끝나지 않을 것 같았다. 주변의 뜨거운 공기로 인해 마네는 숨이 막힐 지경이었다. 금방이라도 폭발할 것 같은 그가 불안했다. 그의 얼굴을 두 손으로 붙잡아 억지로 떼어놓았다. 그리고 그의 충혈된, 매우 아파 보이는 눈을 지그시 바라보며 안심시키듯 속삭였다.

"괜찮아."

괜찮아.

모든 걸 다 아는 듯 그녀는 괜찮다고 말하고 있었다. 슬우는 그제야 안도의 한숨을 토해내며 그녀를 몽롱한 눈빛으로 응시했다. 살짝 찌푸려지는 그의 눈가를 그녀는 엄지로 다정히 어루만졌다.

"피곤해 보여. 일찍 자는 게 좋겠어."

슬우는 말 잘 듣는 어린아이처럼 고개를 주억거렸다.

"재워줄래?"

"오, 겁 안 나? 내가 확 덮칠지도 모르는데."

슬우는 그녀의 반어법에 마음을 들켰다는 듯이 크게 웃어 젖혔다.

"역시 못 당해. 하하하하하."

슬우의 집에서 가져온 와인까지 몽땅 마시고도 맥주를 각자 두 병 이상씩 마신 후에야 저녁 식사가 파했다. 술에 취한 석현이 슬우의 집에 들어가자마자 안방으로 가 뻗어버렸고, 슬우도 일찌감치 잠자리에 들어 집안은 쥐죽은 듯 고요했다.

잠도 오지 않아 라온은 살짝 밖으로 나와 연못가로 갔다. 점퍼에 두 손을 집어넣고 벤치에 앉아 하늘에 덩그러니 뜬 달을 올려다봤다. 엄마에게서 계속 전화가 왔지만 일부러 받지 않았다. 기분 좋은 저녁 식사였던 반면 우울한 밤이기도 했다.

자박자박 발소리에 퍼뜩 정신이 들었다. 고개를 돌리니 은은한 가로등 아래 길을 따라 밀레가 걸어오고 있었다. 한밤중에 왜 나왔을까 생각하며 라온은 그녀가 가까이 올 때까지 조용히 지켜보았다.

벤치 끝에 와서 슬그머니 엉덩이를 걸친 밀레가 시선은 달에 걸어둔 채 물었다.

"아까 왜 상추 안 먹었어요?"

"예?"

"상추 안 싸먹길래요. 제가 잘못 씻었다고 해서 화나셨나 하구요."

라온은 머쓱하게 검지로 머리를 쓱쓱 긁었다.

설마 그런 일로 화가 났으려고? 화가 난 게 아니라 연기하고 노래하는 것 빼고는 무능력하기 짝이 없는 스스로에 대한 빈축에 가까웠다.

"화 안 났는데요."

"근데 왜 상추를 안 먹었을까나."

"저 원래 상추 안 먹는데요. 어렸을 때 상추에서 벌레 나온 이후로."

엥? 채라온한테 그런 과거가?

처음 듣는 이야기인 양 밀레가 눈이 댕그래져 그에게 시선을 홱 던졌다.

"아……!"

전연 몰랐다는 표정에 라온의 얼굴에 실망감이 스쳤다.

"진짜 안티 맞나 보네. 그거 팬들 다 아는 얘긴데."

그러고 보니 정선이에게 들은 것 같기도 하다. 삼겹살 마니아지만 상추는 안 먹는 별난 식성의 소유자라고 분명히 말했었다. 어찌 된 머리가 반 토막밖에 기억이 안 나는지.

라온에게 다시 한 번 안티로 찍히는 순간, 밀레는 무안하여 그만 웃고 말았다.

"아하하. 그렇죠. 그랬던 거죠, 제가."

"예? 뭐가요?"

황당한 표정인 라온을 보자 밀레는 갈수록 태산인 듯 두 볼에

빵빵하게 바람만 집어넣고는 발끝을 내려다보았다. 저 왕자님에겐 말을 꼬이게 하는 특별한 능력이 있으신가 보다.

"정선이한테 들은 거 같아요."

"예에."

"……."

"……."

"저기."

"저기."

"먼저……."

"먼저……."

"오빠 먼저……."

"아니, 밀레 씨가 먼저 얘기해요."

왕자님이 양보를 해주셨사오니 할 말은 해야겠지?

긴장감에 마른침을 꼴깍 삼킨 밀레는 눈에 힘을 주고 별안간 총알을 쏘듯 말하기 시작했다.

"제가 원래 긴장하면 알던 것도 다 잊어버리구요. 말도 막 꼬이구요. 제가 실은 그러니까……. 그게……."

넌 당신의 안티가 아니에요. 과거에 레오 때문에 그러했으나, 지금은 사실 레오 안티걸랑요.

이렇게 당당히 말하고 싶었으나, 이제 와 사실을 밝히자니 왠지 더 초라해질 분위기였다. 얼마나 줏대 없는 팬으로 보이랴. 그건 곧 너도 우리 언니한테 개겼다간 한 방에 훅 가는 수가 있다, 라는 경고로 들릴 수도 있지 않을까?

가뜩이나 마음이 여려 상처 잘 받는 왕자님은 마네 언니와 서먹한 관계가 될 테고, 언니는 한 단계 도약을 앞두고 레오에 이어 채라온과도 아듀하는 사태가…….

혼자 별별 생각으로 머리가 복잡해진 밀레는 눈을 초롱초롱 빛내며 다음 이야기를 기다리고 있는 라온에게 급기야 한탄을 토해냈다.

"저도 이런 내가 너무 싫어요."

"예?"

"상추는 미안하게 됐어요. 안녕히 계세요."

꾸벅 인사한 밀레가 휘리릭 바람처럼 뛰어가 버렸다. 울적해서 밖에 나왔다가 때 아닌 변고를 당한 라온의 표정이 황망하기 이를 데 없었다. 그는 털 많은 니트점퍼를 입은 덕에 복슬강아지처럼 뛰어가는 밀레를 멀거니 바라보았다. 그리고 혼잣말처럼 중얼거렸다.

"뭐지, 재는?"

거실에 한바탕 어질러진 식탁을 치우고 나니 어느덧 새벽 1시.

설거지를 끝낸 샤갈과 마네는 거실로 나와 걸레로 바닥을 훔치는 새복 옆으로 다가와 앉았다.

"엄마, 고생 많았어."

샤갈이 싹싹하게 말하자 마네가 불만 가득한 얼굴로 툴툴거렸다.

"물어보지도 않고 일을 벌여, 엄마는."

새복은 대답 대신 걸레를 놓고 마네를 의미심장한 눈빛으로 쳐다보았다.

"너, 채 화백이랑 사귀냐?"

바른대로 사귄다고 말하면 극성스러운 엄마가 어떻게 나올지 뻔히 알기에 마네는 시치미를 뚝 뗐다.

"아니."

샤갈도 마네의 시치미에 속일 걸 속이라는 듯 입술이 삐죽 올라가다가 왜 그러는지 알기에 슬쩍 말을 거들었다.

"아유, 엄마. 싸우는 거 보고도 그래?"

새복이 아무래도 수상한 낌새를 떨치지 못해 계속 마네를 쳐다보았다.

"근데 같이 어딜 갔다 와?"

"일이 있어서 좀 갔다 왔네."

마네의 심드렁한 표정을 보고 나서야 새복은 조금 아쉬운 낯빛으로 말을 돌렸다.

"라온이는 어쩜 애가 그렇게 바르니? 지 부모가 옥에 티지. 애 하나만 봐서는 나무랄 데가 없잖어. 쯧. 나도 그런 아들 하나 있음 원이 없겠다."

샤갈이 쿡쿡 웃더니 은근한 목소리로 말했다.

"지금이라도 낳아."

곧장 새복의 손바닥이 샤갈의 어깨에 가서 철썩 작렬했다.

"너나 결혼해서 그런 아들 좀 낳아."

샤갈이 어깨를 싹싹 비비며 앓는 소리를 냈다.

"농담도 못 해?"

"니들 아빠도 없는데 어딜 가서 아들을 낳아? 아휴, 장대 같은 아들들 보니까 니들 아빠 생각이 절로 나더라."

눈에 물기가 고이는 엄마를 보자 마음이 짠해진 마네는 검지로 바닥만 찍찍 문지르고, 샤갈도 아빠 생각이 간절해지는지 문득 예전 얘기를 꺼냈다.

"뺑소니범이라도 잡았으면 좋았을 걸……."

그에 호응하듯 새복이 울화가 치미는 듯 한숨을 크게 내쉬었다.

"같이 사고당했다는 청년만 그때 봤어도 이렇게 한은 안 될 거야. 니들 아빠랑 마지막으로 함께 있었던 사람이잖어. 얼마나 대단한 집안이길래 병문안 가겠다는 것도 안 된다, 이름도 못 가르쳐 준다, 뉘 집 자식인지 알려고도 하지 마라. 참나. 니들 아빠 때문에 자기 자식 사고당한 것처럼 그 비서 놈이 와서 얘기하는데 피가 거꾸로 솟았어, 내가. 아무리 그래도 그렇지, 생떼 같은 남편 잃은 내 앞에서 애 부모라는 인간들은 코빼기도 안 보이고 비서만 떡하니 보내서 한다는 소리라니. 자다가도 그 생각하면 열불이 치밀어."

샤갈이 괜한 이야기를 꺼냈다는 듯 엄마를 말렸다.

"아유, 내가 또 잘못했네. 그만해, 엄마. 생각하면 엄마만 화병 도지지 뭐."

"어쨌거나 지 아들은 살았잖어. 니들 아빠는 죽구. 위로의 말은 못 해줄망정 기름은 끼얹질 말아야지. 그러고 보면 채 화백도 안 됐어. 아버지가 기업총수면 뭐 해? 여배우랑 바람나서 지 본처 자살하게 만들질 않나, 하여간 집안에 미친놈 하나 있으면 그 사달이 난다니까. 그따위로 하고는 자식들 얼굴을 어떻게 보고 사는지 원."

생각할수록 화가 나는지 얼굴이 붉으락푸르락하는 걸 보고 샤갈이 흥감스럽게 쫑알댔다.

"아이고, 우리 엄마 오늘 또 밤잠 설치게 생겼네. 그러게 뭐가 좋아서 아랫집 형제한테 정을 푹푹 담아주시나?"

"불쌍하잖어! 아까도 밥상 앞에서 서로 모르는 사람마냥 그게 뭐래니? 쯧쯧쯧."

☆ ☆ ☆

"이거, 이거 완전히 계획적이었어. 갑자기 관둔다고 했을 때 알아봤어."

박태식이 아이패드로 사진을 보며 혀를 끌끌 찼다. 그곳은 박태식의 사무실이었고, 레오도 함께 있었다. 박태식이 레오에게 보란 듯이 손가락으로 마네와 슬우가 패밀리 레스토랑에서 껴안은 사진을 톡톡 내리쳤다.

"얘가 누군지 알아? 채라온 이복형이야, 이복형. 채슬우! 얘랑 사귀니까 장마네가 냉큼 채라온한테 붙은 거야."

물끄러미 사진을 보는 레오의 표정이 착잡했다. 정말 그런 이유일 줄은 몰랐는데 조금 충격이었다. 마네 누나가 채라온의 형과 사귄다니. 그녀가 누굴 사귀든 상관없지만, 적어도 채라온 측근은 아닐 거라 생각했다.

"그러니까 너도 얘 신경 쓰지 마. 여기가 원래 이런 바닥이야. 사람 뒤통수치는 거 손바닥 뒤집듯 우스워."

그 말에는 레오도 어이없다는 듯 웃었다.

"대표님이 그런 말씀하시는 건 더 우습네요."

"뭐야? 이 자식이! 이젠 아래위도 없구나. 잔말 말고 저녁에 '민트' 에나 가봐."

'민트' 얘기가 나오자마자 레오의 눈가가 파르르 떨렸다. 박 대표는 부러 눈길을 피하듯 외면한 채 계속 말을 이었다.

"사모님이 보자셔."

레오가 냉정히 코웃음을 쳤다.

"'민트' 엔 안 간다고 말씀드렸잖아요."

"널 이만큼 키워준 게 누군데? 넌 장마네가 다 니 뒷바라지해준 것처럼 말하는데, 진짜 니 후원자가 누군지 몰라서 이래?"

"싫다구요!"

"한 번만 만나봐. 팬이라잖아. 그 정도는 해줄 수 있잖아."

레오는 결국 참았던 울분을 토해냈다.

"대표님도 아시잖아요. 그 여자가 원하는 게 뭔지. 뭣 때문에 날 후원해 왔는지!"

"그래서, 새끼야! 사모님이 너 만나자고 할 때마다 딴 여자애들이랑 놀았냐? 아줌마 상대하려니까 역겨워서 젊은 년들이랑 끼고 잤냐구!"

"정말 이러실 거예요? 시키는 대로 다 했잖아요. 날밤 새우라면 새우고, 다이어트하라면 하고, 먹고 입고 자는 거, 심지어 화장실 가는 것까지 다 간섭했으면 되지 않았어요? 후원하고 싶으면 곱게 하면 되지, 왜 사람을 자꾸 비참하게 만들어……. 2년 동안 숨어 후원하더니 1년은 또 몰래 따라다니면서 감시하고, 이젠 슬슬 본전 생각나나 보죠? 계속 이러면 스토커로 고소할 거라고 얘기하세요."

박태식이 어이없다는 듯 헛웃음을 쳤다.

"고소? 사모님이 너한테 가만히 당하고만 있을 분이야? 너 바로 이 바닥에서 생매장이야. 니가 데리고 논 애들 소리 없이 사라진 거 누구 덕인 줄 알고 이래? 그거 아니었으면 벌써 스캔들 나서 아웃됐어. 장마네가 막아줘? 웃기고 자빠졌네."

"대표님, 그 여자한테 책잡힌 거 있으시죠?"

"뭐?"

박태식의 얼굴이 험악하게 일그러졌다.

"근데 왜 꼼짝 못하세요? 왜 자기 소속사 연예인 지켜줄 생각 안 하고 그 여자한테 상납 못해 안달이신 거냐구요? 여자 연예인만 성상납하는 거 아니죠. 남자들도 이런 식으로 상납하셨죠? 그래서 이 기획사 키우신 거죠? 김 대표님이 나간 것도 그래서죠?"

"이런, 씨!"

찰싹!

박태식의 우악스러운 손이 레오의 뺨을 사정없이 갈겼다. 약간 거무스름한 레오의 피부 위로 벌건 손자국이 찍혔다.

"이 새끼가 보자 보자 하니까 한도 끝도 없이 기어오르네. 니가 언제부터 레오였냐? 연예인 때려치우고 고향 내려간다 할 때 그 김석현 개새끼가 나한테 던져 주고는 배신 때리고 가버렸지. 그때 너한테 한 얘기가 있어. 이 바닥 더럽고 개 같으니까 견딜 자신 없으면 시작할 생각도 하지 말라구."

"……."

"너 뭐라고 그랬어? 뭐든 시키는 대로 다 하겠습니다. 키워만 주십시오. 근데 이제 와서 뭐가 어째? 배부른 소리 하고 자빠졌네. 너라고 영원할 줄 알아? 언제까지 레오라는 이름으로 버틸 수 있을 거 같아? 인터넷에 글 하나만 올라와도 한 방에 훅 가는 게 이 바닥이야. 사실? 진실? 그딴 게 뭐가 중요해! 어차피 다 만들어진 이미지 속에 사는 게 니들이야!"

레오는 입안이 터져 찝찌름하게 흘러나오는 피를 손등으로 쓱 훔쳐냈다.

"사모님 앞에서 춤을 추든 씨고 사든 니가 알아서 해. 자꾸 사람 귀찮게 하지 않게. 알았어?"

"전에 채라온 무대 사고……. 그 여자 짓입니까?"

"사모님이야말로 채라온 안티 중의 안티야. 장마네가 왜 살아남았다고 생각하냐? 너랑 진짜 애인 사이 아니라는 거 아니까 놔둔 거야. 근데 너랑 연애한 애들은 다 떠났잖아. 채라온이라고 별수 있어? 너랑 라이벌이 그 새낀데."

"그렇다고 사람을……."

"너 정말 채라온 정식으로 붙어서 이길 자신은 있는 거야? 실력, 배경. 니가 채라온보다 나은 게 뭐야?"

믿지 못하는 박태식의 눈빛에 레오는 더욱 깊은 좌절감에 빠져들었다. 소속사 대표가 믿어주지 않으면 누가 자신을 믿어준단 말인가. 그러니 그 미친 여자 비위나 맞추라고 허구한 날 들들 볶지.

아무리 마네와 친하다 한들 함부로 입 밖에 낼 수조차 없었던 성상납.

모욕감에 치를 떨며 레오는 벌떡 자리에서 일어났다.

"애먼 사람들 다치게 하기 싫거든 눈 딱 감고, 시키는 대로 해. 그게 여러 사람 살리는 길이야."

레오는 대꾸조차 없이 사무실을 나가 버렸다. 곧 쾅, 사무실이 흔들릴 정도로 문이 닫혔다.

박태식이 인상을 벅벅 쓰다가 휴대전화를 들어 어디론가 전화를 걸었다.

“희봉이냐? 방금 레오 나갔으니까 잘 좀 감시해. 또 기집애들 끼고 술 마실 거 같으니까 실수 안 하게. 사모님한텐 내가 전화 따로 드릴 테니까 넌 레오 잘 지켜.”

열 개의 별

깊은 잠에 빠졌던 마네는 휴대전화 진동소리에 어렴풋이 잠이 깼다. 간밤에 마신 술 때문인지 몹시 목이 깔깔했다. 누군가 하고 액정을 확인했더니 레오다. 시간을 보자 새벽 3시. 짜증스럽게 인상을 찡그리며 돌아누웠다. 그런데 끊어졌던 전화가 다시 울리기 시작했다.

화가 난 그녀는 덥석 전화를 받았다.

"여보세요?"

〈누나, 나야.〉

레오의 목소리가 불분명했다. 요란한 음악 소리가 들리는 걸로 봐서 술집인 모양이었다.

"술 처먹고 왜 전화질이야?"

〈누나, 채라온 형이랑 사귄다며?〉

도대체 사생활 보장이 안 되는 세상이다.

"근데?"

〈그냥…… 조심하라구.〉

"무슨 소리야?"

〈누나도 날 의심한 거 알아. 채라온 다치게 한 사람이 나라고 말이야. 아니, 사람들이 다 그렇게 생각하고 있잖아. 찌질한 레오가 채라온을 질투해서 그렇게 만들었다구. 흐흐흐흐.〉

"많이 취했어. 끊자."

〈끊지 마, 씨발! 내 얘기 들으라구. 들어달라구, 제발!〉

자고 있는 샤갈이 깰까 봐 마네는 할 수 없이 일어나 옷걸이에 걸린 점퍼를 챙겨 방을 나왔다. 테라스로 나가려다가 아무래도 밖이 나을 것 같아 옷을 껴입고 현관 밖으로 나왔다.

찬바람이 뼛속까지 차디차 마네는 계단 중간쯤으로 가 쭈그려 앉았다.

"너 정말 죽을래? 어디서 술 처먹고 전화해서 주사야?"

〈씨발, 죽고 싶어, 나두. 어디 가서 콱 죽어버렸으면 좋겠어, 나두.〉

"아주 지랄발광을 해. 그 무대 사고, 누가 그랬는지 모르겠지만 꼬리가 길면 잡히겠지."

〈내 주변엔 아무도 없어. 내 의지와는 상관없이…… 다들 그

렇게 가버려……. 뭐가 무서워서……. 왜 내 옆엔 아무도 없는 거야……? 왜……?〉

"……."

절망에 잠긴 레오의 목소리는 더 이상 들리지 않았다. 마네는 가만히 전화를 끊고 하늘에 뜬 은빛 달을 올려다보았다. 귀가 빠질 듯이 차가운 날씨였지만, 가슴속에 뜨거운 덩어리가 들어 있는 양 온몸에 열이 확확 올랐다.

'대체 넌 뭐가 그렇게 무서운 거니?'

레오의 고통을 알지 못하는 마네는 답답한 마음을 가눌 길이 없어 깊은 탄식만 쏟아냈다.

"달이 지랄 맞게도 밝구나."

"욕쟁이, 안 자고 뭐 해?"

갑자기 들려오는 소리에 소스라치게 놀란 마네가 털썩 주저앉았다가 부랴부랴 일어나 난간 아래를 내려다봤다. 지하에서 올라오는 길인지 내려가는 길인지 몰라도 슬우가 지하 입구에서 있었다. 그도 아직 깨어 있었다는 사실이 반가워 마네는 한달음에 그가 있는 곳으로 뛰어내려 갔다.

"안 잤어?"

"어제 일찍 잤더니 깨버렸어. 작업실에나 갈까 하고 나왔는데 문소리가 들리길래. 레오 전화야?"

그의 표정이 별로 좋지 않아 마네는 손에 든 휴대전화를 주머니에 쏙 넣었다.

"술 마셨나 봐."

"자주 그런 전화 와?"

"아니. 라온이 무대 사고 때문에 사람들이 다 자기 짓이라고 하니까 힘든가 봐."

"앞으론 전화와도 받아주지 마."

정색하는 슬우 때문에 마네는 그만 멋쩍어졌다.

"언니 깰까 봐 안 받을 수가 없었어. 그리고 이런 시간에 전화 오는 건 처음이라."

슬우는 덥석 그녀의 손을 잡아 지하작업실로 내려갔다. 잠옷 바람에 점퍼만 걸친 마네의 맨발이 몹시 시려 보였던 것이다.

작업실로 들어가자마자 냉랭한 기운이 감돌아 더욱 서늘한 기분이 들었다. 불을 켜고 보일러 온도를 높인 슬우는 벤치로 가서 앉았고, 두 다리를 벤치 위에 올린 마네가 손으로 맨발을 싹싹 비볐다. 그녀의 손 위로 슬우의 손이 겹쳤다. 그러더니 그녀의 손을 떼어내고 직접 그녀의 발을 비벼주었다. 간지러운 느낌에 마네가 키득키득 웃었다.

"발이 작군."

"손이 내 발만 하네. 히익. 손가락 긴 거 좀 봐."

하지만 그때 마네는 그의 오른손 등에 난 흉터들을 유심히 보고 있었다. 화가의 손치고는 흉한 모양새라 얼마나 많이 다쳤기에 손이 저렇게 되나 싶었다. 이전부터 묻고 싶었지만 괜히 상처를 건드리는 꼴이 될까 봐 주저되어 발을 주무르는 그의 손만 물끄러미 바라보았다.

"아까 욕 두 번 했어, 너."

찔끔한 표정이던 마네가 민망한 듯 말했다.

"전화 내용 다 들었어?"

"들린 거지. 우렁찬 목소리 덕분에."

"레오랑 통화한 게 그렇게 기분 나빠?"

"좋을 리 없잖아. 난 새벽에 전화하고 싶어도 잠 깨울까 봐 꾹 꾹 참는데 말이야."

핏 웃어버린 마네는 질투심을 고스란히 드러내는 그가 신기했다.

"채 화백, 질투심 쩌는 남자였구나."

발의 온기를 느끼며 슬우가 짐짓 진지하게 대꾸했다.

"내 여자를 지키고자 하는 남자의 본능인 거지."

"난 레오를 남자로 좋아하는 게 아냐."

"그렇다고 레오가 남자가 아닌 것도 아니잖아. 상대가 누구든 내 여자 옆에 얼씬거리는 남자는 다 적이야. 그게 남자의 본능이라구."

"그건 여자도 그렇긴 해. 인정."

마네는 쿨하게 받아들였다. 슬우로서는 얼마든지 기분 나쁠 수 있는 것이다. 상대가 레오라면 더더욱 그럴지 몰랐다.

발을 주물러 주다 말고 슬우의 시선이 그녀의 얼굴에 가서 고정되었다. 이내 그의 입에서 곤욕스러운 신음이 흘러나왔다.

"오늘은 키스 안 하겠어."

"어?"

자리에서 일어난 그는 그녀에게서 멀어져 작업대로 가 등을 돌리고 섰다. 커다란 그의 등을 보고 있다가 마네는 슬리퍼를 신고 뽀르르 그의 곁으로 갔다. 그는 하릴없이 붓으로 빈 팔레트를 툭툭 치고 있었다.

"화 많이 났구나? 깨끗이 인정했는데도?"

별안간 몸을 튼 슬우는 작업대의 빈 공간에 그녀를 달랑 안아 올려놓았다. 그가 그녀를 사이에 두고 양손으로 작업대를 짚고는 상체를 기울였다. 거의 그녀의 코앞까지 얼굴이 가자 마네는 움찔 뒤로 얼굴을 물렸다.

"누군가를 사랑한다는 게 무서울 때가 있었어. 과연 그 사랑이 진실일까, 얼마나 순백일까, 영원하긴 하는 걸까? 만나고 헤어지고, 버리고 버림받으며, 남의 눈에 피눈물 내는 일조차 사랑이라고 위선 떠는 인간들이 끔찍하게 싫었지."

"……."

"니가 아닌 다른 여자였다면 난 절대 사랑 같은 거 하지 않았을지도 몰라. 그래서 이토록 빠르게, 이토록 미치게 빠져드는 건지도 모르겠어."

사랑에게 홀렸다.

그녀가 운명이라 느낀 순간부터 자신도 모르는 새 빠져 버린 사랑.

슬우는 그 사랑을 잃을까 두려웠다. 또다시 운명이란 구슬이 깨져 버린다면 살 희망을 잃을 것이기에.

이번만큼은 무슨 일이 있어도 지키고 싶었다. 그녀의 아버지, 장필도 씨가 쥐어준 소중한 운명을. 지금 이 순간 그가 믿을 것이라곤 그것 하나뿐이었다.

마네는 하염없이 빠져들 것만 같은 그의 깊은 눈동자에서 시선을 떼지 못했다. 가슴속에 뜨거운 열정을 숨겨두고 차디찬 가슴으로만 살려 했으니 이 남자, 얼마나 답답하고 힘들었을까.

뒤로 물렸던 마네의 얼굴이 서서히 그에게로 다가가기 시작했다. 그의 입술에 자신의 입술을 내리누르며 마네는 눈을 감았다. 그리고 살며시 입술을 뗀 뒤 그를 바라보며 조용히 읊조렸다.

"어떡하지? 난 벌써 당신한테 빠져 버렸는데."

와락 그녀를 껴안은 슬우는 거칠게 그녀의 입술을 훔쳤다. 아랫입술을 잘근잘근 깨물고 살짝 벌어진 입술 새로 고른 치열을 혀끝으로 훑었다. 그리곤 또다시 윗입술을 가볍게 빨아들였다. 하아, 입 언저리를 맴도는 뜨거운 입김마저 들이마셔 버렸다. 그녀의 것이라면 하나도 빠뜨리지 않고 전부 차지해 버릴 듯이.

점퍼 안으로 손을 넣어 그녀의 가느다란 허리를 쓰다듬었다. 손끝에서 느껴지는 짜릿한 감각에 슬우는 눈앞이 아찔했다. 하지만 미치도록 만지고 싶은 속살까지는 차마 대지 못하고 욕정을 참는 듯이 주먹을 꽉 움켜쥐었다. 아릿한 통증이 그의 손끝부터 손목을 지나 팔 전체에 찌르르 퍼져 나갔다.

"너…… 얼른 가야겠다."

"왜……?"

붉게 상기된 그의 얼굴을 보자 마네는 걱정스러웠다. 키스하다 말고 갑자기 가라고 하니 무슨 일일까 싶었다. 슬우가 훌쩍 일어나듯이 그녀의 몸에서 자신의 몸을 완전히 떼어냈다. 그러고는 손끝으로 장난스레 그녀의 코를 톡 쳤다.

"이런 데선 곤란해."

"아."

금방 말귀를 알아들은 마네는 서둘러 작업대를 내려와 뽀르르 문 쪽으로 걸어갔다. 그녀가 문을 나서기 전 슬우가 다짐하듯 말했다.

"다음엔 안 보내줄 거야."

손가락으로 동그라미를 만들어 알겠다는 대답을 대신한 마네는 이내 문밖으로 쏙 사라졌다. 남은 건 그녀의 흔적과 열기뿐.

혼자 남은 슬우는 방금 마네가 앉았던 자리에 툭 엉덩이를 기대며 피식 웃었다. 잔열처럼 온몸으로 퍼지는 기운을 가라앉히려면 족히 몇 시간은 걸릴 것 같았다.

☆ ☆ ☆

<누나, 저 라온인데요. 오전 회의 있어서 석현이 형이랑 먼저 가

요. 슬우 형 아침에 들어와서 그러는데 출근하기 전에 좀 들러서 깨워주세요. 어제 고마웠어요.^^〉

모두 나간 아침, 라온의 문자를 받은 건 마네도 한창 출근 준비를 하고 있을 때였다. 벽시계를 보니 9시를 가리키고 있었다. 평소보다 다소 늦은 출근이어서 그녀는 서둘러 준비를 마치고 1층으로 내려갔다.

문이 열려 있어 안으로 들어가 가방과 외투를 소파에 내려놓고 복층 침실계단을 올랐다. 그전처럼 빼꼼 침대 쪽을 훔쳐보니 이불 속에 파묻혀 자고 있는 슬우의 얼굴이 살짝 보였다.

"채 화백."

그녀의 부름에도 슬우는 꼼짝을 하지 않았다. 아침에 들어왔다니 밤새 작업실에 있었던 모양이라 마네는 깨워야 하나 망설여졌다. 어떻게 할까 목덜미를 긁적대다가 고민 끝에 살금살금 침대로 다가갔다.

"채 화백, 일어나야지."

얼마나 깊은 잠이 들었으면 뒤척임조차 없을까. 마네는 곤하게 자고 있는 그를 보자 문득 안쓰러운 마음이 들었다. 좀 더 침대로 가까이 다가가 살포시 침대에 엉덩이를 걸치고 앉았다.

짙은 눈썹, 우뚝 솟은 콧날, 섹시한 입술, 넓은 어깨, 기다란 팔, 이불 밖으로 나온 발가락까지.

가만히 그의 얼굴을 들여다보던 그녀는 탄식하듯 속으로 읊조렸다.

자는 것도 멋있고 지랄.

그래, 잠을 푹 자야 괴팍한 성질도 온화해지지. 자려무나. 푹.

침대가 흔들리지 않도록 마네가 살며시 엉덩이를 떼려 할 때였다. 별안간 그녀의 허리를 잡아챈 슬우가 번쩍 들다시피 그녀를 몸 위로 끌어당겼다.

"으악!"

깜짝 놀란 마네는 비명을 질렀고, 눈 깜짝할 새 그의 몸 위에 엎어진 채로 웃고 있는 그의 시선과 마주해야 했다. 두근. 그녀의 심장이 빠른 속도로 뛰기 시작했다.

"안 자고…… 있었어?"

"깼어, 너 때문에."

"일부러 자는 척했구나."

"후후."

"깼으니까 간다."

몸을 일으키려는 그녀의 팔을 슬우가 꽉 붙잡았다.

"더 자자, 나랑."

"덮치는 수 있다고 경고했을 텐데."

그 말이 끝나기도 전에 마네는 또 짧은 비명을 질러야 했다. 순식간에 자리가 바뀐 채 그녀는 이제 누운 채로 그를 올려다보고 있었다. 쿵쿵! 가슴이 걷잡을 수 없이 뛰어올랐다. 살짝 입술끝을 올려 미소 짓는 그를 보자, 그 숨 막히도록 관능적인 시선에 그녀의 볼이 발갛게 물들어갔다.

그녀의 속살을 헤집을 듯 타는 시선으로 내려다보던 슬우는 가만히 고개를 숙여 키스했다. 몽롱하던 정신이 다시금 다른 세계로 빠져드는 양 어지러웠다.

그녀의 화장품냄새, 진한 살내음…….

그녀의 입술을 혀끝으로 벌려 그 안으로 자신의 혀를 미끄러뜨렸다. 물컹한 그녀의 혀를 맛보는 순간, 그의 이성이 아득한 세계로 단숨에 빨려 들어갔다.

그녀가 침실로 들어왔을 때, 아니, 새벽녘 작업실에서 그녀를 그렇게 보낸 후로 이미 육체는 그녀로 인해 몸살을 앓고 있었다. 하염없는 입맞춤에 끈적끈적한 침이 뒤섞이고 데일 듯한 열기가 두 사람을 감싸 안았다. 열병을 앓는 사람처럼 슬우의 온몸이 자근자근 아팠다.

몇 번이고 혀를 빨아들이던 그는 거칠어진 호흡을 가다듬느라 그녀의 입술을 놓아주고 한층 더 뜨거워진 시선으로 그녀를 내려다봤다. 헝클어진 머리칼을 커다란 손으로 쓸어 넘기며 그가 유혹하듯 속삭였다.

"다음엔…… 그냥 안 보낸다고 했지."

"그게 지금이야?"

"아마두."

마네는 짐짓 무서운 표정을 지었다.

"나 생포된 건가?"

"그래."

"도망치면 어떻게 돼?"

"죽어."

그 말에는 끔찍하다는 듯 뾰로통하게 입술을 삐죽였다. 시시각각 변하는 표정이 귀여워 슬우는 마냥 입가에 미소가 걸려 있었다.

"출근하다가 생포돼서 죽고 싶진 않아. 나도 낭만을 아는 여자야."

"쿡. 첫 섹스가 너무 비낭만적이다?"

"이건 나에 대한 예의가 아니지."

스르르 옆으로 내려온 슬우는 팔로 얼굴을 괴고 그녀를 바라보았다.

"촛불, 장미꽃, 음악……. 그런 걸 원해?"

"그런 것도 있으면 좋겠지만, 우선은 마음의 준비가 필요해."

"난 다 됐어. 몸도 마음도."

마네는 너스레를 떠는 그의 탄탄한 상반신을 쓱 눈으로 훑고는 인정한다는 듯 고개를 끄덕였다.

"채 화백."

"어?"

"이렇게 하자. 백 일이야. 정확히 백 일까진 마음 준비를 해볼게."

슬우는 풀썩 침대에 쓰러졌다. 앓느니 죽겠다는 듯. 실로 백

일이 백 년으로 느껴지는 그였다.

"무리야!"

"난 성에 관해 보수적인 여자는 아니야. 하지만 남자 침실에 들어와 얼떨결에 분위기에 휩쓸려 섹스를 나누고 싶지는 않아."

"그건 니 입장에서지. 난 늘 준비가 되어 있는 남자라니까."

"쿡쿡쿡. 백 일이 천 일로 바뀔지도 몰라. 그러니까 빨리 선택해. 백 일이야, 천 일이야?"

슬우가 침대에서 일어나는 그녀의 허리를 끌어안으며 사정했다.

"난 지금 하고 싶어!"

"좋아!"

마네가 호기롭게 외쳤다. 귀가 번쩍 뜨인 슬우가 고개를 휙 들어 그녀를 올려다봤다.

"천 일."

"윽!"

도도한 낯빛으로 그를 홱 밀어낸 마네는 침대에서 빠져나왔다. 그러고는 암담한 얼굴로 침대에 벌렁 드러누워 있는 슬우를 내려다보며 가벼운 손바닥 키스를 날렸다.

"간다."

총총 계단으로 걸어가는 그녀를 향해 슬우는 뒤늦게 분통을 터뜨렸다.

"마녀! 이 마녀야!"

"마녀! 이 마녀야!"

종일 그 소리가 귓전을 맴돌아 마네는 또 쿡쿡 웃음을 터뜨렸다.

"귀엽다, 귀여워."

혼잣말로 중얼거리는가 싶더니 이어 콧노래를 흥얼거리는 마네를 보고 인경이 알 만하다는 듯이 말을 붙였다.

"쌤, 그렇게 좋으세요?"

뜨끔한 마네는 새로 들어온 B.B 크림을 손등에 문질러 보다가 인경을 보며 싱긋 웃었다.

"그렇게 보여?"

"종일 얼굴에서 웃음이 안 떠나잖아요. 쌤, 그러시는 거 처음 봐요."

그랬던가, 생각하다가 마네는 또 후훗 웃었다. 인경이 부러운 듯 두 손으로 턱을 괴었다.

"저도 인터넷에서 사진 봤어요. 다른 사람도 아니고 채라온 형이라니 전 솔직히 쇼크였네요."

사실 여부를 알기 위해 방송국과 잡지사에서 전화가 빗발쳤다. 귀찮은 전화들이라 죄다 인경이 받아 차단했지만, 언제까지 숨길 수는 없는 일이었다. 그런데도 마네의 입에서는 달콤한 미소가 떠나지 않았다. 급속도로 빠져드는 사랑에 정신을 차릴 수가 없었다. 만일 슬우를 몰랐더라면 너무나 억울했을 뻔했다는 생각이 들 정도로 그는 매력이 넘쳤다. 남자답고, 섹시하고, 자상하고, 세심한 것까지 마음에 들었다. 불과 얼마 전만 해도 생긴 건 남자다운데 쪼잔하고 괴팍하며 까칠한 싸가지였던 그가 지금은 정반대로 느껴지는 것이다. 사랑하면 눈에 콩깍지가 씐다더니 영락없이 그 꼴이었다.

아침에 봤던 침대 위에서의 그는 옴므파탈이 따로 없었다. 정말 까딱했으면 완전히 무장 해제해 버렸을 만큼 정신이 나갔었다. 그 순간의 떨림이 지금까지도 고스란히 남아 있었다.

백 일도 못 기다리겠다는 사람한테 천 일이라니.

"푸하하하하!"

끝내 폭소를 터뜨리는 마네를 보고 인경이 못 말린다는 듯 고개를 절레절레 저었다.

☆ ☆ ☆

"제가 원래 긴장하면 알던 것도 다 잊어버리구요. 말도 막 꼬이구요. 제가 실은 그러니까…… 그게……."

"저도 이런 내가 너무 싫어요."

'왜 나한테 그런 말을 하지?'

라온은 회의실 탁자에 앉아 밀레 생각에 푹 빠져 있었다. 밀도 끝도 없이 왜 그런 말을 하고 사라졌는지 아무리 생각해도 감이 잡히질 않았다. 뭔가 더 할 말이 있었던 것 같은데 자기 한탄만 하고는 가버리다니 찜찜했다.

'내가 또 뭘 잘못했나?'

톡톡.

석현이 테이블을 두드리는 소리도 듣지 못했다가 옆에 앉았던 매니저가 툭 쳐서야 라온은 고개를 들었다.

"집중 안 할래?"

석현이 무섭게 나무랐고, 라온이 의자에 비스듬히 기대앉았다가 겸연쩍은 듯 슬그머니 몸을 똑바로 앉았다.

"그동안 영화 촬영과 미국 콘서트 때문에 미뤄뒀던 스케줄 소화하려면 오늘부터 발바닥 땀나도록 뛰어야 해. 사고 안 나게 다들 조심하고, 라온인 체력 관리 잘해. 양 실장."

라온의 매니저인 양 실장이 '옙!' 하고 대답했다.

"바쁘다고 막 밟지 마. 교통사고 나면 그나마도 스케줄 죄다 빵구야. 연말 시상식이다 특별 쇼다 해서 정신없는데 특히 운전 조심해."

"옙!"

"라온이 저녁에 찍을 '가슴팍도사' 준비는 좀 했어? 크리스마스 특별방송으로 잡혔다니까 잘해. 너 그거 예능 프로그램 첫 출연이야."

"예."

"작가들 말에 말리지 마. 순진하게 있는 거 없는 거 다 내주지 말고 여우처럼 굴란 말이야. 양 실장은 대본 봐서 뺄 거 다 빼."

그러더니 심각하게 더 할 말이 있는지 모두 내보내고 라온만 그 자리에 남았다. 회의실 문이 닫히자 석현이 진지한 표정으로 말을 꺼냈다.

"슬우 얘기 물을 거야. 진짜 궁금해하는 건 가정사라구. 그것 때문에 예능은 일절 안 내보낸 거 알지?"

"알아요."

우울하게 대답하며 라온이 시선을 아래로 깔았다. 그의 안색을 살피다가 석현이 난처한 듯 손끝으로 탁탁 테이블을 내리쳤다.

"일단 그 부분 다 빼라고 얘기는 해놨는데 그래도 불안해서 그래. 니 부모님뿐 아니라 슬우도 그런 데 나와서 밝히는 거 원치 않아. 가슴 아프지만, 현실이야."

"……."

"라온아."

"예."

"슬우랑 같이 살겠다는 거 관두면 안 되겠냐? 나도 알아, 니가 왜 그런 마음을 먹으면서까지 슬우 옆에 있고 싶어하는지. 나도 슬우한테 물어봤었어. 이젠 마음을 좀 열 수 없겠느냐구. 똑같아. 마음이 완전히 얼어붙었어. 우리가 슬우의 마음까진 어쩔 수 없는 거야."

어느새 붉게 상기된 얼굴로 라온은 힘없이 대꾸했다.

"그래도…… 해보는 데까진 해볼래요. 죄송해요."

라온이 가방을 챙겨 회의실을 나갔다. 곧장 화장실로 간 그는 서둘러 가방을 열고 그 안에서 작은 약통을 꺼내 몇 알을 손바닥에 쏟았다. 그러고는 갖고 다니는 물통을 꺼내 약과 함께 꿀꺽 삼켰다. 거울 속으로 비친 그의 눈가가 금세 물기로 흥건해졌다.

어둠 저 밑바닥으로 속절없이 가라앉는 마음을 진정시켜 보려 눈을 감는다. 길을 잃어버린 것처럼 불안하고 초조한 마음.

'나는 대체 누구일까?'

겉으로만 여유 만만 평온해 보이려 애쓰며 꼭두각시처럼 살고 있는 자신이 형체 없는 바람 같았다.

☆ ☆ ☆

갤러리를 한 바퀴 둘러보느라 계단을 통해 3층까지 올라간 슬우는 한 여인이 벽면 하나를 차지하는 그림 앞에 서 있는 걸 보았다. 그림은 '비밀' 이라는 제목의 추상화였는데 외국의 유명한 화가의 작품이었다.

오래도록 한 작품 앞에 서서 감상하는 것으로 보아 그 그림이 꽤 마음에 드는 모양이었다. 뒷모습만으로도 기품이 느껴져 무척 세련되고 우아한 여성일 거란 생각이 들었다. 흑색의 긴 머리가 무척이나 인상적이었다.

마침 걸려온 전화로 잠시 여인에게 시선을 뗀 슬우는 주머니에서 휴대전화를 꺼냈다. 석현이었다.

"어."

전화 소리가 감상에 방해될까 슬우는 카페 쪽으로 급히 걸음을 옮겼다. 그리고 유리문을 열어 카페 안에 들어서고 나서야 돌아서서 여인이 서 있는 그림 쪽으로 시선을 주었다. 그새 여인은 사라지고 없었다. 시선을 계단 쪽으로 돌리니 여인은 엘리베이터로 걸어가고 있었다.

〈야, 라온이 니네 집에서 계속 지내겠대. 내가 얘기해도 안 듣는다. 어떡하냐?〉

그 소리에 슬우의 이마로 짜증이 아로새겨졌다. 시선을 막 딴데로 돌리려는 찰나, 여인이 엘리베이터 앞에 멈춰 섰고, 비로소 옆얼굴을 볼 수 있었다. 먼 거리라 확실하지는 않지만 엄청난 미인이었다. 긴 머리 탓이었을까. 어딘지 기묘한 기운을 내뿜어 슬우는 목덜미가 선뜩해졌다.

〈내 말 듣고 있냐?〉

"어? 어, 들었어."

여인이 엘리베이터에 올라타는 게 보였다. 슬우는 자기도 모르게 유리문을 밀고 밖으로 나왔다. 라온과는 또 다르게 신경을 긁는 느낌이었다. 이따금 있는 일이었다. 갤러리를 운영하다 보면 아무런 이유 없이 기분이 나쁘거나 편치 않은 인상이 있기 마련이므로.

슬우는 자신이 신경이 예민한 탓이라 여기며 뚜벅뚜벅 엘리베이터로 걸어갔다.

〈도저히 라온이랑은 같이 못 있겠어?〉

"제발 부탁인데, 그 녀석 내 눈에 안 띄는 곳에 보낼 순 없어?"

〈나야말로 부탁인데, 제발 나도 좀 살자. 니네 형제 눈치 보다가 장가도 가기 전에 지레 늙겠어.〉

"절대 내 집에 발 들여놓을 생각하지 말라고 라온이한테 전해. 마지막 경고야."

휴대전화 너머로 석현의 긴 한숨이 흘러나왔다.

〈라온이 얼굴 보면 그런 말이 안 나와. 니 얘기만 하면 눈이 강아지처럼 촉촉해져서는 얼마나 가엾은지 알아?〉

"그렇게 가엾으면 형이 데리고 있으면 되잖아."

〈나도 그러고 싶다, 나도 그러고 싶어. 근데 라온이가 난 싫고 너랑 산다는 걸 어떡해?〉

"알았어. 전화 끊자, 형."

답답한 한숨과 함께 전화를 끊었을 때 엘리베이터가 다시 올라왔고, 슬우는 곧장 1층으로 내려왔다. 입구 안내 직원이 그가 다가오자 명랑하게 말을 걸었다.

"관장님, '비밀' 팔렸는데요."

'비밀'이라면 좀 전 묘령의 여인이 오래도록 보고 있던 그 작품이었다.

"누기 시셨는데?"

"3층에서 못 보셨어요?"

슬우의 미간이 살짝 접혔다.

"머리 기신 여자 분?"

"예. 저희 고객이세요. 한 달에 한두 점은 꼭 사가세요."

"그래?"

웬만한 고객은 전부 아는 터에 오늘 처음 본 얼굴이라 슬우는 좀 머쓱했다. 그런 줄도 모르고 인상이 기분이 나쁘다는 이유로 이상한 눈초리로 봤으니 말이다. 슬우의 표정이 탐탁지 않아 보였는지 여직원도 꺼림칙하게 말을 보탰다.

"좀 묘하신 분이긴 해요. 다른 분들은 관장님 만나 뵙고 싶어 하는데 그분은 그림만 사가시거든요. 엄청 부잔가 봐요. 결재도 꼭 일시불로 하는 거 있죠."

1억 3천만 원을 일시불로 결재할 정도면 돈에 구애받지 않는 건 확실하다. 헌데, 왜 자꾸 기분이 이상하지?

"그분 그동안 사신 그림 목록 좀 볼 수 있을까?"

"예, 잠깐만요."

"사무실에 있을 테니까 메일로 좀 보내줘."

돌아서던 슬우가 갑자기 생각난 듯 재빨리 물었다.

"명함은 없어?"

"아뇨. 그냥 그림 보내던 주소와 전화번호만 있어요."

"번호 알려줘. 고객인데 인사는 해야 할 것 같으니까."

"예. 정리해서 메일로 보내 드릴게요. 올라가 계세요."

사무실로 올라가고 얼마 안 있어 메일이 도착했다는 알람이 울렸다. 컴퓨터를 켜놓고 있다가 슬우는 메일을 확인했다.

—신우정

010—2288—XXXX

이곳에서 그림을 산 건 6개월 전부터. 매달 한두 점씩 사간 게 보통 1, 2억 원대. 굉장히 고가의 작품들만 사들였다. 명함이 따로 없는 걸 보면 직업을 가진 여성도 아닌 듯했다.

슬우는 전화번호 밑에 적힌 주소를 눈으로 읽어나갔다.

—명동 '민트'.

'민트?'

정확히 무엇을 하는 곳인지 가늠이 되지 않았다. 술집 이름 같기도 하고, 평범한 레스토랑이나 옷가게, 또는 카페 같기도 했다.

의문스러운 눈길을 거두지 못한 채 책상 위에서 무선전화기를 든 그는 메일에 나온 휴대전화로 전화를 걸었다. 전화선을 타고 최근 유행하는 댄스음악이 흘러나왔다. 여기저기서 자주 듣던 음악이었지만, 정확히 누구 노래인지는 알 수 없었다.

노래가 끝날 무렵, 음악과는 정반대로 차분한 음성의 여자가 전화를 받았다.

〈신우정입니다.〉

"안녕하십니까? '채彩 갤러리 채슬우 관장입니다."

〈무슨 일로……?〉

여자의 음성은 처음 전화를 받았을 때와 조금도 변함이 없었다. 너무 차분하고 높낮이가 없어 전화를 건 사람이 되레 무안할 지경이라 슬우는 급히 용건을 꺼냈다.

"저희 갤러리에서 작품을 구입해 주셔서 감사 전화 드렸습니다."

〈예.〉

시종일관 차디찬 빗물 같은 음성이 묘하게 신경에 거슬렸다. 빤히 모니터를 보던 그는 의심스럽게 물었다.

"'민트.' 뭐 하는 곳인지 여쭤도 되겠습니까?"

부자들은 미술품을 사 모으며 과시욕을 드러내기도 하지만 재테크에 이용하기도 한다. 집안의 전리품으로 이 많은 그림이 필요하지는 않을 테니. 다른 목적으로 이용하는 게 분명해 슬우는 뭐 하는 여인인지 궁금했다. 지난 6개월 동안 이곳에서 꾸준히 작품을 샀다면 이전에도 다른 갤러리를 이용했을 가능성이 컸다.

〈그게 왜 궁금하시죠?〉

"전 화가이기도 하지만 사업가이기도 합니다. 저희 고객에게

도움이 될 일이 있다면 해드리고 싶어서요."

〈도움이라…….〉

비록 웃음소리는 들리지 않았지만, 슬우는 그녀가 왠지 웃고 있다는 느낌이 들었다. 그런 느낌마저 가슴이 선뜩한 게 기분이 좋지 않았다. 그러자 슬우는 점점 전화가 지루해지기 시작했다. 고객 관리. 갤러리를 운영하는 입장에서는 꼭 필요한 일이었다. 그만큼 다양한 군상을 상대하기에 피곤한 일이기도 했다.

그는 모니터에서 시선을 떼고 의자에 푹 기대앉았다.

〈채 관장님 도움을 받을 일이 있을지 모르겠군요. 그럼.〉

뚝.

슬우는 끊어진 전화를 황망한 눈초리로 쳐다보았다.

"뭐야?"

마음이 언짢아 전화기를 툭 책상 위에 던지듯 내려놓았다. 하지만 금세 아침에 있었던 일로 입가에 빙그레 미소가 감돌았다. 마녀 같은 마네에게 당한 일이 생각할수록 어이없었다. 자신이 그토록 어수룩한 사람이었던가 싶게.

"천 일? 흐음. 글쎄. 과연 뜻대로 될까?"

☆ ☆ ☆

'가슴팍도사' 출연 준비로 마네의 사무실을 방문한 라온은 거울 앞에 앉아 분장 중이었다. 저녁 촬영인데다 첫 예능 프로

그램이라 여간 신경 쓰이는 게 아니었다. 크리스마스가 열흘 앞인데 다소 늦은 감이 있었다.

마네가 이유를 물으니, 이미 찍어놓은 배우를 얼마 전 대마초 사건으로 내보낼 수 없는 상황에 처했다는 것이다. 원래는 내년 초 방송으로 잡혀 있었지만, 제작진이 사정사정하여 앞당겼다는 내용이었다.

좀처럼 긴장하지 않는 라온도 이번에는 얼굴에서 좀처럼 웃음기를 찾아볼 수 없었다. 분장하는 동안 양 실장을 집에 보냈는데 별 탈 없이 옷을 챙겨 나올 수나 있을지 의문이었다.

“라온인 피부가 참 좋구나.”

아닌 게 아니라 피부 트러블이 심한 레오와는 정반대여서 아기 피부처럼 보드랍고 뽀얀 탓에 마네는 저절로 감탄사가 나왔다. 마네의 칭찬에 라온은 희미하게 웃다가 만다. 그답지 않게 어딘지 우울해 보여 그의 얼굴에 B.B크림과 파운데이션을 섞어 바르며 상냥하게 말을 걸었다.

“무슨 일 있어? 안색이 안 좋아.”

“아뇨. 좀 피곤해서요.”

“어제 너무 늦게까지 놀았나. 저녁 촬영이라기에 괜찮을 줄 알았더니. 많이 피곤해?”

“견딜 만해요.”

“근데 어제 밀레랑 무슨 일 있었어?”

밀레 얘기가 나오자 그제야 라온은 감고 있던 눈을 떴다. 맑은 눈이 그녀를 응시했다.

"왜요? 동생이 무슨 얘기, 해요?"

"밥 먹을 때 서로 한마디도 안 하길래. 멀리 앉긴 했지만 분위기가 어째 이상해서."

"누나 동생 되게 엉뚱한 것 같아요."

라온의 말에 마네는 무슨 일이 있긴 있었군, 하는 얼굴로 웃었다.

"후후. 그런 편이지. 너한테 뭐 실수했니?"

라온은 뭐라고 대답해야 좋을지 몰라 애매한 표정을 지었다.

"실수는 아니고……. 암튼 재미있는 친구예요. 안티는 확실한 것 같구."

"어머. 밀레가 그래?"

"하는 거 보면 알죠, 뭐. 날 별로 안 좋아하는 거 같아요."

"쑥스러워서 그래. 은근히 수줍음 타거든."

"그런가요?"

라온은 그녀의 말을 그다지 믿지 않는 투였다. 마네는 밀레가 대체 어떻게 했기에 라온이 안티가 확실하다고 믿는지 기가 찼다. 정말 실수라도 한 걸까?

그 시각, 밀레가 아르바이트하는 커피숍에서는 십대 여학생 대여섯 명이 껌을 질겅질겅 씹으며 주문대 앞에 우르르 몰려 서 있었다. 그리고 주문대 건너편에는 유니폼을 입은 밀레가 무심한 얼굴로 여학생들을 보고 있었다.

"주문 도와드리겠습니다."

화장을 떡칠한 여학생이 아니꼬운 눈으로 연신 밀레를 흘겼다.

"우리 라온이 오빠랑 어떤 사이야?"

"주문하십시오, 손님."

고저 없이 덤덤한 목소리로 기계처럼 되풀이해 묻는 밀레에게 질린 듯 다른 여학생이 끼어들었다.

"우리 왕자님이랑 어떤 사이냐구!"

"주문 안 하실 겁니까?"

"야! 사람 말이 우스워?"

밀레가 여학생들에게 밀려나 잔뜩 우거지상으로 서 있는 다른 손님들을 향해 외쳤다.

"다음 분 주문받겠습니다!"

시종일관 무표정과 주문 외엔 말을 걸어도 대답조차 하지 않는 밀레를 보며 여학생들이 울화통을 터뜨렸다.

"뭐 이런 게 다 있어!"

"야, 너 우리 프린스한테 집적대면 알지?"

"죽는다."

"니까짓 게 우리 왕자님이랑 어울린다고 생각해? 어디서 무수리같이 생긴 게."

"얘들아, 직접 보니까 아무 사이 아닌 거 맞는 거 같다. 프린스가 미쳤다고 이런 애랑 사귀겠어. 가자, 가.”

당장이라도 달려들어 물어뜯을 것 같던 여학생들이 우르르 몰려 나가자 뒤에 서 있던 손님들이 한꺼번에 몰려들었다.

“진짜 그 시장녀 맞아요?”

“어떻게 아는 사이길래 둘이 시장을 다 다닐까?”

“정말 사귀는 거 아니죠? 제발 아니라고 해줘요.”

하루 만에 신상이 털린 밀레는 솟구쳐 오르는 울분을 꾹 억누르느라 울먹이며 대답했다.

“저 채라온 안티걸랑요!”

모두의 헉, 하는 얼굴을 뒤로하고 밀레는 주문대를 벗어나 곧장 화장실로 갔다. 그리고 구석에 쪼그려 앉자마자 무릎에 얼굴을 묻더니 엉엉 울음을 터뜨린다.

지금으로부터 세 시간 전, 그녀가 이곳 커피숍에서 일하는 아르바이트생이라는 걸 알고 찾아온 채라온 팬들이 좀 전에 그랬던 것처럼 족히 백 명은 넘게 왔었다.

‘진짜 그 ‘시장녀’가 맞아요?’ 하는 확인형, ‘무슨 사이예요?’ 묻는 의심형, ‘사귀면 죽는다’라는 협박형, ‘설마 니까짓게’ 하는 무시형, ‘제발 아니라고 해줘요’ 하는 애원형까지 골고루 다양하게도 괴롭혔다.

하지만 제일 속상한 건 너무 화가 난 나머지, 아니, 계속되는 추궁을 견디다 못해 자기 입으로 안티라고 해버린 것이었다. 이리 억울한 일이 또 있을까.

"우쒸. 시장에 내가 가자고 한 거 아닌데. 이잉, 채라온 나쁜 놈. 내가 이럴 줄 알았어. 이제 알은 체도 안 할 거야. 으어엉."

"라온이 촬영 잘하고 있는지 모르겠네. 대표님이 마음이 안 놓이는지 촬영장까지 같이 가셨거든."

라온의 전담 코디네이터가 현장에 따라가긴 했으나 작업실에서 슬우에게 분장을 받으면서도 마음이 안 놓이긴 마네도 매한가지였다. 그녀의 보고에도 슬우는 관심 없다는 듯 분장에만 열중했다. 붓으로 그녀의 얼굴에 눈물을 그리느라 눈매를 가느스름하게 늘이고 붓끝을 섬세하게 놀렸다. 그의 옆에는 이전에 찍어 두었던 피에로 사진이 있었다. 간간이 사진과 비교해 보며 분장해 주던 슬우는 손에 힘이 들어갔는지 저려서 잠시 허벅지에 내려놓았다.

"왜? 분장하기 힘들어?"

마네가 걱정스러워하자 슬우가 살짝 미간을 찡그리며 고개를 저었다.

"괜찮아."

아무래도 손이 아픈 것 같아 마네는 내처 조심스럽게 물었다.

"그 손은 어쩌다 그런 거야? 흉터도 많구."

"좀…… 다쳤어. 교통사고 났었거든, 예전에."

"어머. 얼마나 심하게 다쳤길래 손이 이래?"

마네는 붓을 쥔 그의 손을 안쓰럽게 어루만졌다. 화가인 사람이 손을 심하게 다쳤었으니 얼마나 힘들었을지 가늠이 되었다. 교통사고가 났었다는 말에 아빠 생각이 나 더욱 마음이 짠했다.

"우리 아빠도 뺑소니사고로 돌아가셨어."

"……."

슬우의 기다란 손가락을 만지작대는 마네의 음성에 금세 물기가 어렸다.

"우리 아빠도 많이 아프셨을 거야."

슬우는 가만히 그녀를 품에 안아주었다. 말로 형용하기 어려운 고통이 그의 가슴을 관통했다.

그의 가슴에 기댄 마네는 그만 뭉클해져 눈시울이 젖어들었다.

"우리 아빠, 뺑소니범 아직 못 잡았어. 목격자도 없고, 같이 사고당한 사람도 안개가 너무 짙어서 못 봤대. 그 생각만 하면 너무 가슴이 아파……."

"마네야."

"어?"

"그 사고당한 사람……."

마네가 그의 말을 가로챘다.

"누군지 몰라, 나두. 그쪽에서 안 가르쳐 줬거든. 나, 그때 고3이었어. 그 비서가 경찰서에 와서 엄마한테 그랬대. 당신 남편 도와주려다가 멀쩡한 사람까지 죽을 뻔했다구. 악연이니까 누군지 알려고도 하지 말라구. 얼마나 대단한 집 아들이길래 죽은 사람한테 그러니 싫어 우리 엄마, 집에 와서 통곡하셨어."

"……."

"돈 있고 권력 있으면 그렇게 사람 무시해도 되는 건지 너무 화가 나서 찾아갔었어, 경찰서에. 누군지 가르쳐 달라구. 사과 받아야겠다구."

"그랬더니……?"

"그 경찰관이 비웃더라. 어른들 일에 애들은 나서는 거 아니라면서. 우리 아빠 일이다, 했더니 국으로 가만있으래. 안 그러면 우리만 힘들어질 거라면서. 후우— 그때 결심했어. 나도 돈 있고 힘 있고, 그래서 우리 가족…… 어디 가서 무시 안 당하게…… 할 거라구."

입술을 깨무는 마네의 눈에서 서러웠던 기억의 아픈 눈물이 주르륵 흘러내렸다. 가늘게 떨리는 그녀의 몸을 안고 슬우는 가슴이 무너지는 듯해 두 눈을 꼭 감았다. 무슨 말을 할 수 있으랴. 그녀의 가족에겐 아픈 기억의 상처만 남겨준 사고. 차마 그 몹쓸 인간이 내 아버지란 말을 하지 못해 애꿎은 입술만 깨문다.

"라온아, 다 왔어."

양 실장이 뒷좌석에 길게 다리를 뻗고 누워 잠이 든 라온을 깨웠다. 비몽사몽 간에 눈을 뜬 라온이 벤에서 내렸다.

슬우의 집 앞이었다. 양 실장이 차에서 커다란 가방을 끌어

내렸다.

"사모님 몰래 갖고 나오느라 힘들어 죽는 줄 알았어. 아줌마한테 살짝 부탁하긴 했는데 이러다 정말 난리 나는 거 아닌지 모르겠다."

라온이 긴 녹화로 지친 듯 찢어져라 하품을 했다.

"고마워요, 실장님."

"얼른 들어가. 내일 데리러 올게."

"예."

라온은 마네가 따로 챙겨준 대문 열쇠로 대문을 열고 안으로 들어갔다. 가방을 끌고 넓은 정원을 지나다가 멈칫 걸음을 멈추고 불이 꺼진 2층 집을 바라보았다. 모두가 잠이 든 새벽. 불현듯, 물밀듯이 밀려오는 외로움에 라온은 어깨를 움츠렸다. 용기를 내어 1층까지 걸어가는 게 새삼 무겁고 두려웠다. 이 집에 올 때마다 느끼는 감정이었다.

저 집에서 슬우 형의 엄마가 자살했다.

생각만 해도 가슴이 덜덜 떨렸지만, 가까스로 마음을 가다듬은 라온은 용기를 짜내어 현관의 비밀번호를 눌렀다. 혹시라도 슬우가 번호를 바꿨을지 몰라 조마조마한데 다행히 철컥 문이 열린다. 안도의 한숨을 내쉰 그는 소리가 나지 않게 문을 열고 살금살금 걸음을 옮겼다. 그리고 안으로 들어와 문을 닫는 순간, 거실 불이 환하게 켜졌다.

깜짝 놀란 라온은 무서운 눈으로 서 있는 슬우를 발견하고 숨을 멈췄다. 아무 말 없이 큰 걸음으로 다가온 슬우가 그의 손에서 가방 손잡이를 홱 빼앗아 밖으로 끌어냈다.

"형."

현관 밖으로 나간 슬우는 정원에 가방을 내던지다시피 하고는 밖으로 뛰어나온 라온에게도 경고했다.

"가."

"형……."

"내 손으로 끌어내기 전에."

라온은 얼른 그 앞에 무릎을 꿇었다. 슬우의 시선도 라온을 따라 서서히 아래로 떨어져 내렸다. 고개를 숙인 라온은 그에게 거의 빌 듯 사정했다.

"집 나왔어. 갈 데 없어. 형이 받아주지 않으면 사무실이나 호텔에서 자야 해."

"어디서 자든 니 마음이야. 하지만 내 집에선 더 이상 안 돼."

돌아서려는 그의 다리를 라온이 콱 움켜잡았다.

"형, 이, 있게 해줘. 정말 숨이 막혀서 그래. 귀찮게 안 할게. 형 옆에만 있게 해줘."

하지만 여전히 마음이 차가운 슬우는 라온의 손을 가볍게 떨쳐냈다.

"나한테 니 의미를 자꾸 되새기게 하지 마."

곧바로 비밀번호를 바꾼 슬우는 그 자리에 주저앉아 버린 라온을 돌아보지도 않은 채 집으로 들어가 문을 쾅 닫았다.

라온은 비참한 기분으로 한동안 주저앉아 있다가 천천히 몸을 일으켰다. 저만치 널브러진 가방을 보자 꼭 자기 신세 같아 울컥 눈물이 솟구친다. 눈물을 참으려 고개를 드니 깜깜한 하늘엔 쏟아질 듯 반짝이는 별들이 조롱하듯 내려다보고 있었다.

그 모든 게 허상 같아 가슴이 텅 비어버렸다.

내팽개쳐진 가방 손잡이를 끌고 터벅터벅 지하로 내려갔다. 하지만 웬걸. 작업실도 창고도 문이 잠긴 채였다. 슬우가 고양이 때문에 잠가놓았던 것이다.

정말 오갈 데가 없어진 라온은 그 앞에 쭈그리고 앉았다. 으슬으슬 한기가 들기에 가방 안에서 점퍼를 꺼내어 끼어 입었다. 그러고는 가방을 뉘어놓고 그 위에 처량하게 걸터앉았다.

"누구 맘대로 짐을 싸줘!"

고요하던 도곡동 저택이 이재희의 히스테릭한 고함 소리로 짜랑짜랑 울렸다. 가사도우미로 일한 지 반 년째인 아주머니가 잔뜩 주눅이 든 채 말했다.

"전 그냥 촬영이 길어진다길래 그런 줄로만 알았죠."

"나한테 전화를 했었어야지. 아줌마가 라온이 엄마야? 왜 함부로 애 짐을 싸게 내버려 두냐구!"

"죄송해요, 사모님. 실장님이 급하다고 하셔서 그만……. 전 사모님도 알고 계시는 줄 알았어요."

"언제 나 없을 때 짐 싸가지고 간 거 봤어? 라온이 짐은 내 손으로 직접 싸는 걸 아직도 몰라?"

눈을 부릅뜨고 힐책하는 이재희 때문에 아주머니는 그만 오금이 저렸다. 성격이 얼마나 변덕스럽고 희한한지 나긋나긋하다가도 조금만 기분에 거슬리면 180도로 바뀌어 히스테리를 부리는데 억만금을 준대도 이런 집에서 더는 못 견딜 것 같았다. 짐 싸는 게 하루 이틀도 아니고 어디 죽으러 간 것도 아닐 텐데 뭘 그리 야단인지 이해할 수가 없었다. 주방에서 사장님과 얘기하는 걸 언뜻 듣자니 이복형에게 간 모양인데, 소문이 사실이기도 하거니와 찔리는 게 많아 저리 유난인지.

한두 살 먹은 애도 아니건만 라온이라면 하나에서 열까지 자기 손을 거쳐야 하는 것도 병이고, 아무리 엄마라지만 그 정도 간섭이면 누구라도 질릴 성싶었다. 스케줄로 바빠 자주 얼굴을 보진 못하지만 이따금 보는 라온은 아주머니 눈에도 참 건실한 청년이라는 생각이 들었다. 예의 바르고 착하고 항상 웃는 낯이어서 이재희가 부럽기도 했었다. 얼마 못 가 이재희에 대한 환상이 옴팡 깨졌지만.

'나라도 도망가고 싶겠다.'

아주머니는 연신 발악하듯 소리를 질러대는 이재희의 말을 한 귀로 흘려보내며 속으로 구시렁거렸다. 한참을 애꿎은 아주머니한테 퍼붓던 이재희는, 그래도 분이 안 풀리는지 어디론가 전화를 걸었다.

〈전화기가 꺼져 있사오니…….〉

"아악!"

라온의 전화기가 꺼져 있는 걸 확인한 이재희는 비명을 지르며 휴대전화를 집어던졌다. 휴대전화가 날아가며 화사한 꽃이 꽂혀 있던 화병을 깨뜨렸고, 그 바람에 화병에 담긴 꽃과 물이 와장창 소리와 함께 바닥에 쏟아졌다.

"아이고머니나!"

놀라 외마디를 지른 아주머니가 걸레를 찾으러 부리나케 밖으로 뛰어나가자, 이재희는 화가 나 어쩔 줄 몰라 하며 이를 갈았다.

"채슬우, 니 짓인 거 다 알아. 흥! 이렇게 복수하겠다구? 어림없어. 절대로 나한테서 라온이 못 빼앗아가."

2권에서 계속...